當櫻花散落之時

Remember, Forever, Together

琉影 著

當櫻花散落之後，我們都會白頭偕老。

楔子　夜櫻

深刻地記得，在我就讀小學六年級時，三月的某個晚上。

那天是週末，爸媽晚上約了朋友來家裡打牌，大人們圍著麻將桌開戰，很是熱鬧，我和弟弟則坐在沙發上看電視玩手機。

晚上十一點，大人們暫且休戰，想喝點小酒聊天。媽媽見家裡的冰塊用完了，便要我去超商買冰塊。

我出門跨上自行車，沿著社區裡的巷子前行，一路來到大馬路上的超商。

買了兩包冰塊後，回程時，一個念頭忽然閃過，我車頭一轉，順著社區外圍的小路，繞到社區的左後方。

在小路路尾的轉角處，座落著一棟三層樓的透天厝，獨門獨戶，圍牆內的庭院裡種了一棵樹。

到了冬季，葉子早已落盡，枝椏延伸到圍牆外。我剎住腳踏車，下車後走到圍牆前面，仰頭望著那棵樹。

在路燈的映照下，我看見那棵樹的枝椏開滿了花，粉紅色的花朵一團團、一簇簇結在枝頭上，隱約有淡淡的煙霧繚繞在其間，讓一部分的花朵看起來朦朧不清，增添了魔幻感，美得彷彿不屬於這個塵世。

但今晚是乾冷的天氣，哪來的煙霧？

懷著滿心的困惑，我前進兩步，仔細觀察那棵樹，發現那似乎不是煙霧，而是有些花團帶了點透明感，好像隨時會消失。

此時一陣冷風輕輕拂來，枝椏沙沙搖曳間，幾朵花飄落了下來。

我彎身撿起一朵花，對著路燈仔細檢視，發現它跟學校裡種的櫻花樹品種是一樣的。

是吉野櫻！

從小到大，我第一次看見這棵樹開花，開得眞美！

由於不能耽擱太久，我連忙轉頭巡視那棟透天厝，屋內的燈是關著的，門窗也鎖得好好的。

確認沒什麼異狀後，我才跨上腳踏車朝著回家的方向騎去。

翌日早上，我起床後想起了那棵櫻花樹，便帶上手機想去拍張照。

沒想到再次來到那棟透天厝時，眼前的景象令我傻愣在原地——那棵樹的枝椏光禿禿的，一朵花都沒有，地上也沒有任何落花的影子，滿樹的櫻花居然在一夜之間消失不見了！

此後又過了幾年，我都不曾再見那棵樹開花，在缺少其他目擊者的狀況下，我不禁對那段回憶的眞實性逐漸產生懷疑。

那一夜，我眞的有看到櫻花盛開嗎？

會不會是作夢，我把夢境跟現實搞混了？

又或者是記憶產生錯置，單純記成別棵櫻花樹？

迄今爲止，我反覆問過自己這個問題無數次，但答案依然無解。

第一章　兩隻竹馬的競賽

襲捲全球兩年多的疫情逐漸趨緩了。

雖然防疫措施解禁，生活漸漸回歸到疫情前，但後疫情時代的通膨，仍對許多家庭的生活和經濟造成衝擊。

在這個衝擊下，我爸爸把抽了十多年的菸戒了，說工資的成長趕不上通膨的速度；我媽媽每次買菜回來，嘴裡總會念著「現在的一千元都買不了多少東西」。

就這樣，在手搖飲跟著漲價，零用錢也必須省著點花的哀傷下，我們迎來了高二升高三的暑假。

暑假的第二天，下午兩點多。

我牽著腳踏車走出屋外，午後毒辣的陽光正熱情地炙烤著柏油路，讓人彷彿走進了蒸籠裡。

今天是平日，鄰居們幾乎都出門上班了，整條巷子顯得寧靜。我仰頭對著天空深深吸了一口氣，這才聽見蟬聲其實特別吵嘈。

每一年的夏天，蟬都會這般理所當然地鳴叫，這樣的情景，早已深植在每個人的生活裡，一沒稍加注意就會忽略。

一切皆是習慣成自然！

我跨上腳踏車朝著大街的方向騎去，赴國中同班同學蔡筱蘋的約。

記得國中的時候，班上的同學分成幾個小圈圈，蔡筱蘋她是屬於功課好又守規矩的那一群，而我是屬於成績中等、下課喜歡和同學打鬧、經常被老師嫌吵的這群。

我們的圈子不同，因此互動不多，話也講不到幾句。

國中畢業後，她考上市排名第一的高中，跟我不同校，我以爲我們的生活不會再有交集，沒想到她前段時間突然追蹤我的ＩＧ，開始點讚我的貼文，留言給我，一來一往，我們也逐漸熟悉起來。

她家就在我家的隔壁里，我騎腳踏車過去大約只要十分鐘。我們雖然住得很近，可是升上高中後，或許是上學路線不同的緣故，我們都不曾再相遇。

所以她今天約我見面，我是抱著跟老同學相見的愉悅心情前往的。

來到街上的連鎖咖啡店，我和蔡筱蘋點了兩杯飲料，面對面坐在店裡。

「好久不見。」我吸了一口黑糖珍奶，詫異地打量她五官精緻的臉。

國中的時候，我對她的印象，是留著及肩短髮、臉上戴著厚厚眼鏡、眼睛被瀏海半遮著的書呆子。下課時，她總是面無表情盯著桌上的課本，整個人好像籠罩在陰沉的氣息裡，同學們吵鬧時都會特別避開她坐的那一區。

沒想到現在，她換上了隱形眼鏡，頭髮留長了，兩側剪了層次，髮尾還稍稍燙鬈，顯然經過髮型師的設計，整個人看起來明亮又有氣質。

書呆子裡也有隱藏美女，這句話果眞沒錯！

「林茗意，我以爲妳會拒絕我的邀請。」蔡筱蘋的眼神帶點羞怯，好像還不習慣被人直接打量。

「我暑假都宅在家裡看動畫，有人約還挺開心的，倒是妳，變得好漂亮，跟國中的模樣差好多！」我想來十個同學，十個都會被她驚豔到。

「我只是改戴隱眼，頭髮有做一點設計而已。」蔡筱蘋伸手撫了一下瀏海。

「眉毛有修過？」

「是有修細一點。」

「有化妝？」

「只有擦防曬的底妝。」

「眞的變得很漂亮。妳改變外在，該不會是爲了某個男生？」我憑藉著直覺推測。

「才不是！」她提高音量反駁，口氣有一點慌張，「我只是不想再被人笑說像恐怖片裡的貞子。」

「誰說妳像貞子？」我噗哧一笑，那個人形容得眞貼切！

蔡筱蘋沒有回答，只是垂下眼簾，有點害羞的感覺。

「我認識那個人嗎？」我瞧她閃躲的模樣，直覺那個人八成是個男生。

「妳一個人來嗎？」她轉開話題，瞥了門外一眼。

「是呀，妳還有約誰嗎？」

「沒有約誰，只是想到國中的時候，妳跟邵思磊和邵思泫總是形影不離。」

「我有問他們要不要來，他們說要爲明天的比賽做準備，不想出門。」我也希望他們能來，這樣我就可以給他們載，不用自己踩腳踏車踩得全身汗。

「天氣這麼熱，幸好他們練的是跆拳道，不是田徑，不用頂著大太陽訓練。」蔡筱蘋的眼神閃過一絲失落。

「雖然跆拳道大多在室內訓練，但體能訓練時，也是要出去跑步的。」我直視著她的眼睛。

「我記得妳國小也有參加學校的課後跆拳班。」

蔡筱蘋和我國小同校，但不同班，我們當時並不認識彼此。

「嗯，小學四年級跟著他們一起加入，但小學畢業後就沒有繼續練了。」

「爲什麼？」

「因爲我很怕痛，對戰容易怯場，打得也沒有他們好，就退出了。」我窘著臉笑道。

「怕痛和怯場，這……不是訓練就能克服嗎？」她微微蹙眉，似乎不能接受這個理由。

「妳想要練跆拳道嗎？」我試探地問。

「我覺得女生本來就應該要學習一點防身技能，但我爸媽不贊同，只希望我好好念書。」她提高聲音解釋，好像怕我誤會什麼。

「等考上大學，妳可以打工賺學費，自己去學。」我反倒覺得不管多會打跆拳道，遇到壞人還是逃爲優先。

「我也有這麼想過。」她點頭附和我的提議，又小心翼翼地刺探，「那……他們上大學後，還會繼續打跆拳道嗎？」

聽到這裡，我心裡已經非常篤定，她約我出來見面，其實是醉翁之意不在酒。

「應該會吧！畢竟邵思磊打得那麼好，拿過那麼多次金牌。」瞧我沒作聲，蔡筱蘋急忙接自己的話，好像很怕冷場。

「他們目前還沒決定要走什麼路。」我想她大概是怕她可以學跆拳道時，他們兩人卻不練了。

「希望他們會繼續練下去。」她小聲表達心裡的期盼。

「妳好像很關心他們？最近在ＩＧ上也常常點他們的讚。」我在心裡嘆了一口氣，主動把話攤開。我是邵家兄弟ＩＧ粉專的管理員之一，可以看到貼文的點讚通知，但這件事沒有公開。

「畢竟是同學嘛。」她笑了笑，右手不安地捏緊飲料杯。

「印象中，妳國中很少跟他們說話。」我之前一直以爲她和其他同學一樣，只是順手按讚而已。

「當時就是以念書爲主，也覺得他們那種校園風雲人物，應該不會想跟我這種內向、不幽默、眼裡只有分數的書呆子聊天。」她尷尬地咬著下唇。

「他們才不會那樣排擠人，任何人找他們聊天，他們都會聊的。」我擺擺手否定她的話，「尤其是邵思磊，他待人很隨和，根本是個話癆。」

「他眞的很隨和，跟我以前想像的不同。」她輕輕點頭。

「妳跟邵思磊相處過？」

「有次在公車上遇到他，他讓位給我坐。」

「喔？」我不曾聽邵思磊提過這件事。

「我上高中後在文成數理補習，某天回家的路上，我還沒走到公車站，公車就來了。我背著重重的書包，手裡提著裝滿補習班講義和考卷的手提袋，一路跑著追上公車時，頭髮呈現散亂的狀態，眼鏡也歪了。」說到當時的窘狀，蔡筱蘋的耳根透出一點緋紅，「上車後也沒位子，我抓著公車拉環站著，沒想到公車突然轉彎，我的書包就晃了出去，差點打到坐在前面位子上低頭在滑手機的男生。」

「邵思磊？」我噗哧一笑。

「對，我連忙跟他道歉，他可能瞧我有點狼狽，就起身讓位給我坐。」她尷尬點頭。

「思磊是很體貼的人，看到老人小孩都會讓位。」

「我原本不想坐，但他伸手壓著我的肩頭命令我坐下。我坐下後就跟他道謝，他滿面微笑看著我，對我說了一句話，讓我感觸非常深。」

「他說了什麼話？」我好奇了。

「他說，妳怎麼把自己搞得像個貞子一樣，上高中後活成這個樣子，好成績也沒有帶給妳快樂，這樣不會很浪費人生嗎？」她小聲轉述邵思磊的話。

我聽完眉毛不禁挑了一下。

「回到家後，我看著自己在鏡子裡的倒映——有點駝背、一臉愁苦、長髮毛躁地披散著，我想邵思磊在公車上仰頭看到我時，一定有被嚇到，才會說我像貞子。那一刻，我突然覺得自己很醜，覺得他的話很有道理，後來就開始努力改變自己。」她娓娓坦白自己的心路轉變。

「那是什麼時候的事？」

「兩個多月前，四月底的時候。」

我恍然大悟，這下子全都對起來了，因爲她追蹤我ＩＧ的時間，剛好也是那個時候。

蔡筱蘋瞧我沒出聲，又急忙解釋：「以前我很少關注同學們的動態，屬於班上的邊緣人，因爲邵思磊的一席話，讓我也想改變自己的社交，就開始關注同學們的社群。我點了他們的貼文讚和留言，可是一開始只有妳會回覆我。」

「同學有留言，我都會回。」我並沒有對她特別好。

「但其他人都覺得我突然搭話很奇怪。」

「這種事要慢慢來，多留個幾次自然會熟的。」

「因爲這樣，我追了很多同學的ＩＧ，也追了邵思磊和邵思泫的ＩＧ粉專，把他們的照片和文章都看過一遍。他們每天辛苦地訓練，卻從來都不會喊苦，不管做什麼事都全力以赴。」蔡筱蘋又尷尬地笑了笑，「感覺很奇怪，明明是同學，我竟變得有點崇拜他們。」

「其實不奇怪，他們也算是校園偶像，跟妳一樣崇拜他們的同學也不少。」我低頭又喝了一口奶茶。

「我就是想當他們的粉絲而已。」她再次強調。

「嗯。」我抿唇一笑，心裡其實明白，她指的崇拜沒那麼簡單。

「上次他們參加那個品……品……」

「品勢男子三人團體賽。」

「對！」她用力點頭，露出迷妹般的笑容，「他們拿下冠軍，兩人出招很帥，默契超好……」

我唇角抽了一下，剛剛都說三人團體賽了，怎麼聽她講得像雙人賽似的。

接下來的半個小時，蔡筱蘋聊的話題全都圍著邵思磊打轉，不停打探他的喜好和生活習慣，我大多是簡略回答，不透露太多。因爲整場都在聊別人，我也漸漸感到無趣，臉上的笑容越來越僵。

就在這時，我擺在桌面上的手機震動了一下，顯示有訊息傳進來，但我沒有馬上檢視訊息。

蔡筱蘋瞥了一眼我的手機，咬了咬下唇，提起勇氣說：「我早上看到邵思磊的限時動態，說明天在康成高中有比賽？」

「咳！」我差點把一口奶茶噴出去，我有預感，麻煩要來了。

「妳是不是覺得……我約妳見面是有別的企圖？」或許是瞧我臉色怪怪的，蔡筱蘋囁嚅地問。

「妳直接說吧。」

「妳會去看他們的比賽嗎？」

「當然會。」

「我只是想跟邵思磊道個謝，想幫他們加油。比賽的地點剛好是你們學校，我可不可以跟妳一起去？」她露出既期待又怕受傷害的眼神，顯然擔心我會拒絕。

「這……」我要怎麼拒絕？比賽是開放觀眾入場的，況且她又是我們的國中同學，比起一般的路人，還多了一層關係。

「我是不是不去比較好？」她神色微微黯下。

「唉，加油的觀眾永遠不嫌多，我明天會搭八點二十分的公車，妳想去就車上見。」我不想再跟她耗下去，乾脆將時間定好。

「好，我們公車上見。」她隨即展露笑容，「那他們……」

「他們會跟道館的人一起去。」

說到這裡，我的手機又震動了一下。

「妳要不要看一下？」她伸手指著我的手機。

我拿起手機滑開螢幕，點進我們三人的小群組，果真是那兩個惹禍精在奪命連環Call。

邵思磊：我們練習結束了，妳什麼時候要來？

邵思浤：我們準備了芒果剉冰，上面加了冰淇淋球。

邵思磊：妳跟蔡曉萍還要聊很久嗎？

邵思浤：智商有差，妳別勉強自己跟她聊，以免秀智商下限。

邵思磊：明天要比賽，妳趕快過來打我兩拳。

邵思浤：妳再不來，我要把冰全吃了，妳只能舔空盤子。

看完訊息後，我實在很想翻白眼，邵思磊連蔡筱蘋的名字都打錯，枉費她那麼崇拜他，邵思浤則是皮在癢，竟敢說我在秀智商下限，我回去第一個先揍他。

「怎麼了？」蔡筱蘋好奇問道。

「沒事。」我回神將手機放回桌上。

「是他們傳的嗎？」

「嗯。」

「眞羨慕妳從小跟他們一起長大，身邊圍繞著兩個天菜，簡直是漫畫裡才有的夢幻劇情。」她臉上充滿羨慕，好像巴不得替換我的身分。

「是啊，有雙胞胎竹馬，表面上看起來很夢幻。」但他們帶給我的麻煩也是雙倍的。

「我記得，以前班上有同學在打賭，賭你們遲早會出事。」她話題一轉。

「出什麼事？」

「三角戀吧。」

「咳……」我被奶茶嗆了一下，下意識搖手否認，「沒那回事，他們的媽媽是我的保母，我從小就和他們一起長大，跟他們的感情就像家人一樣。」

「完全沒有來電的感覺？」她的眼神微微放光。

「沒有，因爲太熟了，他們也是把我當妹妹看待。」

「原來是這樣。」蔡筱蘋明瞭地點點頭，好像鬆了一口氣。

「我差點忘了，我弟要我教他寫暑假作業。」我不想再待下去了，便隨便找了個藉口，中止我們的對話。

「那妳快回家吧，我們明天見。」她起身送我出去。

「明天見。」

跟蔡筱蘋道別後，我跨上停在門口的腳踏車，朝著邵家的方向騎去，一邊騎一邊對著天空吶喊：「你們兄弟倆到底要給我招來多少麻煩？」

升上高中後，我不只被他們「欽點」爲粉專管理員，經常幫他們PO文、回覆粉絲的各種訊息，還要被他們纏著一同上下課，高調地宣揚我們是青梅竹馬的關係，間接阻隔了我和其他男生的接觸。

身爲最親近他們的人，我在路上不只被同校的女生堵過，也被外校的女生堵過，ＩＧ多了很多陌生訊息，全都想要打探他們的事，煩得我直接關靜音。

我出門時還想著，自己說不定可以跟蔡筱蘋成爲好朋友，畢竟在網路上聊得不錯，結果……又是如此。

已經不是第一次遇到這種事，我的心早已練得麻木，只是有點失落罷了。

我回去一定要踹他們的屁股十腳出氣！

✦

關於我和邵家兄弟的「漫畫般的夢幻劇情」，必須從我們的父輩開始說起。

我爸跟他們的爸是大人口中的換帖兄弟，簡單講就是從小一起長大，讀書時一起搗蛋，一起被老師罰站，長大後一起工作、一起把妹的死黨。

我爸高中畢業後，因爲不愛念書，就去邵爺爺經營的工程行當學徒，學習做木工。邵爸高中畢業後雖然念了大學，卻因爲愛玩被死當，之後就被邵爺爺抓回家繼承家業。

兩人湊在一起工作，也各自在差不多的時期談戀愛、結婚。

邵爸娶了他在青商會認識的女孩，生下一對雙胞胎，我爸則娶了某電子工廠的會計小姐爲妻，並在同一年生下了我，雙胞胎兄弟只比我大兩個月而已。

生下孩子後，邵媽專職當家管照顧兩個孩子，我爸媽因爲剛買房子，有房貸壓力，便打算將我托給保母帶。

邵媽知道這件事後，瞧我長得可愛，便提議當我的保母，說反正帶兩個是累，帶三個同樣也是累，因此在我滿月後，我爸每天早上開車送我到邵家，我也就此展開了一段陪邵家兄弟吃喝拉撒睡、剪不斷理還亂的孽緣……

迎著馬路上的陣陣熱風，我騎腳踏車沿著社區外圍的小路，來到那棟種了櫻花樹的屋子前。

我將腳踏車停在圍牆邊，推開半開的庭院大門，走進裡頭。庭院裡搭了一些木架子，栽種了許多的盆栽，屋簷下掛著吊盆植物，花器皆是用陶土打造，部分花器上還繪有歪歪扭扭的圖紋，爲這鄉村風的造景增添許多童趣。

庭院是邵媽布置的，這裡是我們三人小時候的遊戲場，彩繪花器也是我們的傑作。

此時落地門忽然被拉開，我一瞥見來人穿著白色的跆拳道服，立刻側身一個旋踢掃向他的臉。

對方的反應很快，仰身閃過我的攻擊，我緊接著朝他的胸口揮出一記正拳，那人伸出雙手扣住我的拳頭，我連忙抬起左膝踹向他的腰側，再朝他的腹部奉送幾記勾拳。

從頭到尾都不還擊，來人自然是邵思磊。

「啊！呃！哇！嗚嗚……」邵思磊一邊慘叫，一邊被我揍著踹著退進客廳裡。

客廳裡擺了一組L型沙發，由三人座加雙人座組成。邵思磊被我逼到雙人沙發旁邊，我用力抽出被他扣著的右拳，雙手用力一推，將他整個人推倒在沙發上。

「你們很愛給我製造麻煩。」我一邊喘氣一邊數落。

「啊……難得妳今天戰力全開，打得特別賣力，眞是太爽了！」邵思磊橫倒在沙發上，一條腿掛在扶手上顫抖著，臉上沒有一絲感到疼痛的模樣，而是露出通體舒暢的愉悅表情。

「有病。」我低聲罵道，彎身坐到另一側的三人沙發上。

邵思磊一個打挺兒翻身坐在沙發上，伸手撥開凌亂的瀏海，露出一張五官俊俏的臉龐——眉宇英氣逼人，眼神清澈明亮，鼻梁挺而直，下顎線條俐落分明。他的笑容給人清新的感覺，就像沒有一絲陰霾的藍天。

「這不是病，這是我的必勝儀式。」他斂起臉上的笑容，擺出嚴肅的說教表情，豎起右手食指對我解釋，「只要比賽的前一天先輸掉，把壞運清空，明天就全是好運，勝利自然會降臨在我身上。」

邵思磊每次參加比賽前，都會先跑來讓我揍一頓，所以從小到大，敗在他手下的人不少，但唯獨我不曾輸過。

「這種求敗儀式，思泫就可以代勞了，你只要敗給他就行。」我不懂這是什麼歪理。

「他不行，只有妳可以。」

「爲什麼？」

「因爲要眞心服敗，儀式才有效！」他理直氣壯地強調，語畢眼神忽然閃動一下，小聲嘟囔了一句，「全世界，我只甘心輸給妳一人。」

「爲什麼？」我聽了一愣。

邵思磊緩緩迎視我的目光，眼底盈著溫柔的笑意，薄唇微微掀動，好像有話想要對我說，或期盼我能讀懂。

「你……便祕呀？」我被他瞧得渾身不對勁，汗毛都豎了起來。

就在此時，一陣腳步聲伴著一道男聲，從二樓的樓梯傳來，「那個求敗儀式，我一點都不想代勞。他的目的是清空壞運，而我今天打贏了他，明天豈不是場場戰敗？」

我轉頭看向那人，盯著那張跟邵思磊長得一模一樣的面容，他的眉宇間同樣帶著英氣感，但眼神的明亮度少了一等，嘴角的笑容淺了幾分。

他身上穿著乾淨的白色T恤，顯然剛洗過澡，頭髮沒有完全吹乾，還帶著一點溼意。

當他走到我的身側時，我馬上伸出左腳想踹他的屁股，沒想到他竟停下腳步等我踹他。

他垂於身側的右手曲起食指和拇指瞄準我的臉頰，擺明只要我敢踹，他就要掐我的臉讓我好看！

不會讓我，還會還手報復的人，唯有邵思泫！

「蔡筱蘋是衝著思磊來的，好像不關你的事喔。」我把腳縮回來，整個人挪坐到沙發中央。

「是啊，跟我無關。」邵思泫彎身想要坐下，以爲我特別挪位置給他。

趁他失去防備之際，我迅速抬腳朝他的屁股用力一踹，將他踹出沙發外面。

「林茗意妳……」他傻眼地回頭瞪我。

「是你吧！」我瞇著笑眼，用輕柔的口氣質問，「蔡筱蘋在公車上遇到的人。」

「蛤？遇到什麼？」邵思磊果真狀況外，滿面疑惑地來回看著我們。

「思泫在公車上冒充你跟蔡筱蘋說話……」我把蔡筱蘋的經歷轉述了一遍。

「又不是我起的頭。」邵思泫聽完不再裝傻，眼神帶著戲謔的笑意，不像邵思磊那般澄淨，「那天她的書包差點打到我，跟我賠不是時，也不知道是怎麼認定的，竟然直接喊我邵思磊。」

「所以你就代入思磊的個性，起身讓位給她坐。」果然跟我猜的一樣，讓位是演出來的。

「喔，你沒跟她解釋你不是我？」邵思磊一副見怪不怪的模樣。

「懶得解釋，反正那天若是換成你在公車上，你一定會讓位給她坐。」邵思泫認爲自己的應對是正確的。

「嗯！你說得沒錯，確實是那樣。」邵思磊居然認同他的話。

「面對國中同班同學，你們覺得可以隨便替代嗎？」我感到哭笑不得。

「讓位是小事，不行嗎？」邵思泫詢問邵思磊的意見。

「沒差吧，跟她又不是很熟。」邵思磊的想法也跟他一致。

「就算有當場解釋，她下次還是會認錯我們。」

「而且隔一段時間後，她可能連記憶也會跟著搞混，分不清遇見的是誰。」

「所以你做跟我做，表面上沒什麼區別。」

「對啊！有需要再解釋就行。」

兩人一搭一唱的，不覺得這件事有什麼不對，語畢還相視一笑，笑容燦爛得差點閃瞎我的眼。

我無言地望著他們，心裡明白，他們會歪成這樣，主要是因爲長得太過相像的緣故！

小時候被人認錯時，他們還會認眞地解釋誰是誰，可是經過一段時間後，他們發現許多人還是分不清他們，久了甚至連記憶都會搞混，記不清什麼事是誰做的，有解釋跟沒解釋一樣。

每次解釋完，他們還會被一堆重覆性的問題爆擊，例如「雙胞胎有沒有心電感應？」、「受傷會不會同步？」、「誰的功課比較好？」、「兩人個性一樣嗎？」、「會喜歡同一個女生嗎？」諸如此類的狀況層出不窮，他們回答到超級煩，還萌生出想要打暈對方的念頭。

長大後他們不想再浪費口水，只要遇到不太熟的人喊錯他們名字時，他們就會將錯就錯，有默契地代替另一人去應對，省去解釋的麻煩。因爲很瞭解彼此的個性，他們扮演起來也相當得心應手，鮮少被人識破。

「可是這次不一樣，你讓蔡筱蘋喜歡上思磊了！」我大聲強調。

「嗯……」邵思磊伸手摸著下巴，擺出沉思的模樣，「其實不久前，我也害思泫被一個學姊喜歡上。」

「什麼？」聽到那段話，我差點從沙發上滾下來。

「學姊的筆記本掉了，我只是撿起來遞給她，她先猜我是不是思泫，我也是懶得否認，笑了笑就走了。」邵思磊解釋當時的狀況。

「他害我被學姊攔了三次路。」邵思泫噗哧一笑，同樣是見怪不怪的口氣。

「我只是撿了筆記本而已。」邵思磊一臉無辜地朝我眨眨眼睛。

「我也只是讓位而已。」邵思泫也鼓著腮幫子，朝我搧了搧睫毛。

這兩人刻意展現相同的神情時，簡直就像複製貼上，只有對他們非常熟悉的人才能分辨出誰是誰。

「你裝什麼可愛！」我忍不住抬腿踹向邵思泫。

邵思泫伸手抓住我的小腿，用力往上抬，我整個人被他掀倒在沙發上，他隨後坐下側身壓在我的背上，不讓我起身。

「思磊，幫我，幫我。」我被他壓得唉唉叫。

「你不要捉弄茗意，過來！」邵思磊連忙起身走來，左臂一伸勾住邵思泫的脖子，將他強行拖到隔壁沙發上坐下。

「你身上臭死了。」邵思泫捏著鼻子抱怨。

「剛剛你也跟我一樣臭。」邵思磊故意往他身上蹭。

「你快去洗澡！」

「不先吃冰嗎？」

「先洗！再吃！快去！」邵思泫一臉嫌棄地推開他。

「好吧。」邵思磊起身朝二樓走去，嘴裡哼著幼稚園的洗澡歌，「洗澡澡呀洗澡澡，洗澡澡呀洗澡澡……」

邵思磊上樓洗澡後，客廳頓時安靜下來，我沒好氣地睨著邵思泫。

「我有提醒妳不要赴約。」他一副事不關己的口氣。

「她是國中同學，不赴約太失禮了。」我中午在群組裡提到要跟蔡筱蘋見面的事時，他確實回了那樣的話。

「她國中跟妳感情沒有多好。」

「可是最近她在ＩＧ上跟我有留言互動。」

「明顯動機不純。」他冷哼一聲。

「你又沒講你遇過她，我怎麼知道她有什麼企圖？」我不滿地抗議。

「那件事不重要。」他的回答很冷漠。

「可是對她來說，那天的相遇是很重要的，你讓她有了很大的改變。」

「我記得我那天是嘲諷居多。」

「我知道，內容一聽就不對，思磊才不會說出那種話。」依我對邵思磊的瞭解，他會滿面微笑對她說「補習很辛苦吧，別把自己搞得太累，加油，加油，加油」。

「我沒有鼓勵她的意思，她後來得出什麼領悟，改變了什麼，全是她自己想像的。」他再度撇清關係。

我明白邵思泫的想法，只是如果那天換成邵思磊，他不會對蔡筱蘋毒舌，那麼，她說不定就不會被打動。

「還是妳希望我向她解釋，那天她遇到的人其實是我，讓她把焦點轉移到我身上？」他似笑非笑地望著我，眼神幽深。

「你別再攪和了。」我下意識阻止。

「爲什麼？」

「因爲你再攪進來，事情會變得更複雜。」

「所以不公開眞相，就保持這樣，讓她繼續喜歡思磊也沒關係？」他傾身向前凝視我的眼睛。

「這……這樣也不好，你還是跟她解釋清楚。」我隨即改口，心頭莫名有種窒息感。

最近跟邵思浤獨處時，總覺得他給我的壓迫感好像變大了，相處起來沒有邵思磊那麼輕鬆自在。

或許是瞧我有點不知所措，邵思浤抿唇笑了笑，起身朝廚房走去。

我長長呼了一口氣，伸手朝臉上搧風，感覺客廳的冷氣吹出來的風，好像變得不涼了。

「妳不來嗎？」邵思浤從廚房門邊探出頭。

「要幹麼？」我猛然回頭看他。

「做芒果剉冰呀。」

「你們不是做好了？」

「當然是等妳來才做。」

「你們在LINE裡講得好像做好了一樣！」

「快來幫忙，不幫忙沒得吃。」他朝我勾勾手指。

我傻眼地起身走進廚房裡，只見流理台上擺著三顆芒果，以及一台手動的剉冰機。我拿起一顆芒果放在鼻尖聞了聞，是愛文芒果，香氣特別濃郁，再伸手想要拿刀子時，邵思浤卻一把拿走我手中的芒果。

「妳去剉冰，芒果我切。」他從刀架上抽出一把水果刀。

「每次都叫我剉冰。」我移到剉冰機前面，裡面已經裝了冰塊。

「誰教妳手殘，切個蘋果也會切到手指。」

「那是國一的事，我現在刀工練得不錯了。」當時我跟他玩牌，輸的人要去削水果。

「我還是不要冒險，萬一害妳受傷，我會被思磊煩死，光是切到手指那件事，我被他煩了足足三年。」他的口氣滿是抱怨。

哼！邵思泫嫌我刀工不好也嫌了三年，邵思磊煩他只是剛好而已。

不想再跟他爭論，我開始旋動剉冰機的手把。夏日的蟬聲自廚房的玻璃窗外傳進來，跟刨冰的聲音交織在一起，明明應該要很吵的，但我的心裡卻是一片寧靜。

我轉頭望著邵思泫俊秀的側臉，他專注地看著手裡的芒果，右手握著水果刀，熟練地削果肉。

似乎是感覺到我的視線，他的薄唇先彎成一道優美的弧，隨後才側頭看向我。

「你、你笑什麼？」我急忙收回目光，感覺心跳漏了一拍。

「因爲有人跟我說……」他慢悠悠地開口，溫醇的嗓音含著笑意，「我不說話時看起來更帥。」

「誰說的？」

「誰呢——」

聽他把尾音拖長，笑得有點神祕，我的腦袋這才急速運轉，低頭嚥了一口口水，發覺那句話……好像是我說的。前陣子鬥嘴鬥不過他，我就叫他閉嘴，說他不說話時更帥。

「有更帥嗎？」他竟然不放過我。

「沒有！」我感到有點惱羞，耳根熱了起來。

就在此時，邵思磊忽然走進廚房。他洗完戰鬥澡，換上白色T恤，身上飄著淡淡的沐浴乳香氣，頭髮整個溼答答的，連擦都沒有擦。

「我來剉冰，妳去客廳等。」邵思磊直接擠到我和邵思泫的中間。

「你的頭髮好溼，不先吹乾嗎？」我瞧他瀏海的髮絲還滴著水珠。

「妳幫我吹。」他撒嬌道。

「吹一次一百元。」我可不免費服務。

「成交……」邵思磊眼神一亮。

「眞貴。」邵思泫打斷他的話，「不用一百元，我免費幫你吹乾，還贈送護髮一次。」

「謝謝喔。」邵思磊沒好氣地白他一眼，「不過天氣那麼熱，我等頭髮自然乾就好，不用勞煩你。」他邊說邊旋動剉冰機的把手，「茗意，妳去客廳等。」

「你幹麼讓她閒著？」邵思泫冷哼一聲。

「不就是剉個冰而已，兩個人弄就夠了。」邵思磊說得輕鬆。

「你根本是來亂的。」

「你剛剛也亂過我，哈哈。」

「那眞是對不起喔。」邵思泫拉下臉冷哼。

「你生氣了嗎？」邵思磊睜著可憐兮兮的水潤大眼，彷彿被那句話傷了心，

「跟我說對不起太見外了……」

「沒有，你別黏過來，我手上有刀。」邵思泫見狀，肩頭一縮，很怕他會撲抱自己。

「可是……」

「你的冰塊要融了！」

「喔，要趕快剉。」

兩個大男生在流理台前，兀自鬥起嘴來，正所謂貓捉老鼠，一物降一物，這世上能讓邵思泫感到無從應付的人，唯有狗狗個性的邵思磊。

眼看廚房裡沒有我的容身之處，我只好回到客廳，坐在沙發上等候。

客廳牆上掛了好幾幅照片，全是我和邵家兄弟的合照，有嬰兒時期的合照，還有幼稚園、國小、國中及高中的入學紀念照。

邵爸和邵媽待我非常好，他們總說自己沒生女兒也沒關係，有我就足夠了，邵家兄弟雖然時常跟我打鬧，但遇到有好吃好玩的事，他們也都會帶上我。

我們的感情就像家人一樣好。

隔沒多久，邵思磊和邵思泫端了三盤芒果剉冰出來，兩人一左一右在我的身側坐下。

我伸手接過一盤剉冰，看著堆成山型的細冰上鋪滿現切的芒果塊，頂端加了兩顆芒果冰淇淋球，還淋上了香甜的煉乳，感覺暑氣都消了一半。

我拿起湯匙，舀了一匙芒果冰含在嘴裡，芒果和煉乳的香氣在齒頰間縈繞，「哇！好好吃。」

「心情有變好嗎？」邵思磊微笑問道。

「嗯？」我愣了一下，接著意識到他指的是跟蔡筱蘋見面的事，「剛剛踹了思泫，氣早就消了。」

「妳的皮膚不好，別吃太多芒果。」邵思泫突然從我的盤子裡挖走一匙芒果。

「喂！」我扁嘴轉頭瞪他。

「我補給妳。」邵思磊馬上補一匙芒果到我的盤子裡。

我朝邵思泫得意地吐吐舌頭，繼續吃自己的冰。

「妳跟蔡筱蘋聊了什麼？」邵思磊好奇地問。

「聊了很多，還聊到國小參加跆拳班的事，我說我怕痛，打得沒你們好，後來就退出了。」我一邊吃一邊回答，腦海浮現蔡筱蘋當時不予置評的表情，「但她好像不能接受這個理由，畢竟她以前是那種考試考差了，會努力雪恥，下次考得更好的個性。」

「可是妳怕痛耶！」邵思磊的表情轉爲嚴肅，好像怕痛是很重大的事。

「妳痛到皺眉的表情，太醜了。」邵思泫嫌棄地補了一句。

我抬腳踢邵思泫的小腿一下。

「就是知道妳怕痛，每次看到妳被踢到，我心裡就超級不爽。」邵思磊忿忿地表示。

「是啊，只要有人對練打贏妳，思磊下課就會跑去挑戰人家，搞到大家都不想跟妳對打。」邵思泫倒是笑了。

「我有跟你商量要不要幫茗意出氣，你都說好，然後叫我衝。」邵思磊向他強烈抗議。

「我說衝你就衝？」

「當然。」

聽他們鬥嘴，我腦海突然浮出一幕，主人丟飛盤，狗狗跑去追的畫面。

「不練也罷，妳的皮那麼薄，隨便被人踢一下就瘀青了。」邵思浤又伸出湯匙想挖我的芒果。

「瘀青是被踢的，跟吃芒果無關好嗎？」我隔開他的湯匙。

記得當時，邵思浤的書包裡都會備著肌肉噴劑和藥膏，一練完拳，他就會跑來檢查我的手、腳，只要發現我哪裡痛或哪裡淤青，便會馬上幫我擦藥。

邵思磊則總嚷著要替我報仇，經常向道館裡的人下戰帖，令教練感到頭疼。不過，或許是因為這樣，他的跆拳道打得越來越好，現在成為道館的王牌之一。

「當年我陪你們進跆拳班，只是想玩玩而已。」我對跆拳道沒什麼興趣，只喜歡看他們打。

「如果妳還想玩，就跟我打，我隨時奉陪，想要獎牌的話，我打來送妳。」邵思磊拍著胸鋪掛保證。

「你又不會還手。」就算打贏他，我也得不到成就感。

「咳。」邵思浤輕咳一聲，表示會還手的在此。

「就算沒成就感，我也不想輸。」我送邵思浤一個死魚眼。

「我可以讓妳打贏。」邵思浤微笑承諾。

「多謝你的好意。」我搖著湯匙拒絕，邵思浤的退讓都帶著嘲諷感，比打輸還難受，「後來蔡筱蘋還問，你們上大學後會不會繼續練跆拳道。」

邵思磊含著湯匙沒回話，邵思泫也默默看著盤子，兩人頓時陷進沉思中。

蔡筱蘋問了一個很難回答的問題，他們最初只是練好玩而已，然而，隨著段位提升，他們對外參加的賽事級別也越來越高，從小比賽一路打進全中運。上高中後，他們漸漸感到茫然，不知道大學是要繼續走體育這條路，還是要好好專注在課業上，培養工作技能。

這是每個運動員在生涯中，都會面臨的重要抉擇。

「距離學測只剩半年多的時間，你們也要慢慢考慮了。」我用手肘左右輕輕推了他們一下。

「對呀，還有半年呢，半年後再想。」邵思磊馬上把問題拋開，挖了一大匙冰塞進嘴裡。

邵思泫沒回話，只是默默瞥了他一眼，眼神有點複雜，不知道在想什麼。

「明天蔡筱蘋會跟我一起去看你們的比賽。」我繼續說。

「沒必要吧。」邵思泫蹙眉，一副排斥的模樣。

「我只要妳來加油就夠了。」邵思磊鼓著腮幫子抗議。

「約都約了，沒關係啦。」我吞了一口芒果，隨後又想到一件事，噗哧一笑，「對了，她還說，以前國中班上的同學，都等著看我們搞出三角戀。我回她說，才不會，我從小跟你們一起長大，親如手足，你們也都把我當妹妹看待。」

邵思磊猛然轉頭看我，眉毛微微豎成八字，眼神透著一絲委屈。

我不解地望著他的臉，感覺氣氛變得有點古怪，僵著脖子再看向邵思泫。

邵思泫似笑非笑地斜睨我，眼神好像在罵我白痴。

「你們……幹麼不說話？」我被他們盯得頭皮發冷。

「呃，要講什麼？」邵思磊伸手抓抓後腦，探頭詢問邵思泫。

「她說我們都當她是妹妹耶！」邵思泫唇角一扯。

「我只有一個兄弟，也只認一個。」邵思磊笑得好生尷尬。

「妳又不是我爸媽生的，誰會把沒血緣關係的人當作妹妹看待？」邵思泫冷笑附和。

「欸……那你們當我是……」我心裡無比震驚，沒想到他們的思惟跟我不同，沒有將我當成妹妹看待。

「當林茗意呀。」邵思磊小聲咕噥。

「林叔叔的女兒。」邵思泫嘆了一口氣。

「不當家人……那你們爲什麼對我那麼好？」我的思緒頓時卡住，他們明明很寵我，連切芒果、剉冰這種事都捨不得讓我做。

「不爲什麼，就想對妳好而已。」邵思磊說完這句話，馬上連吞三匙的冰。

「看起來大受打擊耶。」邵思泫探頭研究我的臉色，「不然思磊你就好心認她當妹妹。」

「我才不要，要認你自己認。」邵思磊惱羞地回絕。

「我也沒興趣耶。」邵思泫的口氣超不屑。

「那怎麼辦？」

「不知道。」

「總要想想辦法，不能讓她失望。」

「不然……用ＡＩ捏個哥哥給她？」

「好主意！」

「我們晚上研究一下。」

聽到後面，我的頭越垂越低，臉幾乎快要埋進盤子裡，臉頰好像有一團火在燒。

這什麼情況？

他們是什麼意思？

難道只有我將他們當成家人看待？這全是我一廂情願的想法？

那他們當我是什麼？

感覺到胸口有些難受，好像快要無法呼吸似的，我猛然坐直身體，抬起頭大口吸氣。

邵思磊和邵思泫一左一右靜靜地觀察我，似乎在等待我的反應。

我的腦海裡還是一團混亂，心臟不要命地不斷狂跳著，我只好望向窗外，故作鎮定。

午後陽光灑在櫻花樹上，枝葉隨風無聲地搖曳。

「呵呵……哈哈哈……」由於腦袋呈現打結狀態，我竟然像神經病一樣開始傻笑。

爲了擺脫眼下困窘的狀況，我問道：「那個……哈哈……那棵樹……呵呵呵……爲什麼不再開花？」

「不好，精神崩潰了。」邵思泫噗哧一笑。

「哪棵樹？」邵思磊是好奇寶寶。

「窗外那棵櫻花樹。」我伸手指著櫻花樹。

「它有開過花嗎？」邵思磊探頭詢問邵思泫。

「沒有，不曾見過。」邵思泫搖頭。

「有！我看過！在小學六年級的某天晚上。」我提高聲音將那天晚上發生的事詳細說明了一遍，「當時你們全家出去度假兩天，晚上十一點，我出門幫我爸買冰塊時，特地繞到你們家看了一下，發現那棵櫻花樹開滿了花……」

他們聽完沉默了好幾秒，沒有第一時間否定我說的話，畢竟他們知道我不會胡亂撒謊。

「我還撿了一朵花起來看，那棵樹是吉野櫻，對吧？」學校裡也有種吉野櫻，我絕對不會看錯。

「確實是吉野櫻。」邵思磊偏頭回想這棵櫻花樹的來歷，「聽我爸說，那棵樹是我曾曾祖父跟一位日本友人買回來種的，他原本也期望它能開出漂亮的花，但自從種下後，這棵樹就不曾開過花。」

「聽我媽說，有些吉野櫻種到平地後，便不會開花，原因可能是氣候和水土不服。反正從我曾曾祖父那一代到現在，將近百年，這棵樹都不曾開花。」邵思泫淡淡說道。

「可是我眞的看過它開花！」我再一次強調。

「既然我們都不在家，妳爲什麼半夜會繞到這裡來？」邵思泫一臉納悶。

「你們忘了嗎？那年的過年，你們家曾經遭過小偷。」我回道。

「怎麼可能忘記？」邵思磊對那件事的記憶還很深刻，「那年過年，我們全家去親戚家小住兩天，回來時發現家裡遭了小偷，偷走我媽擺在罐子裡的買菜錢兩千元。」

「還有一包泡麵，加一顆雞蛋。」邵思浤的回憶也被勾起，「當時沙發上的靠枕和遙控器有被挪過，廚房裡的垃圾桶有泡麵袋和蛋殼，我推測，小偷知道大過年的，我們家不會有人回來，所以大搖大擺地煮了泡麵加蛋，坐在客廳裡一邊享用一邊看電視。」

「把別人的家當自己的家，這也太可怕了！」我感覺汗毛瞬間豎起。

「聽說類似的案件也不少，有的小偷還會進出好幾次，甚至待上好幾天。」

「眞可怕！小偷是從廚房的氣窗爬進來的？」

「我們外出都有鎖門，回來時門鎖也都好好的，唯獨廚房的氣窗沒有鎖，所以我爸媽只能猜測小偷是從那裡爬進來的。」邵思磊聳了聳肩，意思是他們也沒有確切的證據，能證明小偷是從氣窗爬進來。

「警察沒有找人來採集指紋嗎？」我記得他們有去警局報案。

「沒有。」邵思磊搖頭笑了笑，「警察說在沒有重大損失也沒有發生命案的情況下，通常不太可能會破案，所以後來就不了了之了。」

「只能自行加強門窗的安全性，我爸隔天就把門鎖全部換掉，我媽還嚇得失眠了好幾天。」邵思浤無奈地抿唇。

「我就是聽阿姨提過，她想起那件事都會感到焦慮，怕小偷再進來，而那個週末，你們家又出去度假，所以我買完冰塊就想繞過去看看。」邵家是我的第二個家，我自然也要盡一分保護的責任。

「笨蛋！」邵思泫不悅地蹙眉，輕輕拍了一下我的後腦，「要是真撞見小偷闖空門，妳這樣豈不是讓自己陷入危險？」

「當時沒想那麼多。」我扁嘴回道。

「妳太沒危機意識了，下次不准再這麼做！」

「好啦。」

「妳爲什麼沒跟我們說過這件事？」他又納悶地問。

「因爲夜巡是小事……我現在比較在意櫻花樹爲什麼不再開花。」我小聲咕噥。邵思泫如此關心我的安危，眞的不是因爲他把我當成家人嗎？

如果眞的不是，那他是懷著什麼樣的感情……

一想到這個問題，我感覺腦袋瞬間發脹，沒辦法再往下思考。

「妳從小在這裡長大，之前有看過它開花嗎？」邵思泫沒好氣地反問。

「就只有那一次而已……所以你覺得是我看錯了？」我感到有些失落。

「不。」邵思泫的回答出乎我的意料，「我相信妳說的是眞的。」

「你也相信那棵樹會開花？」

「它不曾開過花。」邵思泫又否定，意思就是不相信。

「但我看過！」

「我相信妳有看到。」

「你相信我有看到，卻又不相信它會開花，這不是很矛盾嗎？」我氣呼呼地質問他。

「我說相信，就是相信。」邵思泫側頭直視我，眼神很認眞。

「我也相信妳眞的見到了。」邵思磊的腦洞一向比他弟弟大，時常有一些天馬行空的想法，「將近一百歲的櫻花樹裡，說不定住著神靈，也許是神靈看妳熱心地巡視我家，才會讓妳看見那麼漂亮的景色。」

「樹裡住著神靈？」我被他的說法逗笑了，覺得這種想像挺美好。

「那晚的景色讓妳覺得可怕嗎？」

「一點都不會，只覺得很美。」

「那就是了，神靈喜歡妳。」邵思磊偏頭對我溫柔笑道。

我凝視邵思磊彷彿裝滿星光的眼睛，他一向不會反駁我的話，總是以我的意見爲主，對我百般縱容，倘若這也不是將我視爲家人……

不行不行，我感覺腦袋快爆了，急忙低頭吃幾口快融化的剉冰。

或許是察覺到我陷進煩惱之中，邵思磊和邵思泫也沒再回話。

我們默默吃著各自的剉冰，氣氛變得比稍早還尷尬。

吃完剉冰，我端起盤子想起身時，左右邊突然各伸來一隻手，接住我拿在手裡的盤子。

「給我洗吧。」他們兩人異口同聲說道。

我的心又狂跳了起來，僵著脖子左右瞥了他們一眼。他們倆貼在我的身側，兩張臉也離得很近，臉上都帶著一樣的寵溺微笑，溫柔的眼神讓我不敢直視，有股將要溺水窒息的感受。

就在我不知如何是好，講不出半句話時，他們兄弟倆又開啟了鬥嘴模式。

「我先拿到的。」邵思磊很幼稚地大叫。

「上次是你洗，這次輪到我。」邵思浤不滿地表示。

「上次是六月底的事，七月已經開新局了。」

「既然是新局，就要猜拳決定順序。」

「我才不要猜拳，乾脆對打一場？」邵思磊馬上拒絕，因爲他猜拳總是猜輸邵思浤。

「你是哥哥，我這弟弟怎麼打得贏你？」邵思浤也拒絕邵思磊的提議，因爲他的跆拳道差邵思磊一小截。

上次？這次？輪流？開新局？猜拳決定？

我頓時覺得空中彷彿落下了一枚又一枚的炮彈，轟得我無處逃避，強迫我必須面對一個事實——他們面對我是處於競爭的狀態！

「你們……怎麼能……我、我要回家了！」我心慌地鬆開手，兩手摀著發熱的臉頰，踩上沙發繞過他們跳到旁邊地上，快步走向大門口。

「茗意，別忘了明天的比賽。」邵思浤提醒道。

「妳不來加油，我可能會打輸喔！」邵思磊的聲音聽起來明顯是在憋笑。

「思磊如果打輸了，我的壓力就會變大。」

「思浤的心理壓力變大，可能會跟著連輸。」

「所以，我們需要妳的加油，等妳喔！」兩人異口同聲笑道。

「你們……很故意耶，討厭啦！」我雙手摀著耳朵奪門而出。

瞧他們跟我應對時游刃有餘，鬥嘴也默契十足，顯然早已知道彼此的想法，私下也達成某種共識，才能維持這樣的平衡。

我心裡有種預感，他們這次替我招來的，絕對是世界上最大的麻煩，以及最難解的難題。

第二章 習慣成自然

騎著腳踏車火速衝回家，我跑上二樓進到房間裡，整個人撲倒在床上。

「他們到底是什麼意思？事情為什麼會變成這樣？我不懂啦！」我像毛毛蟲一樣地扭動身軀，兩條腿上下擺動著，「早知道就不要去他們家吃芒果冰，都是芒果冰害我這麼煩惱，嗚嗚……」

「噗，你姊姊在練游泳嗎？」略帶稚氣的笑聲從門口傳來。

「她又病發了，該吃藥了。」另一道聲音見怪不怪地回道。

我聞聲轉頭望向門口，只見兩個長相軟萌的可愛小男孩，手裡各握著一個遊戲機的搖桿。

他們即將升上小學六年級，左邊的林洺侑小朋友是我親弟，右邊的是對面鄰居家的孩子，叫王呈樂。

這兩個孩子跟我和那對雙胞胎的情況一樣，洺侑出生後便托給對門的鄰居奶奶照顧，隔不久呈樂也出生了，兩個孩子從小一起長大，感情好得不得了，常常湊在一起寫功課和打電動。

「姊，妳在發什麼神經？」洺侑走到床前。

「侑侑，我快被思磊和思泫搞瘋了。」我起身頹喪地坐在床上。

「茗意姊姊，哥哥們又做了什麼？」呈樂好奇心重，馬上跟進來。

「他們剛才跟我講了一些奇怪的話，聽起來好像是……他們對我……有別的感覺……」我羞窘不已，越說越小聲。

「哥哥們跟妳告白了？」洺侑冷不防蹦出一句。

「咦，告白了嗎？」呈樂雙眼瞬間放光。

「你們……怎麼這樣說？」我錯愕地來回看著他們。

「欸？還沒嗎？」洺侑見狀倒抽一口氣。

「慘了！這個不能講耶。」呈樂伸手摀住嘴巴。

「所以他們……眞的對我……」我伸手壓住心口，感覺心跳有點無力。

洺侑和呈樂互覷了一眼，這才默默點了點頭。

「這怎麼可能？」我崩潰地扯著頭髮大叫。

「是眞的，哥哥們都喜歡妳！」洺侑沒好氣地說。

「對呀，兩個都喜歡妳一個。」呈樂用力點頭附和。

「思泫哥哥說妳很遲鈍，不知道什麼時候才會發現。」

「茗意姊姊眞的不知道嗎？可是我和侑侑早就發現了。」

「是我先發現再告訴你的。」洺侑糾正他的說辭。

「我其實也有發現一點點，只是沒有說出來……」呈樂不肯服輸。

「你們爲什麼會知道？」我打斷他們兩個的爭論。

「因爲哥哥們對妳特別好，他們常常只帶妳出去玩，都不帶我。」洺侑不滿地噘嘴。

「因爲他們跟妳說話時都一直笑，一直笑，一直笑。」呈樂咧嘴衝著我笑，他的想法超級簡單。

「單憑這樣，你們就認爲是喜歡？」我認爲這些理由都太沒有說服力了。

「我們有偷偷問過他們是不是喜歡妳，他們說是！」洛侑一句話直接扣殺我。

「他們還叫我們不能說出去，可是我們現在已經說了，怎麼辦？」呈樂一臉擔憂地望著洛侑。

「我們一定會被哥哥們罵。」

「不然茗意姊姊繼續假裝不知道。」

「來不及了，我現在已經知道了！」我再一次崩潰地扯著頭髮大叫。

「那……」洛侑在我的右側坐下，睜著水潤的大眼問道，「姊姊……妳要選誰？」

「要選誰呢？」呈樂也眨眨大眼，坐到我的左側。

「蛤？」我傻眼地瞪著兩張用可愛攻勢逼問的小臉。

許多正在就讀小學的孩子，都會崇拜比自己年紀大的哥哥或姊姊，而邵家兄弟能文能武，洛侑和呈樂一直都很崇拜他們，對這兩個小鬼來說，他們簡直是大神般的存在。

「選思磊哥哥好嗎？」呈樂是思磊的鐵粉。

「我覺得思泫哥哥比較好。」洛侑一向比較黏思泫。

「思磊哥哥的跆拳道是全市第一！」

「思泫哥哥很聰明，他的功課最好！」

「可是他們讀一樣的高中，成績應該一樣好吧？」呈樂不認同洺侑的話。

「那是因爲思泫哥哥想跟姊姊一起上學，才讀一樣的學校！」洺侑又拋出一個核彈級的爆料。

「不是吧！」

「哥哥說是！」

天啊！我聽到了什麼？

邵思泫的會考成績比我和邵思磊好，原本可以讀更好的學校，但他說不想跟哥哥分開，所以選擇高分低就，跟我們讀同一所高中。

他當初明明說是因爲離不開他哥，怎麼現在變成是因爲我？

「一個跆拳道好，一個功課好，那要怎麼選？」呈樂露出難以抉擇的表情。

「如果可以選兩個，那就好了。」洺侑異想天開。

「古代就可以娶好幾個。」呈樂說道。

「等等！你們兩個別亂了，回去打電動吧，讓我靜一靜。」我擺擺手催他們出去，這明明是我的問題，什麼時候輪到你們兩個臭小鬼煩惱了？

洺侑和呈樂離開房間後，我躺在床上盯著天花板發呆。

仔細想想，邵思磊國中時的模擬考成績一向比我好，沒想到會考當天，他卻失常了，聽說寫錯好幾題，最後落得跟我就讀同一所高中的結果。

儘管這樣，邵思磊也不曾責怪自己粗心大意，反而說道館的教練剛好是康成高中跆拳社的指導教練，這樣學習跆拳道會更方便，所以考上康成高中是天意。

但是根據洺侑剛才的爆料，邵思泫說不想跟哥哥分開，只不過是藉口罷了，那麼邵思磊會考的失常，會不會也不是天意，而是人爲？

如果我猜得沒錯，他們倆爲了我做出那麼不理智的決定，拿自己的前途開玩笑……那要是被我們各自的爸媽知道了，我豈不是成了罪人？

「他們到底是什麼時候喜歡上我的？」我掏出手機點開雲端相簿，裡頭有邵媽幫我們三人拍的照片。

我隨便點選其中一個檔案夾，裡面裝著我和邵家兄弟國小的照片，當時我們一起上下學，一起寫功課，一起玩耍，跟連體嬰一樣。

緊接著，我滑到小學四年級的運動會照片，當時校長想成立課後跆拳班，便邀請附近一間道館的教練來招生。

教練率領了十幾個學員在司令台前表演，眾人擊拳踢腿架勢十足，每個動作看起來都特別帥氣，最後甚至還有重頭戲——擊破木板。

「哇！好帥！好帥！」見幾個高年級的男孩一掌劈破木板，我忍不住鼓掌叫好。

「好帥，是那幾個男生長得很帥，還是打跆拳道很帥？」邵思磊突然靠過來問道。

「當然是打跆拳道很帥。」我回道。

「那……我就打拳給妳看！」邵思磊朝我露出燦笑。

「你想打，我陪你。」邵思浤一臉興趣缺缺地說。

以前他們不管參加什麼活動，都是兩人一起，所以我當時心想，邵思浤是爲了陪邵思磊才這麼說的。

兩人說完話，便馬上跑去找教練拿報名表，隔了兩堂課後，他們也把我拉進跆拳班。

難道，邵思磊那個時候就喜歡上我了？

「不不不，那麼小的年紀，哪懂得什麼是愛情。」至少我就不懂。

我再點開另一個檔案夾，裡面放的是我們三四歲的照片。

那個時候，我們一起吃飯，一起玩玩具，一起午睡。

邵媽說當時他們都會吵著要跟我一起睡，所以我一定要睡在他們的正中間，這樣才公平，才不會吵架。

我滑著滑著，看見一張我滾到邵思磊身上，趴在他胸口上睡覺的照片，但是下一張，竟是邵思泫擠到我和邵思磊中間，變成我窩在他懷裡睡的照片。

長大後，邵思磊曾經拿這張照片向邵思泫質問：「當時你爲什麼要擠過來？」

「我覺得她趴在你身上睡，很像在搶我的哥哥，所以才隔開你們的。」邵思泫回答。

隔開後卻是抱著我睡？

現在想來，邵思磊根本變成了邵思泫黏著我的慣用藉口。

記得他們小時候，吵架時很喜歡搞分裂，將玩具、用品分得清清楚楚的，誰也不給誰玩，分到最後，甚至連我也得加入戰局。

他們一左一右扯著我的手臂，問我要選擇跟誰好。

不管我選擇了誰，另一個都會哇哇大哭，比搶輸玩具還慘烈。

原來……他們對我的競爭根本不是現在才開始，而是跟夏日的蟬鳴一樣，從小就是如此，導致我習以爲常，不曾意識到這層關係已經變質。

問我想選誰？我怎麼選得出來。

我必須先釐清，自己對他們是什麼感覺。

我對他們到底是……

我不知道，目前沒辦法思考，心情亂到極點。

這天晚上，我們一家人坐在餐桌前用餐，電視裡正播著選舉的新聞。

「老公，要繳貸款了。」吃了幾口飯，媽媽便用平靜的口氣，打破愉悅的用餐氣氛。

「小邵說工錢會慢個幾天給。」爸爸聽了差點噎到。

「他這半年的工錢怎麼給的那麼慢？」

「被營造公司拖到呀，工程都做到收尾了，還一直挑毛病。」爸爸無奈地說。

媽！別在吃飯時提起錢的事，胃口都被打壞了，我睨了媽媽一眼。

媽媽端坐在餐桌前，長髮綁成低馬尾，臉上戴著眼鏡，長相乍看有點苛刻。

她當了十多年的會計，在家裡掌管金錢的進出，個性也是跟她做的帳一樣，一板一眼的。

在我和洺侑還小的時候，她就要求我們要自律，什麼時間該念書，什麼時間該上床睡覺，都要準時執行。

我的目光瞥向爸爸，他因爲工作場所悶熱，長年理著寸頭，長相看起來有點凶惡，但實際上，他的個性帶點散漫，凡事率性而爲，只按自己的步調行事，不喜歡被拘束。

這兩個個性完全相反的人，當初是怎麼看對眼的？

「不會有什麼問題吧？」媽媽用質疑的眼神睨著爸爸。

「應該不會，小邵跟那家營造公司都配合十年了。」爸爸露出笑臉安撫道。

「以我的經驗看來，拖欠款項的公司，遲早會出問題。」

「安啦，就算出問題，小邵也不會欠我們一塊錢的。」

爸爸口中的小邵，就是邵爸。

邵爸接掌他父親留下的工程行，帶領木工和油漆的工班，專門幫一家營造公司做裝修工程。

「事業做得越大，要承擔的風險就越大。」媽媽嘆了一口氣。

「對呀，之前有人叫我開工程行自己接工作，我光是想到創業的資金，還有要承擔的壓力和風險，就馬上放棄了。」

「沒出息。」媽媽說道。

「這不是有沒有出息的問題，妳想想，我如果開工程行，妳就要跟著管帳，要是像小邵那樣被客戶拖了款，臨到月底要付工資，妳豈不是急得頭髮都白了？」爸爸理性地分析。

「哼！所以我們一輩子就是這樣了。」媽媽冷哼一聲，神色有點不甘心。

「這樣也沒什麼不好，至少我們很相愛，沒離婚，小孩也很可愛，很健康，一家人都很快樂。」爸爸用跟他外表很不搭的溫柔嗓音哄媽媽。

「哼！」媽媽沒好氣地翻了個白眼，沒再多說什麼。

我瞥了眼坐在旁邊的洺侑，他朝我吐了吐舌，露出噁心想吐的表情。

「你們兩個今天待在家裡都做了些什麼？」爸爸想轉移話題，把腦筋動到我們身上。

「我跟樂樂一起玩電動。」洺侑先回答。

「有沒有寫暑假作業？」媽媽馬上一記眼刀射向弟弟，對「打電動」三個字極度反感。

「一頁……」洺侑垂著眼小聲回答，底下沒說出口的是「都沒寫」。

「才寫一頁？」媽媽的嗓音瞬間拔高。

「媽，國中班上的蔡筱蘋，今天突然約我見面……」我連忙出聲幫洺侑解圍，將蔡筱蘋在公車上遇到邵思浤的事簡單說明一遍，但沒說出邵家兄弟交換身分的部分。

「我記得那個蔡筱蘋是你們班的第一名，她爸爸是什麼上市公司的經理，媽媽每次都穿著一身名牌來參加班親會。」媽媽一邊回想，臉上一邊露出厭煩的表情，「每次參加班親會時，都要聽她臭屁，分享教孩子的心得，說什麼『我都沒在教孩子，也都不管孩子，成績好是她自己念的，我都叫她別念得那麼累，她就是不聽我的話』。」

「那種話隨便聽聽就好，何必當眞？」爸爸搖著筷子說道。

「她喜歡上思浤哥哥了嗎？」洺侑比較關心我們的八卦。

「大概吧，她明天想跟我一起去看比賽。」我低頭扒了一口飯。

「比賽前一天特別約妳出來，蔡筱蘋的用意很明顯，她就是要透過妳來接近思泫。我想，她明天應該會認眞打扮，向思泫展現自己的改變，以及博取他的好感。」媽媽提出她的推論。

「不管她穿得再漂亮，哥哥也不會喜歡她。」洺侑露出天眞無邪的燦笑，眞是哪壺不開提哪壺，「哥哥們早就有喜歡的人，只是那個人不知道。」

我心裡一驚，這小鬼竟然走天然黑的路線陷害親姊。

爸爸和媽媽聞言一愣，吃飯的動作雙雙頓住，餐桌上頓時陷進異樣的安靜裡。沉重的氣氛壓得我不禁低下頭，每扒一口飯，頭就低個一分，臉幾乎就要埋進碗裡。

「不知道？」媽媽以極不相信的口氣，率先發聲，「不是心知肚明嗎？」

「我也以爲是假裝不知道。」爸爸打趣地附和。

「我才沒有裝！」我驚詫地抬頭望著他們，沒想到爸媽竟然都知道邵家兄弟喜歡我？

媽媽瞧我好像不明白他們怎麼知道的模樣，不禁失笑，反問：「每天早上風雨無阻來門口接妳一起上學，看到妳感冒或生理痛，比我這做娘的還擔心，妳眞的一點也沒有察覺？」

「因爲……他們從小對我就是這麼好。」我小小聲地回答。

「人家對妳好，妳不能當作是理所當然，忽略了他們的心情。」爸爸難得口氣這麼正經。

我輕輕咬住下唇，一時答不出話，心裡升起一股歉意。

見我臉色不對，爸爸似乎覺得自己的口氣重了，馬上恢復成嘻皮笑臉的模樣，轉頭對著媽媽笑道：「我是不介意跟小邵成為親家啦，小邵偶爾也會跟我說，我兒子你就隨便挑一個去當女婿，反正臉都長得一樣。」

「才高中而已，說這個太早了。」媽媽一向沒幽默感，馬上用手肘戳了爸爸的腰間一下。

「小邵也是開玩笑，他知道孩子長大後，遇到的異性多了，喜歡的對象也有可能會改變。」爸爸的意思是，邵爸也知道兩個兒子的心事。

所有人都有察覺，只有我神經最大條。

「林茗意。」媽媽不知想起什麼，突然連名帶姓喊我。

「嗯？」我心頭一縮，不知母親大人有何命令？

「妳明天不要穿得太隨便。」媽媽提了一個建議。

「老婆，教孩子跟別人比較，這樣不好吧！」爸爸覺得不妥。

「不是比較，我只是不希望自己的孩子被人當成跳板利用。當妳發現別人懷有心機時，自己也應該要有一些應變對策，而不是放任不管，誰曉得她會不會在思磊和思浤面前陰妳一把。」媽媽語出驚人，她總覺得我們不懂人間險惡。

「妳想得太嚴重了。」爸爸不認為事情會演變成那樣。

「是你把女孩間的心機想得太簡單了。」媽媽再次反駁。

「媽，妳是在教我耍心機？」我傻眼地問道。

「我是教妳要防著，而不是叫妳去傷害別人。有心機不見得是件壞事，用得好甚至可以拿來自保。凡事多留一點心眼，至少不會像我一樣，在職場上傻傻被人利用，當了很多人的跳板。」媽媽的個性太正直，不喜歡跟人耍心機，在工作上吃了不少虧。

「妳說得沒錯，只是孩子還小，我還是希望他們能保持天真善良，不要那麼早變得現實。」爸爸是樂天派，只希望我們快快樂樂長大。

「你的女兒就要被人利用了，你也不生氣？」

媽媽聽了爸爸的話後有點惱怒，我知道，她只是想保護我而已。

「茗意沒那麼傻，妳別瞎操心，別煩惱那麼多。」爸爸伸手溫柔地輕撫媽媽的後腦，「妳的工作能力強，心地善良又正直，可以成就他人，還很會打理家裡，就算是跳板也一定是極品，全世界找不到第二塊。」

「你在胡說什麼……」媽媽輕輕揮開爸爸的手，一邊低下臉喝湯，看起來好像害羞了，「快吃啦！一頓飯要吃多久，等一下還要洗碗。」

「對呀，快吃快吃，等一下我要幫你媽洗碗呢。」爸爸也催促我們快吃，總算把這一場飯桌上的小紛爭搓平，眞是辛苦了。

我和洺侑互望了一眼，暗自鬆了一口氣。

吃完飯，我主動幫爸爸洗碗，洗完碗後，打開手機一看，發現三人小群組多了不少新訊息。

換成以往，我一定會馬上點進去看，現在卻不知道要用什麼心情面對他們，只好抱著駝鳥心態，關閉手機螢幕。

洗完澡回到房間，我打開電腦上網看動畫。

晚上十一點，手機突然響了起來，來電顯示是邵思磊。

「喂。」我拖了好幾秒才接聽。

「妳在忙什麼？怎麼都不讀訊息？」邵思磊幽怨的嗓音傳來。

「我在看動畫呀。」一想到他喜歡我，我的心又一陣狂跳。

「看哪一部？」

「《進擊的巨人》呀，兵長超級帥。」

「妳不是看完了？」

「這部是神作耶，之前追連載都是斷斷續續地看，現在完結了，當然要從頭好好地再看一遍。」我努力保持平靜的口氣，假裝什麼事也沒發生，「你有什麼事？沒事我要繼續看了。」

「當然有事！明天比賽完，我們三人一起去聚餐。」邵思磊急忙說道。

「三人？明天還有蔡筱蘋跟著。」我提醒道。

「放心！」邵思泫突然插話，原來手機是開擴音，他一直在旁邊聽，「我不會讓她跟的，比賽完就叫她滾蛋，妳想一下明天要吃什麼。」

「每次都叫我想，你們都沒有主見嗎？」我咕噥了句。

「麻煩，不想挑，妳想吃什麼，我就吃什麼。」邵思泫淡淡地道。

「是啊。」邵思磊溫柔地附和，「我只想陪妳去吃妳喜歡吃的東西。」

「她的吃相跟倉鼠一樣蠢。」

「哪會蠢？我覺得很可愛。」

「吃東西那麼慢，每一口都要咬很多下，不蠢嗎？」

「明明就很可愛。」

聽著他們的對話，我只覺得想哭。

因爲爸爸在外工作，吃飯的速度很快，偶爾會鬧胃疼，所以媽媽從小就教育我們吃飯要細嚼慢嚥，才能幫助消化。

不過我想哭不是因爲被邵思泫嘲笑像倉鼠，而是我直到剛才才明白，他們每次都要我決定聚餐的地點，並不是對吃的不上心，而是想要讓我能夠選擇自己喜歡吃的東西。

他們因爲喜歡我，所以才順從我，還持續了這麼多年。

「你們……」我感覺心口一陣揪緊，忍不住對著手機大喊，「你們太懶了！不能每次都叫我選，你們明天想吃什麼自己找。」

「呃……」邵思磊被我一吼，好像呆住了。

「這次你們不查就不要吃！」我的態度相當堅決。

「好吧，這次我們自己找。」邵思泫無奈地笑道。

「嗯……我們一起找。」邵思磊聽起來很失落。

「你們快找，我要繼續看動畫了，別再來吵我。」語畢，我直接將電話掛了。

爸爸說得沒錯，我一直將他們的好意視爲理所當然，不曾理解他們的心意。

林茗意，妳眞的是大笨蛋！身在福中不知福。

✦

暑假的第三天。

我起了個大早，拉開窗簾一看，窗外的天空晴朗無雲，鐵定又是炎熱的一天。隨興地將頭髮紮成馬尾，我換上簡單的T恤和短裙，不甩母親大人的囑咐，穿著以休閒方便爲主。

比起擔心蔡筱蘋的打扮，我反而比較煩惱，該以什麼表情面對邵家兄弟。

「好尷尬，可以不去嗎？」我兩手抓著穿衣鏡，質問鏡子裡愁眉苦臉的倒映，「可是思磊說我如果不去加油，可能會害他們打輸……」

不不不，他們的抗壓性哪有那麼差，這一定是逼我去加油的藉口。

就算是藉口，就算我今天避開了他們，那明天呢？後天呢？開學呢？

躲也沒有用，事態發展成這樣，我總得找出一個三人可以正常相處的平衡點。

「昨天我還跟蔡筱蘋說，他們也把我當家人對待，結果不到半天就打自己的臉。」我黯然垂頭像遊魂一樣飄出房間。

出門後，我來到公車站，準時搭上昨天跟蔡筱蘋約好的那班公車。

一上車，坐在中間的蔡筱蘋馬上朝我招手，她是在我的前一站上車的。

我在她的身側坐下，發現被媽媽料中了，她穿著合身的黑色上衣，搭配百褶短裙，裙子比我的還短，頭髮弄成微鬈，臉上也上了點淡妝，似乎參考了韓國明星的妝容和穿搭，果眞是精心打扮。

「哇！妳打扮得好漂亮。」我揚起笑臉稱讚道。

「還好啦，妳也穿得很可愛。」蔡筱蘋羞赧地回誇我。

「妳很早就起床吧？化妝弄頭髮要花不少時間。」我這一身十分鐘解決。

「剛開始摸索怎麼打扮自己時，確實會花上一點時間，不過多弄個幾次就上手了，不會很難。」她形容得很輕鬆，且呈現出來的妝容也確實漂亮。

「妳爸媽不會反對妳化妝嗎？」我心想，聰明的人學東西真快。

「不會，我媽平常也愛打扮，只要不影響課業就好。」

「我媽覺得高中生沒必要化妝，只要做簡單的保養就好。」

「可是學校裡很多女生都會打扮耶。」

「就是啊，我媽根本不知道現在的高中生跟以前不同了。」儘管這麼說，但對現在的我而言，寧願早上多睡一點，也不想花時間在化妝上，「我挺佩服妳的，可以在短時間內有這麼大的改變。」

「因爲我媽說，要做就要做到最好。」她的眼神黯了一下。

「我媽也會這樣講，但我和我弟都不太甩她。」我聳聳肩。

「不甩她，可以嗎？」她有些詫異。

「可以呀！反正我爸會當我們的擋箭牌。」我調皮地說。

「妳爸對你們眞好。」她的眼神透著羨慕。

「妳爸媽也很好呀，昨晚聽我媽說，妳爸好像是公司的經理，妳媽說妳從小都是自動自發地念書，她都不用管妳功課，還擔心妳念得太累。哪像我媽，每次期中考的前一個星期，都禁止我們出門玩樂，簡直是女暴君。」我抱怨完自家母親後，隔了好幾秒，蔡筱蘋都沒回話，我心裡覺得奇怪便轉頭看向她。

蔡筱蘋微微低頭，兩手擺在大腿上，右手的拇指不斷摳著左手拇指的指甲，我再仔細一瞧，那片指甲的表面有點泛白，好像被摳掉一層皮了。

似乎是察覺到我的目光，蔡筱蘋連忙將兩手交握，用右手蓋住底下的左手，轉頭朝我笑道：「念書本來就是自己的事，加上我不喜歡被人催著做事的感覺。」

「我自制力沒妳那麼高，念著念著就容易分心跑去做別的事。」我尷尬地笑笑，假裝什麼都沒看見。

「對了，昨天妳說邵思磊的媽媽是妳的保母，她是帶妳到幾歲？」她岔開話題，開始打探我和邵家的關係。

「從滿月帶到上幼稚園，幼稚園放學後，我會去他們家等我爸下工，國小和國中放學也會去他們家寫功課。」我暗自慶幸她轉移了話題，否則我真不知道要接什麼話。

「所以你們的爸媽也非常熟？」

「超級熟，他爸和我爸從小就是好朋友，現在也一起工作。」

「哪方面的工作？」

「室內裝修，他爸開了一間工程行，統包一些案子，我爸負責木工的部分。」

「真好，原來你們的爸爸是工作夥伴。」她又露出羨慕的眼神。

「他們做的是辛苦的工作。我爸每天下工回家全身都髒兮兮的，沾了很多木屑，我媽有點潔癖，規定我爸洗完澡後才能坐沙發。」

「怕木屑會掉下來？」

「嗯。」我頓了一下，某段回憶忽然闖進腦海，「記得小學五年級的時候，有天我在學校裡發高燒，老師通知家長來接我。我爸當時正在工作，一聽到消息就從邵叔的鐵皮屋裡趕過來，接我去看醫生。我請病假在家休息了一天，隔天到學校上課時，才知道前一天放學後，邵思磊和邵思泫跟五個同學打架了。」

「爲什麼打架？」她立刻追問，聽得很認眞。

「因爲我爸進到教室裡時，頭髮和衣服上沾了木屑，下課後有幾個同學嘲笑我爸很髒，被邵思磊聽見了，放學後他們就在回家路上堵那幾個同學，一群人打了起來。」

即使多年過去，每次提到這件事，我的心頭依然會感覺酸酸的。

「他們打贏還打輸？」她的雙眼微微放光。

「當時他們已經練了跆拳道一年，兩人把五個同學揍到哇哇哭著跑回家。」

「邵思磊好有正義感。」

「但他們也害得邵叔被校長約談，畢竟打架是不對的行爲。」我還記得那天下課時間，我偷偷跑到校長室外面，瞥見邵爸向校長低頭致歉的一幕，心裡很不捨。

「不管打架是對是錯，這件事我挺你們。」蔡筱蘋握著拳頭堅決說道。

我低頭笑了笑，想起這件事還有後續，當年爸爸知道這件事後，把邵家兄弟叫來家裡，買了披薩請他們吃。

吃到一半，爸爸用帶笑的口氣說道：「我又不偷不搶，憑自己的本事賺錢，別人愛怎麼講就隨他們講，我就算聽到也不會少一塊肉，你們不要因爲這樣，就生這麼大的氣，犯不著跟那種愛耍嘴皮子的人計較。」

爸爸想要教導他們行事不要過於衝動，說完還伸手捏了捏兩人氣鼓鼓的腮幫子。儘管那時邵家兄弟點頭應允了，但其實他們直到現在還是不認爲當年揍同學的行徑是錯的。

我現在才明白，他們並不只是替我爸爸出氣，同時也是在替我出氣。

當時小小年紀的我，因他們維護爸爸的心意而深深感動，在心裡下了一個決定——在往後的日子裡，我一定要對他們很好很好。

永遠，永遠。

談笑之間，公車已抵達康成高中。

我和蔡筱蘋一起下了公車，放眼望去，校門口掛著「市長盃跆拳道錦標賽」的布條，陸續有觀眾進入校內，警衛伯伯和工作人員正忙著維持秩序。

康成高中是市排名第六名的高中，學校裡的跆拳道隊，成立至今已有二十年，教練是前國手出身，在體育界頗有名氣。

邵家兄弟自小就在這位教練的道館裡接受訓練，教練並沒有強制要他們念康成高中，反而是建議他們朝排名第三名的高中走，因爲那所高中設有體育班，能得到的資源也更多。

沒想到最後，他們卻選擇陪我窩在這所高中裡。

我領著蔡筱蘋熟門熟路地走進校門，朝體育館的方向前進。

行經中廊時，我看見學校爲了錦標賽，將祝賀邵思磊拿到議長盃全國跆拳道錦標賽金牌的紅布條掛了出來。

蔡筱蘋在紅布條前停下腳步，一臉嚮往地看著上面的字。

看到她把對邵思磊的愛慕表現得那麼明顯，我頓時感到頭疼，心想待會必須叫邵思泫跟她解釋弄錯人的事。但若是把誤會解開了，她會不會改成喜歡邵思泫？

「茗意妹妹！我就知道妳會來。」

就在此時，我的身後突然傳來一道宏亮的男聲，引得幾個路人紛紛轉頭看我。

我蹙眉壓下心頭湧起的厭惡感，旋身堆出燦爛的笑臉，迎視一個身材高瘦、一身潮牌、長相斯文的男生。他的名字叫周俞安，目前就讀大三，他的父親開設了一家營造公司，專門蓋房子，邵爸就是承包這家公司的工程。

「俞安大哥，你怎麼來了？」我臉上雖然帶笑，心裡卻有一種出門踩到狗屎的倒楣感。

「放暑假嘛，朋友都跑去打工，沒人陪我玩，早上剛好看到思磊思泫有比賽，閒閒沒事就來了。」周俞安一邊說，一邊瞇起眼睛瞟向蔡筱蘋，「妳旁邊的小美女是誰？」

「她是我的國中同學。」我實在不想跟他介紹蔡筱蘋。

「我怎麼沒聽說你們班上有這麼漂亮的女生。」周俞安伸手納悶地撫著下巴，說完又補了一句很欠揍的話，「比妳還漂亮耶！」

「我們班比我漂亮的女生多得是！」我的心火馬上被他激起，偏偏又不能表現出來。

「眞的嗎？妳怎麼都沒有介紹給我？虧我們認識那麼久，妳這樣不行喔。」周俞安用自以爲幽默的口氣數落道。

「你又不缺女朋友。」我沒好氣地回。

「分了，目前很缺。」他露出可憐兮兮的表情。

「這是第幾個？」

「忘了。」

「大哥，你對女朋友要專情點、認眞點。」我嘆了一口氣。

「我又沒劈腿，對女朋友都很認眞啊，偏偏她的個性跟我不合，整天疑神疑鬼的，一直亂發脾氣，誰受得了？」他回得理直氣壯，好像分手都是女方的錯，語畢馬上轉頭衝著蔡筱蘋笑問，「妳叫什麼名字？」

「我叫蔡筱蘋。」蔡筱蘋小聲地自我介紹。

「名字眞好聽，我可以叫妳小蘋果嗎？」周俞安開始跟她裝熟。

「這……小時候親戚是會這樣叫，但長大後……」蔡筱蘋看起來有點爲難。

「長大後都沒人叫嗎？那我當第一個。」周俞安完全讀不懂空氣，察覺不出蔡筱蘋不喜歡別人這麼喊她。

「大哥，比賽已經開始了，我們先去體育館。」我不想再跟他扯下去，拉著蔡筱蘋的手臂急急離開。

「他是誰？」蔡筱蘋小聲詢問。

「營造公司老闆的兒子，就是邵叔配合的那間公司。」我小聲解釋。

「你們也很熟嗎？」

「每年只要有聚餐、旅遊、尾牙，我爸都會帶我們全家參加，跟他也算是打小就認識。」每次去到現場，爸爸還會叮嚀我們要跟周俞安保持良好關係，不能吵架。大人負責交際應酬，我和邵家兄弟就是負責陪周俞安玩。

「原來如此。」

「他是中央空調，女友一個接一個換，妳別跟他太熟。」我在蔡筱蘋耳邊小聲提醒。

「明白。」蔡筱蘋點點頭。

「茗意妹妹，別丟下我，一起走呀。」周俞安從後面追上來，跟在蔡筱蘋的身側，像煩人的蒼蠅一樣，不斷向她搭話。

進到體育館裡，我看見頒獎台上立著大型的活動看板，二樓看台的欄杆也掛上許多長型紅布條，上面寫著激勵選手的字句。

體育館中央的地板上鋪著厚厚的地墊，區分成四個賽場。場邊有裁判桌，桌上擺著電子計分板，場外設有選手休息區，不少觀眾聚集在休息區的外圍觀賽，現場好不熱鬧。

我領著蔡筱蘋和周俞安走到體育館二樓，我們趴在看台欄杆上往下望，今天上午進行的是品勢比賽。

跆拳道按競技型態分成兩大項目，一個是品勢，一個是對打。

所謂的品勢，是將跆拳道的攻防動作，組合成一個連貫的套路，打起來結合力與美，比賽有分單人、雙人，以及雙人以上的團體。

「他們在那裡！」周俞安伸手指著右下方的休息區。

順著他指的方向，我看到邵思磊和邵思泫並肩站在休息區前，兩人雙手抱胸望著場內的比賽。他們的動作一樣，側臉的表情也一模一樣，彷彿複製貼上般，乍看眞教人分不出誰是誰。

「哪個是邵思磊？」蔡筱蘋果眞分不出來。

「妳猜猜。」周俞安順勢貼到她的身側。

「左邊？」

「是右邊。」

「你是怎麼區分他們的？」蔡筱蘋馬上向他討教，將我的叮嚀拋到腦後。

「他們的五官仔細看還是有點不同，個性也不一樣，講話的感覺也不一樣，反正看久了自然就能區分。」儘管周俞安這麼說，但附近有些鄰居看著他們長大，依然認不出誰是誰。

「他們今天會不會兄弟對打？」蔡筱蘋好奇地問。

「茗意，會嗎？」周俞安並不瞭解。

「不會。」我搖頭解釋，「他們的體重不一樣，打不同量級，思磊五十七公斤，思泫五十九公斤。」

「才差兩公斤就打不同級？」蔡筱蘋再問。

「嗯！跆拳道的量級是以體重區分，思磊打的是高男組對打五十八公斤級，體重介於五十四點一公斤至五十八公斤；思泫打的則是對打六十三公斤級，體重介於五十八點一到六十三公斤。」我淡淡說明。

「他們的體型看起來一樣，沒想到思泫居然比思磊重。」周俞安咯咯笑道。

「說不定是骨頭比較重。」蔡筱蘋接口說。

就在此時，我的手機傳來訊息聲，我點開螢幕一看，是邵思磊問我到了沒。

我打字回覆他朝左後方的二樓看，接著就看到他們兩人雙雙回頭，朝我的方向望過來。

我和他們視線交會的那一瞬，邵思磊和邵思泫原本肅靜的臉就像花朵綻開一般，一同露出燦如朝陽的笑容。我的一顆心好像被爆擊了一下，瞬間狂跳了起來，耳根也漸漸發燙。

我聽見蔡筱蘋倒抽了一口氣，周俞安則伸長手朝他們揮了揮。他們的視線移向周俞安後，邵思磊的笑容明顯僵了一下，邵思浤的臉色則保持原樣。

「加油加油！」周俞安朝他們揮手喊道。

我偷偷拋給周俞安一個白眼，這傢伙真是不懂人情世故，他老爸扣住邵爸的工程款，要邵家兄弟如何給他好臉色？只希望他別影響他們比賽的心情。

想到這裡，我馬上傳訊息給邵思磊，叫他們要專心，無視周俞安的存在。

隔了片刻，輪到邵思磊和邵思浤上場，他們比的是雙人品勢。

邵思磊和邵思浤轉身擁抱，接著四目相凝，相互說了一句加油。那一刻，四周突然冒出好多支手機對著他們狂拍。

「他們……也太有愛了。」蔡筱蘋早已舉起手機在錄影。

「小蘋果，妳是腐女嗎？」周俞安問道。

「我不是。」蔡筱蘋搖頭。

「據我所知，網路上有女生很迷他們兩個在一起。」周俞安臉上掛著曖昧的笑。

「真的嗎？」蔡筱蘋訝異地轉頭問我。

「嗯，只要他們發合照，不管是對練、玩手機、摟摟抱抱……都會引來比平常多一倍的女生留言，喊著在一起之類的。」我淡淡說道，心想若是發他們兩個光著上身抱著睡的照片，恐怕會造成暴動。

忽然間，我的腦海浮現前天早上見到的景象。

那天早上十點半，我有東西要拿給他們，到了邵家後才發現他們竟然還沒起床。

我上到二樓看見邵思磊的房門半掩，便悄悄推門走進去。他們兩人面對面睡得極熟，我想，他們肯定是昨晚聊天聊到極晚，邵思泫懶得走回房裡睡，直接就在這裡睡下了。

我抓住棉被的一角，用力掀開，叫他們別賴床，沒想到闖進眼底的竟然是邵思泫和邵思磊光裸著上身、緊緊挨著的模樣，邵思泫的手還橫放在邵思磊腰間。

經過多年的訓練，他們的身材不像一般男生那般單薄，手臂和胸部的肌肉練得精實，腰線不帶贅肉，背部的肌理也散發剛毅感……腦海的畫面來到這裡，我急忙伸手摀住口鼻。

天啊！當時我對他們的裸體完全免疫，怎麼現在一想起來，竟有種快噴鼻血的感覺。

「他們進場了。」周俞安提醒道。

我收回思緒，開啟手機的錄影功能。邵思磊和邵思泫一同走進賽場，一身的白衣黑褲配黑帶，帥氣逼人。兩人就定位後，在裁判的指示下，雙手緩緩在腰間握拳擺出準備的架勢，接著向前跨出沉穩的步伐，再騰空來個兩段前踢，出拳迅速帶有勁道，配合氣勢十足的喊叫聲，令人看得目不轉睛。

展演結束，兩人收拳待在原地整理衣服，等待裁判的評分。

螢幕上的分數一公布，兩人的名次一下就跳到第一名，整個體育館掌聲雷動。

「暫居第一名。」我結束錄影，同時鬆了一口氣。

「公布成績時最刺激了。」周俞安笑說。

「他們的默契這麼好，一定很適合出戰雙人比賽。」蔡筱蘋的視線一直停在他們身上，即使他們已經下場休息。

「很多大型比賽的雙人品勢都是要男女配對，今天這場的比賽規則是沒有限制的。」我搖頭說道。

「這樣呀。」她聽了有點失落。

「他們常常在家一起練習，茗意也經常幫他們評分，妳可以叫她帶妳去看。」周俞安眞的是來搗亂的。

「妳常常陪他們練習？」蔡筱蘋倏地轉頭望著我。

「沒有常常，偶爾、偶爾。」我眞想掐死周俞安。

邵家兄弟在家做品勢的演練時，經常會要我在旁邊給予意見，但我不是專業的裁判，只能給出簡單的建議，例如哪一拳的節奏沒對到，或者力道不夠之類的，若是打得不錯，我便會鼓掌叫好。

然後，他們會笑得開心，好像即使練習再苦，對他們來說也不算什麼。

「他們有心電感應嗎？」蔡筱蘋冷不防地問出一個早已被問到爛的問題。

「小蘋果，妳不要在他們面前問這個問題，他們會討厭妳的！」周俞安誇張地瞠大眼睛，好像聽見極恐怖的事。

「眞的嗎？」蔡筱蘋一臉困惑。

「因爲那個問題太多人問了，他們從小到大回答到很煩。」

「原來如此，還有什麼問題不能問？」蔡筱蘋自然不會錯過瞭解他們喜好的機會。

「我想想，問題不少，都是跟雙胞胎有關的……」周俞安把蔡筱蘋的注意力拉走，將我晾在一旁吹風，「例如，他們喜歡吃的東西一樣嗎？」

「有一樣嗎？」蔡筱蘋馬上追問。

「有些一樣，有些不一樣，最大的差別是，思磊會吃辣，思泫不吃辣。」周俞安答完馬上又舉另一個例子，「還有，他們考試會不會寫錯同一道題目？會不會考出一樣的分數？」

「我國中很少注意他們的分數，這情況有嗎？」

「當然有，只是次數不多。還有，其中一個受傷時，另一個會不會也感到疼痛？」

「有這個情況嗎？」

「完全沒有，他們受傷不會同步。還有，會不會喜歡上同一個女生？」

「這……有嗎？」蔡筱蘋明顯愣了一下。

「你們中午……」聽到那個問題，我下意識想岔開話題。

但來不及了，周俞安已嘴快地用歡愉的口氣說：「有啊！」

我感覺心臟重重地撞擊胸口一下。

蔡筱蘋唇角的笑意頓時僵住，她望著周俞安的臉，欲言又止，似乎不敢問那個女生是誰，又或者，她已經猜出那個女生是誰。

「啊……完了，不小心……」周俞安伸手打自己的嘴巴一下，下意識瞄了我一眼，想看看我有什麼反應。儘管他沒有再多說什麼，但那一眼已足夠解開蔡筱蘋心裡的疑問。

他果眞也知道這件事，畢竟他跟邵家兄弟的互動也很頻繁。周俞安瞧蔡筱蘋的臉色不對，又問了一句更白目的話，「小蘋果，妳該不會……喜歡他們其中一個吧？」

「我、我沒有！我去廁所一下。」蔡筱蘋整張臉瞬間漲紅，馬上低頭快步走向樓梯口，一眼都沒有看我。

我望著她離去的背影，感覺氣氛變得很尷尬，心想她是不是覺得我昨天在騙她？我就算解釋不是，大概也很難讓她相信。

「妳不陪她去上廁所嗎？」周俞安伸手搓了搓鼻子，他每次自知說錯話時，都會下意識做出這個動作。

「大哥，你話太多了，能不能好好看比賽？」我嘆了一口氣。

「我又不是故意爆他們的料，是她一直問我問題，我總是要回答，才有禮貌。」周俞安開始強辯，他被寵壞了，很難接受被人指責，「我實在不懂，思磊思汯為什麼要搞暗戀，不讓人跟妳說？」

「唉……」我只是嘆氣，心想他們應該是希望我能自己察覺，或者由他們來告白，而不是透過別人，知道他們的心意。

「不過妳這樣不行喔，嘖嘖。」周俞安上下掃了我一眼，眼神帶點責備。

「我什麼不行？」我沒好氣地問道。

「我看妳的反應這麼淡定，應該是知道他們的心意了，既然知道，妳就不應該瞞著小蘋果。她一直盯著思磊和思汯，顯然對他們其中一個有意思，妳故意瞞著不講，看她傻傻流口水的模樣，心裡是覺得很爽嗎？我認眞跟妳說，這樣其實很像綠茶耶。」周俞安反過來指責我，只要有人說他哪裡不對，他就會反挖對方的錯，想要扭轉形勢辯贏對方。

「我不是你說的那樣！」我感覺一股怒氣朝頭頂衝，忍不住逼近他。

「妳妳妳別生氣。」他慌張地倒退一步，伸手指著我的臉，「惹妳生氣，我會被思磊和思浤罵。」

「俞安大哥，你已經惹她生氣了。」就在此時，邵思浤微帶冷意的嗓音從我的背後傳來。

「你以爲惹她生氣，只是討罵而已？」接著是邵思磊不滿的聲音。

兩道白色身影一左一右貼到我的身側，像是在保護我。

「等等等一下，她早就知道你們喜歡她，這可不是我說的，我沒有違背跟你們的約定。」周俞安急著爲自己辯解。

我聽了心裡又直嘆氣，邵家兄弟果眞跟他約法三章，交代他不准跟我提這件事。

「你說她像什麼？」邵思浤瞇起笑眼。

「沒、沒像什麼呀？」周俞安一臉無辜。

「你別裝傻，我們都聽到了。」邵思磊置於身側的手，緩緩緊握成拳。

「喂！你們別衝動，你們如果打我，就會被禁賽。」周俞安立刻比了個阻止的手勢。

關於這點我心裡也很清楚，連忙伸手勾住他們兩人的手臂，沒想到他們同時甩開我的手，一個箭步逼向周俞安。我心裡大喊一聲不妙，以為會聽見周俞安的慘叫聲，沒想到他們兩人挺身上前後，竟跟周俞安勾肩搭背，像好兄弟在玩鬧一樣。

「大哥，這個星期，我就不陪你打遊戲了。」邵思磊露出燦爛笑容。

「下星期，下下星期，你也不用找我了。」邵思泫的嗓音雖輕，但威脅感十足。

「不行啊，你們要陪我磨練技術，你們不幫我，我去哪裡找戰友？」周俞安瞠大眼睛。

「線上找啊。」邵思磊瞇著笑眼。

「找同學啊。」邵思泫偏頭笑道。

「不行！你們跟我的默契最好，跟別人打會打不贏。」周俞安弱弱地表示。

「打不贏是大哥你的事情，反正我們不想玩了。」邵思磊和邵思泫異口同聲地說道。

「你們幹麼這樣？又不是多難聽的話，我連『婊』字都沒說，好嘛好嘛，不就是為了……」周俞安撥開他們壓著自己肩頭的手臂，訕訕地走到我面前，「茗意妹妹，我不該說妳像綠……」

「咳！」邵思泫輕咳一聲。

「好啦好啦，對噗起，可以了嗎？」周俞安用含糊的口氣，很敷衍地向我道歉，隨即轉身衝著他們賠笑，「這樣扯平了吧？」

「嗯。」邵思磊點點頭，眼神透著無奈。

「那你們要繼續陪我打遊戲喔，晚上見！」周俞安說完便一溜煙跑下樓。

看著周俞安匆忙逃離的背影，我在心裡嘆了一口氣，緩緩回頭望向邵思磊和邵思浤的臉，他們的臉色果然臭得像是從臭水溝裡撈出來一樣，剛才跟周俞安嘻笑的模樣全是裝出來的。

這位周大哥，從小就有個電競夢，可惜他在遊戲裡的人品很差，輸了只會怪隊友，從不檢討自己的技術，不管玩哪款遊戲，他都會搞到沒人肯跟他組隊的地步，多年來只能拉著邵家兄弟幫忙，而礙於父輩的合作關係，他們只能選擇委屈配合，營造出兄友弟恭的假象。

瞧他們正在生悶氣，我也顧不上尷不尷尬的問題，伸出雙手各拉住他們的一只袖子，「你們別生氣。」

「妳不生氣，我才不氣。」邵思磊的臉頰變得更鼓，氣噗噗的。

「晚上讓他團滅，讓他掉積分，掉排行榜。」邵思浤倒是笑了，眼底閃過一絲殺氣。

「我不氣了，你們趕快把心情調適回來，下午還有比賽呢。」我輕輕搖晃他們的手臂，心裡又想通了一件事。

在我們這群工班的孩子裡，周俞安仗著自己的身分，在孩子群裡可說是橫著走，大家都要禮讓他七分，就算被惹怒了也只能往肚子呑。其中，唯有我能避開他的糾纏，得到他的道歉，只因爲邵思磊和邵思浤總會擋在我面前，幫我隔開麻煩。

瞧我沒再說話，邵思磊蹙著八字眉，指著我的臉哇哇叫：「妳明明還在生氣！」

「沒有。」我連忙擠出笑容，「我只是在想，你們常常爲了我，跟俞安大哥起爭執。」

「妳覺得不該嗎？」邵思浤偏著頭問道。

「這是必須劃清界限的事！」邵思磊提高聲音強調。

「什麼界限？」我不太懂。

「他是男的。」邵思浤微微撇唇。

「而且很花心，很會哄女生。」邵思磊接口說。

「你們覺得我會喜歡上他？」我不禁失笑，這是不可能的事！

「不，相反的，妳很討厭他。看到妳討厭的東西在妳眼前晃來晃去，我會腳癢想一腳踹開他。」邵思浤把周俞安形容得好像垃圾。

「就算知道妳不會喜歡他，但我就是不喜歡看他對妳嘻皮笑臉的模樣，必須讓他知道跟妳相處是有界限的，否則他會對妳越來越隨便，連黃腔都說得出口。」邵思磊的考量沒錯，周俞安確實會對熟識的女生朋友開黃腔。

我怔怔望著他們，感覺心頭流過一絲暖意，但暖不過三秒馬上降溫。

「上次聚餐時，俞安大哥偷偷打量茗意的身材，我看你一副想要戳瞎他眼睛的樣子。」邵思浤斜睨著邵思磊。

「難道你就沒有想？」邵思磊的臉瞬間漲紅。

「有啊。」邵思浤居然一口承認，「不然我爲什麼要拉著他去看別桌的女生？」

「你這招很爛耶，害我也要跟著一起討論別人。」邵思磊語帶抱怨。

「就臨時想到。」

「你可以討論餐桌上的東西呀？」

「俞安大哥對食物不感興趣。」

當時他們三個男生突然湊在一起批評別桌女生的身材，我覺得這個行為很差勁，回家後還罵了他們兩人一頓。直到現在，我才明白他們眞正的意圖，是爲了轉移周俞安的注意力，雖然用的方法不太好。

「停！蔡筱蘋去上廁所還沒回來。」我尷尬地打斷他們的爭論。

「早就回來了，只是不敢過來。」邵思泫朝樓梯口挑了挑眉毛。

我轉身望向樓梯口，看到蔡筱蘋背貼著牆壁站著，連忙朝她招招手。

蔡筱蘋遲疑了一下才走向我們，一邊走一邊調整臉部表情，來到我們面前時已掛上自然的微笑。

「同學，好久不見。」邵思磊露出溫和的笑容。

「嗨，好久不見。」邵思泫也擺出相同的笑顏。

「你們好，剛剛看了你們的比賽，打得眞好！」蔡筱蘋羞赧地跟他們打招呼。

「對了！成績？」我猛然想起，剛剛吵了半天，沒看到成績公布。

「第一名。」邵思磊一手擱在邵思泫的肩上，另一手舉起一面獎牌。

「太好了，可惜沒拍到頒獎的照片。」我感到惋惜。

「恭喜！恭喜！」蔡筱蘋輕輕拍手。

「謝謝，昨天聽茗意說了，妳眞的變得跟以前不同。」邵思泫直視蔡筱蘋，雖然臉上帶著笑意，但眼神漆黑，顯得有點深沉。

「眞的跟以前差好多，變得很漂亮呢！」邵思磊不吝於稱讚，眼神晶晶亮亮的，絕對是眞心地讚美她。

「這是因爲上次在公車上……」蔡筱蘋的目光在兩人臉上來回轉著，顯然還是分不出他們誰是誰。

「那個呀，茗意不提，我都忘了有那件事。」邵思浤嘴角一勾。

「他回家也沒跟我說。」邵思磊接口道。

蔡筱蘋馬上把視線定在邵思浤的臉上，眸光微微亮了起來。

「其實讓位是小事，妳別放在心上，因爲換成是其他同學，我也會這麼做。」邵思浤轉頭看向邵思磊。

「我也是，不管遇到的是誰，都會幫忙的。」邵思磊有默契地陪他應對。

聽到他們把讓位這件事形容得跟喝水一樣平淡，一副沒放在心上的樣子，蔡筱蘋的笑臉有點僵住，頓了幾秒，還是決定說出心裡的話，「沒錯，讓位是小事，但對我來說是大事，因爲這件事改變了我的想法，我今天會來，就是想跟邵思磊道謝。」

「其實……」邵思浤搖頭否定她的話，「妳要感謝的人，是妳自己。」

「啊？」蔡筱蘋不解地眨眨眼睛。

「比如，我常常跟茗意說『妳該出去運動一下，別宅在家裡看動畫，會變胖的』，但她有做到嗎？」邵思浤側頭看向我，臉上的笑意瞬間直達眼底，眼神也明亮些許。

「沒有！才不理你咧。」我馬上射他一記眼刀，幹麼拿我作比喻？

「妳看看。」邵思浤被我一瞪，臉上的笑意再度加深，兩手沒轍地一攤，「不是每個人都會把他人的話聽進去，並做出改變。妳會有所轉變，是因爲妳打從心底想要這麼做，而不是因爲我的建議，所以妳要謝也是謝妳自己。」

「可是……當時如果不是你……」蔡筱蘋提高聲音強調。

「我不是眞心給妳建議！」邵思泫也提高音量壓下她的話，「只是隨口一說而已，下車後也沒把這件事放在心上，回家後就忘了，也沒跟思磊提起，不信妳可以看看我的腰帶。」

蔡筱蘋隨即低頭看向邵思泫的腰帶，腰帶上繡著他的名字「邵思泫」三個字。她傻愣了一下，倏地轉頭看向邵思磊的腰帶，雙眼緩緩瞠大，總算明白這件事從一開始就存著錯誤。

邵思泫言下之意是，那天雖然是蔡筱蘋先喊錯名字，但他不更正也不解釋，代表她對他而言，就是一個非常不熟的同學，也不想再加深交集，因此沒有解釋的必要。

得知眞相後，蔡筱蘋的臉色漸漸黯下，顯得相當難過，兩手不知所措地揪著裙襬。

我伸手按著太陽穴，果然，讓邵思泫攪和進來，事態就會往最糟的方向發展。

邵思磊瞧我頭疼的樣子，隨即彎身望著蔡筱蘋的臉，溫和解釋：「思泫的話還有另一層意思，他希望妳是爲了自己做改變，而不是爲了別人隨口的一句話勉強自己，把自己調整成迎合別人眼光的模樣。」

邵思磊，你是天使！

我馬上拋給邵思磊一記感激眼神，他處理問題一向比邵思泫來得圓融，很有哥哥的風範。

「如果妳是爲了迎合別人而改變，還把功勞記在他身上，這反而會形成他的心理負擔，沒有人會爲此感到開心的。」邵思磊繼續說道。

「我沒有迎合別人，也沒勉強自己，這是我想要的改變。」蔡筱蘋聽了眼角有點泛紅。

「既然是妳想要的，那就沒問題啦，妳改變得很成功！」邵思磊豎起拇指比了個讚。

「我明白你們的意思了。」聽了他的解釋，蔡筱蘋的臉色和緩許多，隨即怯怯地望向邵思汯，輕聲解釋，「從小到大，家人和老師只會叫我努力念書，不需要管別的事，卻沒有人告訴我，我爲了念好書而變成什麼模樣。雖然那只是你無心的一句話，不過也意外地讓我開始領悟到，這個世界除了讀書之外，還有很多事情需要學習。」

「確實是這樣，妳既學會了化妝，還要學習卸妝呢，可別像茗意那麼懶散。」邵思汯總是喜歡拿我舉例。

「我就算不化妝，每天也會勤奮地用洗面乳洗臉。」我眞想揍他一拳。

聽到這句話，邵思汯和邵思磊對望一眼，眼神有一點奇怪，好像在質疑我的話。

蔡筱蘋張口想說些什麼時，一陣手機鈴聲從她的側背包裡傳出。她連忙掏出手機，看了一眼上面的來電顯示，隨即將電話掛掉，依依不捨地說道：「我家裡有事，要先回去了。」

「既然有事，那就早點回家吧。」邵思浤馬上露出眞誠的燦笑。

「路上小心，再見。」邵思磊也朝她擺擺手。

兩人忙不迭地送客，好像巴不得蔡筱蘋趕快離開。

「茗意……」蔡筱蘋來到我的面前，期期艾艾地表示，「我……我可不可以繼續跟妳聊天，當朋友？」

「本來就是同學，當然可以。」我跟其他國中同學也是一直保持著友好的關係。

聽到我答應了，蔡筱蘋露出欣喜的表情，接著拿起手機問道：「我可不可以跟你們拍張照片？」

「好呀！」邵思磊點頭同意。

於是我們四人便湊在一起，請旁人幫忙合拍了一張照片。

拍完照，蔡筱蘋便心滿意足地離開了。

「我覺得不可以。」在她離開後，邵思浤率先反對。

「妳要跟她聊天沒關係，但妳不能把她拉進我們三人的群組裡。」邵思磊難得介意，他一向有容人的雅量。

「我們，就只有我們三個。」

「跟俞安大哥的相處一樣，妳必須讓她跟我們劃清界限。」

「有沒有聽見？」邵思浤彎身瞪著我的臉。

「很多事我可以讓妳，但這件事我不讓。」邵思磊的臉也跟著擠過來。

「還有不准跟她講我們的祕密。」

「我們的祕密只有妳能知道。」

「好好好，我知道了。」實在太刺眼了，我被兩張帥氣的臉龐逼得倒退一步，趕緊轉開話題，「剛剛講到洗臉，你們那是什麼表情？」

「我媽的洗面乳都用完了，妳的還剩多少？」邵思泫沒好氣地撇脣。

「明明是同時買的，我之前去她家上廁所，偷壓了一下，應該還有三分之一。」邵思磊輕哼一聲，他居然偷偷檢查。

那條洗面乳是他們之前陪媽媽去買保養品時，順手帶了一條送我。因爲是專櫃的商品，價格不便宜。

「我媽的早就用完了，妳這叫洗得很勤勞？」邵思泫挑眉質疑。

「一定有偷懶。」邵思磊板著臉孔。

「你們不能這樣比，那麼貴的東西，我捨不得用，擠得比較少嘛。」我羞窘地爲自己辯解。

「我們參加比賽有領獎金，妳當用則用，別省。」邵思磊伸手揉了揉我的瀏海。

「妳皮膚不好，太陽這麼大，防曬也要記得擦。」邵思泫用指節刮了一下我的臉頰。

對喔！防曬乳也是他們送的，同樣是陪媽媽逛街買保養品時順道買的。我現在才知道，原來一切全是藉口，他們對我不只是好，根本是默默地在寵我。

「你、你們快下去，教練搞不好在找你們了。」我有種快瘋掉的感覺，一手摀著發燙的雙頰，氣急敗壞地催他們回去。

「現在是中午休息時間。」

「跟教練報備過了，我們去吃飯。」

瞧我羞赧的模樣，他們反而笑得更加開懷，頭上彷彿長出小惡魔的角，一人一邊架住我的手臂，帶著我快步朝樓梯口走去。

第三章　奢侈的煩惱

簡單迅速地吃完午餐，下午的賽事是雙人對打。

我來到賽場邊近距離觀戰及拍照。有別於上午氣氛嚴肅的品勢比賽，對打是跆拳道比賽裡最刺激的賽事，現場不時傳出家長和觀眾的加油吶喊聲。

比賽採用電子護具計分系統，選手會戴上裝有電子感應器的頭盔、護胸、電子襪，進行對打。

選手在對打時，感應器會自動識別有效攻擊，並傳送資訊到場邊的計分器上。比賽的量級是以體重區分，邵思磊的體重是五十七公斤，他打的是五十八公斤級，在這個量級裡，他的身材明顯比其他對手高，手長腳長的，踢擊的動作靈敏又利落，上場後完全輾壓對手。

直到獎牌賽，他才對上了較爲難纏的選手。這位選手是鄰校的學生，也是邵思磊的宿敵，兩人從國小、國中一路對戰到高中。

場上兩人的進攻都不斷被對方擋下來，分數差距不大。高手對決時，比的多半是心理戰，這時只要一個閃神就會吞下敗仗。

時間一秒秒流逝，鄰校的男生朝邵思磊頭部使出一個踢擊，邵思磊的反應很快，抓準對方攻擊時機，先將他的前腳踢開，順勢滑步下壓得分。

計分板上一下子加了三分，似乎擾亂了對手的心情，接下來邵思磊越打越穩，最後奪下金牌。

比賽結束，邵思磊脫下並歸還了電子護頭和護胸後，下場朝我奔來，像往常一樣張開雙臂撲抱我，「茗意，我剛才表現得怎樣？」

「你都拿金牌了，表現得怎樣還要問我嗎？」我被他緊緊抱在懷裡，感覺有點不能呼吸。

「我就想聽妳說。」他抱著我撒嬌地搖晃兩下，只差沒喊出「誇我、誇我」幾個字。

「你今天表現得很好。」

「帥嗎？」

「當然，很帥氣！」我一邊誇他，一邊忍不住轉頭望向邵思泫。

邵思泫靜靜坐在場邊休息區的椅子上，一臉黯然地注視我們，不過當他發現我在看他時，又馬上露出微笑。

「再說一次。」邵思磊還不滿足。

「你夠了喔，快去把其他護具脫下。」我伸手抵著邵思磊的胸膛推開他。

邵思磊視我的話如命令，馬上跑回道館的休息區脫剩下的護具。

我走到邵思泫的身側坐下，淡淡說道：「其實……你也可以控制體重，打五十八公斤級。」

邵思泫以五十九公斤打高一級的量級，可惜他今天的籤運不好，中途對上一名跆拳道比賽的常勝軍。對方人高馬大，在身材上占有優勢，邵思泫雖然靠敏捷的動作拿下好幾分，但最終還是落敗了。

邵思泫聽到我這麼說，緩緩將雙臂擱置在前座的椅背上，轉頭遙望頒獎台，靜了幾秒後才說：「我不想成爲思磊的對手，我是會記恨的類型，不像他心胸那麼寬大。兄弟間衝突少一點，感情才會好。」

「這樣你就必須做出某些退讓和犧牲。」我輕輕嘆了一口氣。

「我本來就是陪他打而已，不像他那麼熱愛跆拳道，每天的練習都能貫徹到底，對於勝負我也不是很執著，這樣的心態不適合走體育競賽這條路。」他自嘲地笑了笑。

「所以對於未來，你心裡其實已經有決定了。」我想起他在吃芒果剉冰時，凝視邵思磊的那一抹眼神，雖然複雜，卻不帶一絲困惑。

「大概吧。」

「除了不夠熱愛跆拳道，還有呢？」

「還有什麼？」

「你心裡還有其他更重要的考量吧？」我很瞭解這傢伙的個性，他心思愼密，思考一件事情時，切入點絕對不只一個，加上得知他會說反話掩飾自己眞正的意圖後，對於他說不熱愛跆拳道這件事，我其實是不太相信。

「喔？」他收回目光側頭看著我，眼裡充滿興味，「妳覺得還有什麼？」

「你煩惱的事大概跟我一樣。」我低頭看向地板，避開他的眸光，用鞋尖在地上畫圈圈，「邵叔最近的工程款一直被扣著，連我媽都開始擔心了，擔心我爸會拿不到工錢。我知道現在的我什麼忙都幫不上，但心裡還是會感到不安，捨不得看爸媽為了生計煩惱。」

「成為職業運動員，單靠獎金過活的風險太大，家裡一個孩子走這條路就夠了。」他淺淺笑了一聲，口氣聽起來好像不在意，「反正我們長得一樣，一個人上場當代表就足夠了。」

「你是你，他是他，沒有誰能代表誰。」我抬起頭糾正他的話。

邵思浤垂下眼簾，避開我的瞪視，靜了幾秒後才輕聲說：「思磊他……可以忍受訓練的艱苦，再苦再累都不怕，但心裡只要有一點煩惱，就會少一點奮不顧身的勇氣。」

「原來你想當他的後盾，讓他沒有後顧之憂，全心全意投注在跆拳道上，在場上發光發熱。」我恍然笑道。

被我說破了心思，邵思浤顯得有點不自在，馬上開啟口是心非的模式，昂起下巴轉開話題：「我主要是吃不了練習的苦，妳若是要把我美化得這麼好，我是不反對啦！」

「你明明是個兄控。」我揶揄他。

「這樣在妳的心裡，有比思磊再多加一點分嗎？」他突然丟來一記直球。

我感覺心跳漏了一拍，假裝沒聽見，略帶感慨地說：「追求夢想還要考量到現實面，必須做出取捨，總覺得有點委屈。如果可以像俞安大哥一樣，無憂無慮地生活就好，想做什麼就做什麼。」

「妳不是都懂嗎？」

「懂什麼？」我歪頭不解地問。

邵思泫先是斜睨我一眼，那眼神好像在罵我「笨喔」，接著側身靠過來，在我耳邊輕聲笑道：「不管付出什麼，或退讓了什麼，沒人理解才是最悲傷的事，而妳……一直都是懂我的。」

溫潤的嗓音令我感到耳朵一麻，背部忍不住向後靠。

跟他拉開一點距離後，我才發現他的雙頰也覆上一層淡淡的緋紅，明顯是害羞了。

這……實在太神奇了！沒想到從小泰山崩於前而色不改的邵思泫，居然會露出這樣的表情。

「所以不委屈。」他很輕地吐出最後一句話。

我感覺心口一陣悸動，差點脫口問出一個問題。

那我呢？

你們現在喜歡上同一個女孩，最後你會為了兄弟情誼，做出犧牲和退讓嗎？

不，不要。

這一瞬間我突然意識到，我不希望邵思泫退出，將我讓給邵思磊。

「茗意！」

就在我怔怔望著邵思泫的臉，被剛才忽然冒出的思緒震住時，邵思磊的聲音驟然闖進來。

我連忙起身望向聲源，只見邵思磊站在我們的右後方，肩上背著兩個背包，臉上雖然帶著笑意，眼神卻有些黯淡。

我不知道他在那裡看了多久，畢竟脫護具用不了多少時間。

「我……在安慰思浤，他拿第五名，心情不太好。」我下意識解釋這個狀況，說完感覺很多此一舉，因爲我以前也會像這樣去安慰比賽落敗的人，根本不需要解釋什麼。

自從知道他們喜歡我，不管做什麼事，都變得不太自然。

一察覺到氣氛變尷尬了，邵思磊馬上舉起右手，指間夾著一面金牌，朝我自豪地笑道：「看！我的金牌。」

「這種小比賽，遇到的都是你的手下敗將，有什麼好炫耀的？」邵思浤起身沒好氣地吐槽。

「我不是炫耀，是在跟你分享榮耀，畢竟我能拿到金牌，你的功勞也占很大。」邵思磊大步走向他。

「那是你勤加練習的成果，跟我無關。」邵思浤別開臉，看起來好像在賭氣。

「有關，有關，怎麼會無關。」邵思磊將背包就地一放，伸出雙手捧住邵思浤的臉，將他的臉扳回來，然後自己再裝出撒嬌的哭臉，「別難過了，你今天眞的是運氣不好。」

「醜死了。」

「你罵我醜等於也是罵你自己耶！」

我忍不住抿笑，因爲他們長得一樣，批評外貌實在沒殺傷力。

「金牌又不能吃，不用跟我分享。」邵思浤輕輕撥開他的手。

「那我們去吃可以分享的。」邵思磊又作勢想要撲抱他。

「打住！你別纏上來。」

「可是你還在難過，我看到你難過，我心裡也會跟著難過。」

「夠了夠了！你別再講了，我們去吃飯吧。」邵思汯蹙眉一副嫌煩的模樣，伸手抵住邵思磊的額頭，阻止他的抱抱攻勢。

「好吧，吃飯吃飯。」邵思磊又急忙拿起兩人的背包，一肩一個背在身上，再眼巴巴地望著邵思汯，身後只差沒露出一條左右晃動的狗尾巴。

邵思汯沒轍地接過背包，轉身走向體育館大門。

半個小時後，我們三人來到一間平價的義式連鎖餐廳，舉行慶功宴。

昨晚他們說要自己找餐廳，結果找到的這間還是我去年推薦的，我們曾經來這裡用餐過一次。

服務生領著我們來到一張靠窗的四人桌旁，邵思磊和邵思汯在左側的位子上坐下，我坐在右側的窗邊面對著邵思磊。

現在時間已經是下午五點多，西斜的夕陽穿過玻璃灑在我們的身上。

我突然感覺有幾道視線從旁邊投來，微微側頭往左側一瞧，發現隔壁桌坐著四個年紀跟我差不多的女生，她們的眼睛一邊瞟向邵家兄弟，一邊交頭接耳熱烈討論著什麼。

這兩個傢伙不管去到哪個場所，光是雙胞胎這個設定，就能成為眾人注目的焦點，再加上現在一身的跆拳道服，討論度絕對破錶。

「茗意妳坐過來一點。」邵思汯伸手示意我往中間坐一點。

「店裡有冷氣，不會熱的。」我以為他怕我曬到太陽。

「我不是怕妳曬太陽，是覺得妳坐得離我有點遠，我說話必須大聲點。」邵思泫露出人畜無害的微笑，「不過……妳雖然不覺得熱，但聽說夕陽的紫外線最強了，妳今天如果沒有認眞擦防曬，最好還是坐中間一點。」

我沒好氣地瞪向他，這傢伙管眞寬耶！

瞧我還搞不清楚狀況，邵思磊一手托腮幫忙翻譯：「坐中間才公平。」

公平……這種小事也要計較嗎？

我一時啞口無言，幸好服務生及時拿了菜單過來，發給我們一人一本。

趁他們在翻閱菜單時，我悄悄挪坐到中間，低頭翻著菜單。

這家店主打義大利麵，但網路評價中有提到他們的披薩也不錯，這次要不要……

「我點一個小份的章魚燒披薩。」邵思泫先出聲點餐。

披薩有了，聽說他們的肋排……

「我點香煎豬肋排。」邵思磊接著點。

靠！他們是有讀心術呀。

不對不對，記得上次來這裡用餐後，回家的路上，我好像有跟他們叨念著：「下次來想點肋排，照片裡，肋排看起來被煎得酥脆，好像很好吃，披薩似乎也不錯，我看每一桌都有點……」

「茗意，妳想點什麼？」邵思磊提醒我，服務生還在等著。

「威尼斯海鮮義大利麵。」我緩緩抬起頭，悶悶地望著他們。

他們笑咪咪地看著我，擺出一副「我們很乖，什麼壞事都沒做」的無辜表情，礙於服務生還站在旁邊，我不敢當場發作，只能繼續點選副餐。

等到服務生離開了，我雙手抱胸質問道：「你們點的都是我想吃的東西吧？」

「不是，我拿了金牌，想吃好一點的慶祝。」邵思磊馬上矢口否認。

他說得也沒錯，肋排確實是我們三人的餐點中最貴的。

「我輸了心情不好，沒什麼胃口，只想吃簡單的東西。」邵思浤聳了聳肩。

他的話也沒什麼問題，披薩吃起來的確再簡單不過。

「不管是什麼原因，你們都要點自己喜歡吃的東西，而不是順著我！」我不滿地抗議。

「我也喜歡吃肋排呀，只是因為價格貴，平常不會點，但是妳來了，加上拿了金牌，就給了我點它的理由。」邵思磊的解釋乍聽之下很合理。

「我沒什麼胃口，本來想點海鮮義大利麵，但我記得這家店的餐點份量不少，上次來有人還吃不完呢。」邵思浤一手摸著下巴。

那個吃不完的人就是我，我這次還點了同樣的餐點。

「再說了，我們喜歡吃什麼，討厭吃什麼，難道妳不知道嗎？」邵思磊問道。

「我當然知道！」我可是跟他們從小一起混大的。

邵思磊喜歡口味重一點的菜，配菜喜歡加辣，討厭芋頭、紅豆……任何吃起來口感會沙沙的食物；邵思浤喜歡清淡的食物，吃辣會臉紅和咳嗽，喜歡芋頭、紅豆做成的甜湯。

邵媽經常說，兩個兒子的口味不同，讓她很難做菜。

「既然知道，那我們剛才點的，是討厭的食物嗎？」邵思浤又問道。

「不是。」我肩頭一垮，他們剛剛點的也算是喜歡的食物。

「妳好像太敏感了。」邵思磊輕笑一聲。

「是你們破壞了平衡！」我不服氣地回嘴。

就在這時，服務生端來了餐點，將餐點一一擺在我們的面前。

邵思磊跟服務生多要了兩個盤子，擺在桌子的中央。

邵思浤先將兩片披薩放在中央的盤子裡，邵思磊將肋排切成塊狀後，也分了一些放在盤子裡。我看著盤子裡的義大利麵，加上沙拉、餐包和濃湯，這份量確實會吃不完，只能沒轍地將義大利麵分出一些，擺在小盤子裡。

「幹麼苦著臉？」邵思浤伸手拿起那一小盤義大利麵，「以前我們不也常常像這樣分享彼此的餐點？」

「對呀，可以吃到不同的食物，挺好的。」邵思磊拿起一片披薩啃著。

「要不要來一口麵？」

「好。」

瞧邵思磊一手刀子一手披薩，邵思浤拿起叉子從小盤子裡捲了一團義大利麵，直接餵邵思磊吃。

「好吃。」邵思磊一邊咀嚼，臉上露出滿足的笑容，「啊，蝦子蝦子！」

邵思浤將盤子裡唯一的一隻蝦子餵給他，我見狀馬上從自己的盤子裡再分一隻蝦子到他的盤子裡。

邵思浤看了看那隻蝦子，唇角緩緩上揚。

「不錯，番茄醬不會太酸。」邵思浤叉起蝦子塞進嘴裡，這傢伙也不太喜歡吃酸的食物。

換成以前，我一定會興高采烈地跟他們分享食物，評論哪個東西好吃，然而現在，我卻不知道要怎麼反應，只是沉默著。

「茗意，跟我們在一起，讓妳很困擾嗎？」邵思磊放下叉子，很在意我的狀況。

「事情沒那麼複雜的，妳如果不喜歡我們，直接拒絕就是。」邵思泫說得倒是簡單。

「我沒有不喜歡你們，我從小就很喜歡你們。」我下意識反駁。

邵思磊聽見我的話，眼神亮了起來，邵思泫嘴角微微勾起，等著我繼續說下去。

「只是……我不知道這樣的感覺，跟那種喜歡……是一樣的嗎？」我吶吶表示，一手拿著叉子撥弄盤子裡的麵條，「也不知道……對於你們的喜歡有沒有區別，更害怕……這樣的改變會不會影響到我們三人的情誼？」

他們靜了幾秒，邵思泫率先說道：「首先，妳得明白一件事，當我們察覺喜歡上妳的時候，我們三人的關係早就改變了。」

「那是……什麼時候？」我囁嚅地問。

「這份感覺是慢慢累積的，我應該是從小就喜歡妳了，很喜歡在妳面前尋求表現。上高中後，我們跟妳分在不同班，一看到妳跟班上的男生說說笑笑，我心裡就覺得不舒服，特別的酸。」邵思磊羞赧地抓了抓後腦。

「我是國中就有預感了，思磊每次在妳面前耍帥時，我總會找理由搞破壞，後來漸漸意識到這是吃醋的行爲。」邵思浤難得這麼坦白。

「所以你們每天陪我上下學，在學校裡一直宣揚我們是青梅竹馬，就是想隔開那些對我有好感的男生？」我腦中突然蹦出這個揣測。

「不是，我們沒想隔開誰，我就是想見妳，想跟妳說話而已。」邵思磊立刻搖頭否認。

「我們跟妳不同班，上課又見不到面，當然要把握上下學的時間跟妳相處，怎麼能說是隔開？」邵思浤一臉認眞地解釋。

他們講得眞是好聽，但無論他們是怎麼想的，結果都是一樣的，男同學跟我說話時，只要看到他們來了，就會自動閃一邊去。

「暫停一下！」邵思磊比了一個暫停的手勢，將裝著肋排的小盤子擺到我面前，「妳先吃塊肋排，涼了不好吃。」

「披薩也是，冷了餅皮會變硬。」邵思浤也將裝著一片披薩的小盤子推過來。

我對著那兩個小盤子投降地嘆了口氣，美食在前不可辜負，於是拿起叉子開始享用，聽他們聊著比賽的心得。

聊到一半，手機傳來通知聲，我伸手滑開看了一下內容，發現蔡筱蘋在她的社群平台上，上傳了我們四人的合照，還標註了我和邵家兄弟。

「她的ＩＧ之前不曾放過自己的照片，大多是風景照。」我迅速將蔡筱蘋的社群頁面滑到底，確實只有一張露臉照。

「我其實不太喜歡她的媽媽。」邵思磊一邊切肋排一邊說道。

「爲什麼？」我的好奇心瞬間被他勾起。

「國二的班親會結束，我媽有跟她媽聊了一下，我媽提到想讓我考體育班，她媽馬上說『不好吧，體育班都是成績很差的學生念的，那些學生都很亂，又很愛打架，妳兒子進去一定會被帶壞』。」

「這是偏見吧！」我聽了相當傻眼。

「我媽聽了很傻眼，她媽又說『如果你兒子的成績眞的念不上去，那也只能讀了，只是妳要管緊一點，別讓他跟同學胡攪在一起』。」

「她媽不是說都不管孩子的成績，甚至希望蔡筱蘋不要讀得那麼累。」我覺得她當著邵媽的面說這種話，簡直是潑人冷水。

「我看蔡筱蘋之前把自己搞得像貞子一樣，說沒人逼，我是不太相信啦。」邵思泫冷哼一聲。

「這麼說好像也有道理。」我又看向手機螢幕，發現那張照片的下面，一下子冒出幾個國中同學的點讚和留言，內容都是驚訝於蔡筱蘋在外貌上的改變，可見變漂亮比跟雙胞胎同學合照還要有震撼力，「之前很少人會在她的照片底下留言，也沒什麼人會點讚，她昨天還說她跟同學搭話時，都沒什麼人理她。」

「網路世界就是一個只看表象的世界。」邵思泫已吃完最後一口義大利麵。

「我們不要再聊蔡筱蘋了，在我看來，她就是化妝化得好而已。」邵思磊說完話，笑笑地看我一眼，「妳就算沒化妝，也比她好看。」

「我跟她差多了，別提這種事。」我不自在地擺擺手，從小就討厭跟別人比較外貌。

「當初在公車上，我會說她像貞子，是指她散發出來的氣場很陰沉，一點活力都沒有，眼神也沒有光，並不是指她的外貌。」邵思泫拿著果汁慢慢啜飲。

「所以她理解錯了？」我訝異地問。

「我想也是，所以我才問她，這是她想要的改變嗎。」邵思磊接口說道，他果然最瞭解弟弟的想法，「答案既然是，那就順她的意吧。」

聊到這裡，關於蔡筱蘋的話題也告一段落了，餐桌上的氣氛頓時又靜了下來，眼看餐點也吃得差不多了，我們三人的問題卻還沒找到共識。

我重新掃了一眼他們點的餐點，腦海浮出爸爸昨晚說的話，低低嘆了口氣，

「我……對你們……覺得很抱歉。」

「所以……我們兩人……妳誰也不選？」邵思磊微微瞠眼，倒抽了一大口氣。

邵思泫沒回話，雙眼眨也不眨地瞅著我，大腦好像也當機了。

「不、不是！」我急忙搖手解釋，「不是你們想的那樣，我的意思是你們對我的好，我一直視爲理所當然，不曾好好感受你們的心意。」

「嚇死我了，還以爲……」邵思磊轉身將額頭磕在邵思泫的肩頭上。

「我們長得一樣，條件也差不多，兩人一起出局的機率其實很大。」邵思泫溫柔地拍拍哥哥的頭。

「對喔，我怎麼沒想到？」

「你才知道。」

看到他們好像嚇得不輕，兩人互相依靠、安慰彼此的模樣，我想，他們也沒有我想像得那麼淡定，心情恐怕也是七上八下的。

場面變得有點搞笑，我忍不住噗哧笑出聲來。

「如果我眞選了你們其中一個，那另一個怎麼辦？」我決定直搗問題核心。

「我可以含淚祝福，因爲我也喜歡思泫。」邵思磊想也不想就如此回答。

「我也是，妳不總說我是個兄控嗎？」邵思泫也微笑望著邵思磊。

「最難過的，應該是妳誰也不選，去選了別人吧。」

「這種傷，我們兩人要互舔很久才會癒合。」

「你們很煩耶。」我又被他們的話逗笑了，「我沒有其他喜歡的人，你們一直是我最喜歡的男生，但……就如同我前面說的，我分不清這種感覺是到達什麼程度。」

「我們是有一個辦法，可以讓妳釐清自己的感覺。」邵思磊將雙手的下臂壓在桌面上，整個上身向前傾，直視著我的眼睛，「一直以來，我們三人總是一起行動，導致妳分不清自己對我們的感覺。現在開始，我們個別跟妳相處，這樣能夠讓妳做比較，也好釐清妳心裡對我們的感覺。」

「這樣很怪，很像渣女。」我聽了有些排斥。

「妳想得太嚴重了。」邵思泫一副沒什麼大不了的表情，「電視上的戀愛實境秀，不也是這樣做的，不然妳有更好的方法嗎？」

「沒有……」我無奈地扯扯唇角。

「那就這麼決定了！」兩人異口同聲笑道。

我滿心複雜地望著兩張燦然的笑臉，這兩個傢伙想都不想就提出這個方法，沒有任何異議，可見他們早就私下討論過，早已達成共識。

感覺旁邊又投來幾道視線，我側臉瞧了一眼，發現那四個女生居然對我投以羨慕的眼神，顯然一直在偷聽我們的對談。

同時被兩個帥氣的雙胞胎兄弟喜歡，別人想遇都遇不到，我這是什麼奢侈的煩惱？

晚上八點，我們一起搭公車回家，在社區路口的公車站下車。

社區裡的車不多，他們一人一邊走在我的身側，三人占據了半條馬路。

我仰頭望著夜空中的一彎新月。

「是上弦月。」邵思汯輕喃道。

「還有十五天。」邵思磊沒頭沒腦蹦出這句話。

「十五天後要幹嘛？」我下意識接話。

「就要上暑輔。」邵思汯低低笑道。

「這有什麼好期待的。」我扯了扯唇角。

「也是妳的生日。」邵思磊補上一句。

「你們別再為了我亂花錢。」我停下腳步，七月十八是我的生日。

邵思汯抿嘴一笑，笑得有點神祕，邵思磊見狀，居然不開心，雙頰有點氣鼓鼓地冷哼一聲，加快腳步離去。

「走了，再見。」邵思汯向我道別後，朝著邵思磊的背影匆匆追去。

我一頭霧水地望著他們的背影，邵思磊很少生悶氣的，這什麼情況？

不管什麼情況，我不希望他們起爭執的原因，是我。

日子又過去幾天，暑假來到第八天。

這天清晨，媽媽上班前突然跑來敲我的房門。

「茗意。」她推開房門探頭叫道。

「嗯？」我起身坐在床上，揉著睡眼望向她。

「弟弟的暑假功課妳要幫忙盯著，開學前一定要寫完，別讓他一直打電動和玩手機。」

「知道了。」

「我去上班了。」

「好，路上小心。」

媽媽離開後，我又倒頭繼續補眠，睡到九點多才起床。

起床後，我走到二樓陽台，打開洗衣機的上蓋，裡面有媽媽出門前按下開關洗好的衣服。

晾好衣服，我來到一樓的客廳，洺侑正坐在餐桌前一邊看手機，一邊吃媽媽早上準備的三明治。

「今天不准打電動，要寫暑假作業。」我拉開他旁邊的椅子坐下。

「嗄……作業很多耶。」洺侑馬上擺出哭臉抱怨。

「我十九號要上暑輔，你現在不趕快寫，我怕我會沒時間陪你寫，要是寫不完，你不只會被媽媽罵，也會害我被媽媽罵。」我拿起我的三明治咬下一口。

「好嘛……」洺侑嘟著嘴巴說。

吃完早餐，洺侑將他的暑假作業拿下樓。我翻閱了一下，有五十道數學題，要背一百個英文單字，閱讀五本書寫心得，做勞作和畫圖，還有一堆家事、運動和活動要做。

「姊。」洺侑突然挨到我身側，臉色有點古怪。

「怎麼了？」我疑惑地看向他。

「我昨天晚上聽到媽媽跟爸爸說，疫情過後，公司賺的錢一個月比一個月少，再這樣下去可能會裁員。媽媽說，她在那家公司做很久了，她怕公司會先裁薪水高的老員工。」洺侑的眼神透著一絲不安。

「你怕媽媽被裁了，不用上班後，就每天待在家裡管你的功課。」我開玩笑地緩和氣氛。

「才不是！」洺侑嘟著嘴巴瞪我。

我伸手揉了揉他的頭，輕聲哄道：「媽媽爲了這件事肯定很煩惱，你先乖乖地寫暑假功課，不要讓她爲了你的作業煩心。」

「好吧。」洺侑點點頭，總算情願寫作業了。

「我們去圖書館寫，那裡有冷氣吹，可以幫家裡省電，寫累了就順便讀本書寫心得。」

「好！」洺侑從沙發上起身，「要不要找樂樂一起寫？」

「也可以。」雖然教兩個比較累，但有呈樂一起作伴，洺侑應該會比較坐得住。

於是十分鐘後，我便帶著兩個小男孩出發前往社區的圖書館。

圖書館跟我家只隔了兩條巷子，走路過去不用三分鐘。圖書館的前面是籃球場，上面有加蓋遮陽棚，旁邊有小公園，裡面種了很多大榕樹，能玩的不多，只有鞦韆和小型攀爬設施，小時候，我和邵家兄弟經常來這裡玩耍。

我們三人開門進到圖書館裡，舒服涼爽的冷氣撲面而來，放眼望去，書報區坐滿了上年紀的長者，他們似乎還是習慣翻閱書報，中央閱讀區的年齡層比較雜，有些人並沒有在看書，而是戴著耳機滑手機。

我帶洺侑和呈樂來到兒童閱讀區，這裡設有獨立的小圓桌，可供家長帶著孩子閱讀，小聲說話是被允許的。

洺侑和呈樂將暑假作業本擺上桌，翻開第一頁開始寫數學題。我拿出手機拍下他們寫字的照片，接著打開ＩＧ，滑到發布限時動態的位置，點選那張照片，並在上頭寫道：今天的挑戰是小五升小六的暑假作業。

限時剛發不久，三人群組馬上跳出訊息。

邵思磊：我也想給妳教。

邵思浤：妳行嗎？自家人就算了，別誤了呈樂。

我忍不住翻了個白眼，馬上打字回覆：思磊你成績比我好，我能教你什麼？思浤你行你來！

邵思磊：教兩個太累了，等等過去幫妳。

邵思浤：我當然行，等我們晨練完再去找妳。

教洺侑是我的責任，他們的心意是想和我一起分擔。

面對他們的體貼，我感覺心頭淌過一絲暖意。

關掉訊息後，我滑了一下社群平台的新貼文，發現蔡筱蘋又發了一張照片，分享她今天自己做早餐，煎了玉米蛋餅，照片裡的盤子旁邊還擺著英文課本。

自從跆拳道比賽那天，蔡筱蘋發了跟我和邵家兄弟的合照後，現在每天都會上傳一張自拍照。同學們在照片底下的留言越來越多，大家都誇她變得超美，蔡筱蘋每一則留言都有認真回覆，並且也跟幾個女同學聊了起來。

其中也出現周俞安的留言：小蘋果，吃早餐還要背英文，小心消化不良。

比賽那天回家後，周俞安從我的好友名單裡找到蔡筱蘋的ＩＧ，兩人當天就追蹤了彼此。

倘若蔡筱蘋向周俞安打聽邵家兄弟的事，他肯定會知無不言，將兩兄弟的私事揭了個底朝天。

瞧那麼多人在誇蔡筱蘋漂亮，似乎也不差我一個，我點讚後就直接關掉頁面，把注意力擺在洺侑的作業上。

隔不到半小時，當我在糾正呈樂寫錯的算式時，有兩道人影突然走到圓桌前。我以為是邵家兄弟來了，抬起頭衝著來人一笑，沒想到眼前站著的竟然是周俞安和蔡筱蘋。

周俞安右手臂夾著籃球，蹲下身對我小聲說道：「我看小蘋果整天都窩在家裡看書，就約她出來運動一下，妳要不要出來打球？」

「你們打吧，我奉母親大人的命令，要搞定弟弟的功課。」我微笑婉拒他的邀請。儘管籃球場有遮陽棚，但這種大熱天，打沒幾分鐘就會汗流浹背。

「要不要我幫忙教？」蔡筱蘋彎身看向呈樂的作業本。她把長髮束成長馬尾，露出秀緻的臉蛋，穿著白色的運動衫搭短褲，兩條腿又直又白。

感覺周俞安略帶制止的視線瞥過來，現在又身處安靜的圖書館，我可不想跟他起任何爭執，馬上搖手拒絕：「不用了，小五的題目我可以應付，你們去玩吧。」

「那我們出去打球了。」周俞安隨即領著蔡筱蘋走向大門。

「那個大姊姊長得好漂亮！」呈樂的目光黏在蔡筱蘋的背影上。

「哪有，我姊比較漂亮。」洺侑不服氣地反駁，他對我可能有親姊濾鏡。

「噓，別說話，繼續寫。」我伸出右手比了一個噤聲手勢。

洺侑和呈樂低頭繼續寫字，我轉頭瞥了圖書館大門一眼，沒想到竟看到邵家兄弟從右側走廊走來，剛好跟開門出去的周俞安撞個正著。

周俞安把籃球遞給蔡筱蘋，伸出雙臂勾住他們兩人的肩頭，直接將他們架向籃球場。

接下來的時間，我隔著圖書館的玻璃門，看邵家兄弟「陪」周俞安打球——他們負責撿球和餵球，讓周俞安在籃下擺出帥帥的姿勢教蔡筱蘋打球。

我看了幾分鐘就看不下去了，轉而注視洺侑的作業本，一股心酸直冒上來。那個酸意不是嫉妒的酸，而是心疼他們不得不服從周俞安。

約莫隔了半小時，我又轉頭看向玻璃門外，發現他們四人站在籃球框下休息。蔡筱蘋仰頭跟邵家兄弟說話，她凝望他們的眼神充滿了光，笑容帶著淡淡羞赧，俊男美女的組合看起來像一幅畫。

「姊。」洺侑拿著鉛筆輕輕戳我的手臂。

「嗯？哪個題目不會寫？」我回神轉頭看著他。

「暑假作業的運動項目裡，有一個是『跟朋友打一場球賽』。」洺侑指著自主學習單裡的其中一項，「我寫累了，可不可以出去找思泫哥哥打球？」

「你要跟思泫哥哥打球，那我要跟思磊哥哥組隊。」呈樂馬上放下鉛筆。

我看著屁股早已坐不住、身體不斷扭來扭去的呈樂，再看看嘟著小嘴神色不悅的洺侑，他好像擔心邵思泫會被蔡筱蘋搶走，想要捍衛親姊剛剛萌芽的戀情。

「好吧，今天就寫到這裡，明天繼續，你們去玩吧。」我擺擺手示意他們去玩。我剛才怎麼沒想到，他們其實可以幫邵家兄弟解圍！

洺侑和呈樂起身走向圖書館大門，我將他們的文具和作業本收進背包裡，隨後走出圖書館。

此時，洺侑和呈樂已纏上邵家兄弟，拉著他們去打籃球，將周俞安和蔡筱蘋晾在一旁。

「大哥不繼續打球嗎？」我走到周俞安的身邊。

「妳看小蘋果的臉那麼紅，再打下去可能會中暑。」周俞安指著蔡筱蘋紅冬冬的臉頰。

「你們會不會渴？我回家拿礦泉水給你們喝。」天氣這麼熱，我瞧他們都沒有帶水來。

「不用了，我等一下自己去買。」周俞安喝不慣普通的礦泉水。

「我差不多要回家了，下午還要看書。」蔡筱蘋拿出手機看了一眼時間。

「妳真的好自律、好認真，難怪成績這麼好。」我自嘆不如。

「茗意妹妹妳錯了，她不是自律，是被逼的。」周俞安的臉色突然沉下，搖著手指糾正我的話，「她媽媽從小一直逼她念書，灌輸她一定要考上台大，除了台大其他學校都不行。她小時候如果考不好，就會被她媽媽關進廁所，一關就是好幾個小時，連飯也不給吃。」

「什麼？」我詫異地看向蔡筱蘋。這些事我不曾聽她說過，周俞安才認識她幾天，居然可以挖出這些內幕，「暖男」的魅力果眞強大。

「對不起，其實我媽非常在意成績，不是你們表面聽到的那樣。」蔡筱蘋緩緩垂下眼簾，神色有點難堪。

「這不是妳的錯，妳不用道歉。」我沒想到居然被爸爸料中，她媽媽的話只能隨便聽聽。

「她媽一直逼她念書，壓縮了她玩樂、放鬆的時間，所以她從小就沒什麼朋友，一直過得很孤單。我希望你們可以跟她當朋友，不然她可能會悶出憂鬱症。」周俞安將手搭在我的肩頭上，這個動作表示，他並非在跟我商量，而是叫我要遵照他的意思做。

「我們本來就是國中同學，又不是完全不熟，也算是一般的朋友。」他的動作和行爲讓我覺得反感，朋友可不是用塞的。

「謝謝妳願意當我的朋友。」蔡筱蘋一臉欣喜地握住我的手，將我拉到旁邊小聲解釋道，「俞安大哥已經跟我說明了你們三人的事，關於……他們都喜歡妳。」

「我之前不是有意騙妳，是當時還不知道。」我頓時感到尷尬。

「其實你們國中看起來感情就很好，說他們不喜歡妳，應該也沒幾個人會相信。」她轉頭瞥了邵家兄弟一眼，語氣十分誠懇，「不管是邵思磊還是邵思泫，我心裡對他們只有感謝，也想繼續幫他們加油，當他們的粉絲，希望妳不會因爲這樣而討厭我。」

「妳這樣講太嚴重了，我沒有討厭妳。」她低聲下氣這樣說，讓我感覺額頭的熱汗直冒。

「眞的？」

「眞的。」

「謝謝，沒有討厭我就好。」她輕輕笑了起來。

「妳是怎麼來的？」我慢慢抽回被她握著的手。

「俞安大哥約我出來打球，我騎共享單車來的。」她拿出手機看了一下時間，「我要回家了，出來太久會被媽媽念。」

「辛苦了，妳趕快回家吧。」我不知道該安慰她什麼。

蔡筱蘋先跟我道了聲再見，接著朝邵家兄弟揮揮手，再跟周俞安表明要回家，隨後往共享單車的方向走去。

「小蘋果不在，感覺好無聊。」蔡筱蘋離開後，周俞安從背包裡掏出菸盒和打火機，抽了一根香菸出來點上。

「俞安大哥，你可別打我同學的主意。」我忍不住把話挑明，畢竟這位少爺實在太花心了。

「妳講這什麼話？她就跟妳一樣，像我的妹妹而已。」周俞安佯裝生氣地反駁，吸吐了一口菸，又露出曖昧的微笑，「還是妳嫉妒了，嫉妒我對她比對妳好？」

「我沒有。」我退後一步避開菸味，那種事我一點都不嫉妒。

「你們玩，我要走了，下午還要跟朋友出去玩。」周俞安捻熄了菸頭，將菸蒂隨手彈進籃球場旁邊的盆栽裡，接著朝邵思磊擺擺手。

邵思磊將手裡的籃球拋向他，他接過球轉身走向他的機車，將籃球塞進置物箱裡。

周俞安騎車離開後，我撿起菸蒂丟進圖書館的垃圾桶，再回到籃球場，只見邵家兄弟悶悶地坐在地上，臉色看起來不太好。

「昨晚我媽煮了一大鍋的咖哩，你們要不要來我家吃飯？」我走到他們的面前問道。

「好喔。」邵思磊從地上跳起來，朝邵思泫伸出一隻手。

邵思泫握著他的手起身，我們五人一同往我家走。

來到家門口，呈樂跟我領了作業本就回家了，我開門讓邵家兄弟進來，他們一屁股癱坐在沙發上，兩人好半晌都不作聲。

我打開冰箱拿出咖哩，熱了之後端到餐桌上，再拿出四個盤子，各添了一碗白飯擺在上面後，我們圍著餐桌開始吃飯。

我感覺他們還是被低氣壓籠罩著，心裡覺得奇怪，當球僮陪周俞安打球也不是第一次，之前都沒生這麼大的氣，想必有其他原因。

「俞安大哥是幹了什麼事，讓你們這麼生氣？」我放下湯匙關心問道。

「不是他，是他的爸媽。」邵思磊繃不住了，率先向我抱怨，「他剛才跟蔡筱蘋在聊天，說他們家本來暑假要出國玩，沒想到他爸媽之前投資虛擬貨幣被騙了好幾千萬，就取消行程了。」

「所以他爸拖欠邵叔半年的工程款，是因爲投資賠錢付不出？」我大吃一驚，記得前陣子在電視上，確實有看到投資詐騙的新聞，金額高達好幾億。

「他爸一直找我爸的碴，說我爸用的建材跟他指定的不同，明明施工前都有確認過要用什麼材料，他爸卻硬說後面的幾棟房子，他先前有說要改建材，反正現在就是各說各話。工程都做好了，要嘛就拆掉重做，要嘛就是扣款，不管是哪種方式，我爸都會賠錢。這件事根本不是工程糾紛，而是他們家投資失利想賴掉一些帳。」邵思磊說完氣得耳根都紅了。

「太惡劣了！可以跟他們打官司嗎？」我聽了心裡也燃起一把火。

「我爸已經拖了一些廠商的貨款，打官司解決不了燃眉之急。」邵思浤一開口便直切現實面，打官司不是一天兩天就有結果。

「那該怎麼辦？」洺侑小小聲地問。

「我媽這幾天回外婆家找親戚周轉了，必須先把欠廠商的貨款結清，那些廠商才會繼續出貨給我爸，否則其他工程又會跟著延誤。」邵思磊的臉色漸漸黯下，非常心疼自己的父母。

「俞安大哥他爸這樣欺負人，他怎麼還有臉找你們玩？」我光是想到要低頭跟親戚借錢，心裡就覺得難受。

「他玩樂至上、混吃等死，家裡的事一概不管，只要零用錢不斷都好。」邵思浤冷冷地嘲諷。

餐桌上陷進一片冗長的安靜裡，我拿著湯匙攪弄盤子裡的咖哩。

或許是瞧我們三人臉色不好，好像天要塌下來似的，洺侑心裡有點害怕，默默紅了眼眶。

「侑侑，別害怕呀！」邵思磊馬上撐起笑臉，「哥哥只是很生氣，講話大聲了點而已，其實事情還不到無法解決的地步，只是我爸不想妥協而已。」

「邵叔會沒事吧？」洺侑吸了吸鼻子。

「會的，反正最壞的情況，就是那樣了。」邵思磊的意思是認賠了。

「我吃飽了。」邵思泫在我們談話間，默默把飯吃完了。

「還要嗎？」我開口問道。

「不了。」他揉了一下眼睛，端著空盤子起身，「我要回家午睡了。」

「盤子給我吧。」邵思磊伸出一隻手。

邵思泫將盤子遞給他，跟我們道了聲再見，便開門走出去。

我知道，這傢伙心情不好的時候，就是睡覺處理。

「侑侑還有什麼暑假作業不會做？」邵思磊關心問道。

「美勞，我不知道要做什麼。」洺侑嘟起小嘴。

「吃飽飯，哥哥陪你做。」

「好啊！」

洺侑很快地忘掉剛才的不愉快，低頭吃完咖哩飯。

我端著他的空盤子來到廚房時，邵思磊已經在洗盤子了。

「我來洗。」我走到他的身側。

「沒關係，我在家也常常幫我媽洗碗。」他拿走我手上的盤子。

「你不回家陪思泫嗎？」

「回去也只是陪他睡覺而已。」

「他心情不好時總會這樣悶著，我實在不懂，這樣怎麼睡得著？」我就不行，肯定會翻來覆去無法入睡。

「他偏偏就是睡得著，睡醒就沒事了，不像我，一定要大聲嚷個幾句才能消氣。」邵思磊輕聲笑道。

「他跟邵叔的個性一樣。」我抿唇笑了笑，突然想起一件趣事，「之前有一天晚上，我去你家找你們，當時院子裡很暗，沒有開燈，我一進門就感覺腳邊有東西在動，低頭一看，竟看到了一個黑影，嚇得當場尖叫。後來我才知道，那個黑影是邵叔，他蹲在門邊抽菸想事情。」

「我爸心情不好的時候喜歡獨處，我媽都叫我們別去吵他。」邵思磊也跟著笑起來，將洗好的盤子放在瀝水籃裡。

洗好盤子，我們走出廚房來到客廳，洺侑把暑假作業本拿給邵思磊看。

「侑侑想做什麼勞作？」邵思磊將T恤的袖子捲上肩頭。

「你是不是很熱？要不要開冷氣？」回到家後，我只開了電風扇給大家吹。放暑假窩在家裡吹一整天的冷氣，鐵定會被媽媽嫌浪費。

「不用，吹電風扇就很涼了。」邵思磊轉頭問洺侑，「你想做什麼勞作？」

「我不知道。」

「我以前跟思泫用紙箱做了一個動物農莊，拿了全班最高分。」

「眞的嗎？」洺侑一聽見邵思磊的話，眼睛都亮了。

「各班最高分的作品會擺在教務處展示，那個動物農莊還得到校長的專屬貼紙，相當於全年級第一名。」我直到現在還印象深刻。

「我也想做動物農莊。」洺侑興致都來了。

「我們就一起做這個。」邵思磊揉了揉洺侑的頭。

接下來的時間，邵思磊找來了一個大紙箱，協助洺侑拿著剪刀做裁剪。他們先拼貼出一排排的欄杆，再將欄桿立在紙箱裡，區分成幾個小區塊，每一區會放上不同的動物。

我靠坐在一旁的沙發上，一邊滑手機看動漫，一邊看著他們做勞作，沒有要幫忙的意思。

因爲這傢伙處理情緒的方式跟邵思浤相反，邵思磊心情不好的時候，會找事情讓自己忙碌起來，去轉換心情，最快的方式就是練跆拳道，他可以爲此擊拳踢腿好幾百下，多年累積下來，教練都誇他的基礎功練得十分紮實。

蟬在窗外高聲鳴叫，自電風扇吹出的風，輕輕拂動邵思磊前額的髮絲。他注視著洺侑拿著剪刀的手，眼神異常沉靜，那模樣又像極了邵思浤，可是每當洺侑轉頭問他話時，他的眼裡又會瞬間點亮星光，隱隱爍動。

倘若在邵思浤眼底看到星光，那肯定就是他在複製邵思磊。

當他們做好農莊的格局，開始討論要放什麼動物在裡面時，我看動畫也看累了，腦袋逐漸感到昏昏沉沉，不自覺放下手機，閉上眼睛開始打盹。

邵思磊乾淨明亮的嗓音漸漸淡去，在我的意識即將完全陷進睡夢中時，我感覺右頰被一隻手溫柔地推了一下，頭也順勢朝左側倒，抵靠在某人的肩頭之上。

我感覺到握在手裡的手機被輕輕抽走，但因爲實在太睏了，我的意識只是短暫地拉回兩秒，便又再次陷進濃濃的睡意裡。

不知睡了多久，我慢慢甦醒過來，感覺前方不斷吹來一陣涼風，額頭好像貼著什麼東西。

我緩緩睜開眼睛，入目的是一隻手拿著紙板，輕輕地在前方幫我搧風的畫面。我抬起眼簾往上瞄，貼著我額頭的是邵思磊的臉頰，他竟然讓我依偎在他的身側睡午覺。

我悄悄嚥了一口口水，不知該如何反應。

「醒了？」邵思磊轉頭看我。

「嗯。」我仰頭應了一聲。

那一刻好巧不巧，他的唇竟輕輕擦過我的額頭。

「侑、侑侑呢？」我急忙朝旁邊彈開。

「侑侑也累了，說要回房間休息。」邵思磊倒是坦然，沒有閃躲的意思，「暑假還那麼長，慢慢做嘛，別逼他一次把作業做完。」

「侑侑不弄了，你怎麼不回家休息？」我伸手撫著頭髮，掩飾心裡的不自在。

「嗯……」他沉吟了一下，決定拿直球砸我，「因爲想跟妳在一起。」

我一時啞口無言，整張臉瞬間發燙。

「前天不是預告了，我們會輪流追妳。」他噗哧笑道。

「是相處！」我立即糾正。

「意思一樣。」

「不一樣！」

「反正就是那個意思。」

「你別再說了。」我伸手往臉上搧風，熱死了熱死了！

「好吧。」邵思磊側身將右手肘擱在沙發椅背上，掌心托腮，露出一臉的疲倦，「最近……突然覺得好累。思泫有心事時會變得不愛說話，我呀，從小就愛熱鬧，面對沉重的氣氛，就想裝瘋賣傻逗大家開心。」

「我懂，別人都說你個性樂觀，好像心很大，情緒轉換很快，但其實不是，你只是想幫大家打氣而已。」

「小時候用可愛攻勢是所向披靡的，長大後卻漸漸失靈，感覺自己像個白痴，什麼忙都幫不上，實在是搞笑，哈哈……」邵思磊低低笑了起來。

「不准笑。」我伸指戳住他的臉頰，此刻他的笑只是用來掩飾內心的沮喪。

「如果金牌真的是金子做的就好，至少可以賣了換錢，可惜它什麼價值都沒有，拿再多也沒用。」

「賣錢才不是金牌的價值。」

「沒價值乾脆丟垃圾車算了。」

「不行！你的金牌都是給我的，丟什麼丟？」我佯裝生氣地拍了一下他的頭。邵思泫說得沒錯，邵思磊只要心裡一有煩惱，就會開始否定自己練跆拳道的意義，失去前進的勇氣，產生退縮的想法。

「噢！」邵思磊被我打得悶哼一聲，把臉從掌心裡抬起來，「妳在意那些金牌嗎？」

「廢話！我跟在你們屁股後面，隨你們參加比賽那麼多年，爲的就是看你們拿金牌！」我理所當然地說。

「可是我怎麼覺得……」他微微低下臉，看起來有點委屈，語氣略帶含糊，「落敗的人……好像比較容易得到妳的關心。」

「你不能這樣比，你小考輸給思浤，我也會安慰你。」我連忙舉例反駁。我忽地想起，比賽那天他開開心心跟我分享拿到金牌的喜悅，我卻把他支開轉而去安慰邵思浤……原來他這麼在意。

「也是，說到底，我就是有點吃他的醋。」聽完我的解釋，他好像釋懷了一點。

「該不會……你小考故意輸給他，藉此找我討安慰？」我微微瞇眼質問他，心裡突然冒出這個揣測，因爲他會考都敢亂搞了，小考有什麼不敢做？

「當然不是，我怎麼會那麼幼稚。」他嘴裡否認，眼神卻朝旁邊飄移一下。瞧他的反應顯然就是，我的心又抖了抖。一想到往後要像這樣應付兩個男生的吃醋，我的額頭又開始狂冒熱汗，若是想要避開這種事，我就要盡快做出抉擇。

就在此時，媽媽開門走了進來，手裡提著一大袋的菜。

「阿姨，下班了。」邵思磊臉色一亮，起身跟媽媽打招呼。

「思磊，怎麼來了？」媽媽的神色看起來有點疲累。

「我來教侑侑做勞作。」

「這樣呀，謝謝。」媽媽看向茶几上的動物農莊。

「阿姨，我幫妳提菜。」邵思磊馬上跑過去獻殷勤。

「不用了，東西又不重。」媽媽微微一笑。

「沒關係，我幫妳拿到廚房。」邵思磊兀自接過媽媽手裡的袋子，走進廚房。

「謝謝。」媽媽頓時眉開眼笑，臉上的疲憊消去一半，「你要不要留下來吃晚飯？」

「謝謝阿姨的好意，但思泫還在家裡等我。」邵思磊放好菜從廚房裡走出來，「我們中午有吃阿姨煮的咖哩飯，超級好吃！」

「阿姨隨便亂煮的。」媽媽不好意思地說道。

「我從小最喜歡吃阿姨隨便煮的菜，阿姨總是用簡單的烹調手法，呈現出食物鮮美的原味，每一道都特別好吃。」邵思磊露出回味無窮的滿足燦笑，把平時不苟言笑的媽媽誇得心花怒放。

「有點熱耶，茗意妳怎麼沒開冷氣給思磊吹？」媽媽轉頭問我，說話的嗓音多了些精神。

「阿姨，我不會熱，吹電風扇就夠了。」邵思磊連忙替我說話。

「茗意，之後思磊如果有來教侑侑做勞作，記得開冷氣給他吹。」媽媽再次下令。

「好……」我傻眼地應聲。

眞是差別待遇！老媽說夏季電費貴，規定我們暑假在家要節約用電，怎麼邵思磊來就不一樣？

第四章　三人的約會

翌日上午，茶几上擺著洺侑做到一半的美勞作品——動物農莊。

我們四個人圍在茶几旁邊，探頭看著紙箱裡面。

裡頭已用紙製的柵欄，圍出幾個小區塊，不過動物都還沒有做。

「這個……我打十分。」邵思泫歪頭打量這件作品。

「為什麼只有十分？」洺侑聽了一臉打擊，他認為都做到一半了，至少也有五十分。

「因為你沒有找我一起做。」

「那是哥哥你昨天先跑回家睡午覺。」

「所以是我的錯？」邵思泫挑眉問。

「對！」洺侑用力點頭。

「那我向你賠罪，今天陪你一起做。」邵思泫伸手捏了捏洺侑的小臉。

「等等等……等一下！思泫你再攪進來，這件作品鐵定變成零分。」我忍不住出聲阻止，感覺事情正往「失控」的方向發展。

因為邵思泫是「細節派」的，邵思磊搞出來的作品往往只有外形而已，拿個七十分沒問題，但邵思泫插手修飾細節之後，作品可以衝向九十分。

「會嗎？」他還裝傻。

「洺侑平常做的美勞才拿幾分，放個暑假就交出這麼漂亮的作品，你以為美勞老師是白痴嗎？」我搖頭強調。

「美勞老師人很好的，侑侑你就跟老師說，是我們陪你一起做的，她應該不會給你亂扣分。」邵思磊拍胸脯打包票。

「好！」洺侑微笑點頭。

我差點忘了，這兩個傢伙每次上美勞課時，都會狗腿地跑去幫老師拿教具，老師直到現在還對他們念念不忘。

「做動物還要用到一些材料，像保麗龍球、棉花、色紙……走！我們一起去書局買。」邵思磊朝邵思浤使了個眼色。

「好啊，一起去。」洺侑興奮地拉著邵思浤走向門口。

邵思浤似笑非笑地瞥了我一眼，隨即轉身跟著走出去，看起來好像沒事了。

昨天吃晚餐的時候，我跟爸媽提到周俞安爆出他爸媽被詐騙的事，這才知道爸爸早就知道了，只是怕媽媽過度煩惱，才瞞著媽媽和我們不說。

這個情況下，想必邵爸也早就知道這件事，只是瞞著邵家兄弟而已。

他們大人間有利益關係，我們孩子間也有自己的情緒，倘若工程款的事沒有好好地解決，我們也很難用平常心對待周俞安。

雖說大人間的利益糾葛不該牽連孩子，周俞安是無辜的，但我們也同樣無辜。

思緒走到這裡，我的手機突然響了起來，我滑開螢幕一瞧，是蔡筱蘋用ＩＧ打電話給我。

「喂。」我按下接聽。

「茗意……」電話裡傳來蔡筱蘋的哭泣聲。

「怎麼了？」我心裡一驚。

「我跟媽媽吵架……跑了出來……」

「妳在哪裡？」

「圖書館旁邊的公園裡……」

「我去找妳。」我沒轍地嘆了口氣。

我傳了一則訊息給邵家兄弟，跟他們說我要去公園一趟，隨後穿上鞋子出門，一路來到圖書館旁邊的公園。

蔡筱蘋低頭坐在鞦韆上，情緒十分低落的模樣，旁邊停著一輛腳踏車。

「發生什麼事了？」我在她隔壁的鞦韆上坐下。

「早上起床後，我用電捲棒在弄頭髮，我媽看到了，就罵我在浪費讀書的時間，然後就拿起剪刀……」她伸手撥開蓋在左頰上的頭髮。

「太誇張了！」我看到她側邊頭髮被剪到肩頭的位置。

「我留了三年的頭髮，很捨不得……」她說完又繼續啜泣。

「這也算是一種家暴了，妳爸爸都不管嗎？」

「我爸每天都要應付公司的事，家裡的事都是媽媽管的。我去找我爸說話時，他總會皺眉，一臉厭惡，說他在公司已經很煩了，回家不要再煩他。」

「我爸也常說他的工作很煩，但回家還是會跟我和弟弟打屁聊天。」就連小時候我媽拿拖鞋要打我們的時候，我爸也會出來擋。

「我眞羨慕妳，妳爸媽對妳眞好。」她的嗓音盡是羨慕。

「家家都有難念的經，我家也有別的問題，這個問題有可能是妳家沒有的。」像最近工資被拖欠的問題。

蔡筱蘋只是低頭不斷啜泣，我又轉頭打量她，發現她是穿著拖鞋跑出來的，拖鞋前端露出的腳指甲，每一片都是變形的，甲面凹凸不平。

「蔡筱蘋，妳怎麼……」我又是滿心震驚。

蔡筱蘋側頭瞥向我，發現我的目光定在她的腳上時，連忙曲起腳趾縮進拖鞋裡。

「這是妳自己弄的嗎？」

「嗯，進到排名第一的高中裡，同學們都很會念書，因爲壓力大，我忍不住就開始咬手指甲，親戚看到了會問東問西，我媽就生氣地罵我，後來，我就改成拔腳指甲，只要別人看不到就沒關係。」她沮喪地說。

我不知道該說什麼，這種狀況只能交給諮商心理師處理。

「不過，我認識你們之後，感覺自己不那麼孤單，變得比較克制一點。」她回我一抹感激微笑。

「雖然我無法改變妳家的狀況，但我希望妳不要再傷害自己。」我只能這麼勸導她。

「謝謝妳的關心。」她的眼底再次盈滿淚水。

「別哭了。」我安慰地拍拍她的背，「接下來妳要怎麼辦？」

「還是得回家，只是回家前，要先去剪頭髮。」

「妳剪短頭髮肯定也好看！」

「謝謝安慰。」她終於破涕爲笑。

我目送蔡筱蘋跨上腳踏車離開後，踩著步伐往回走，行經圖書館前時，兩道身影突然從牆角冒出來。

來人除了邵家兄弟，還能有誰？

「你們怎麼跑出來？」我訝異地問。

「看妳跟誰見面呀。」邵思磊笑笑地答。

「無聊！」我甩頭繼續往前走。

「這才不是無聊，畢竟有句話說『青梅竹馬敵不過天降』。」邵思泫悠悠說道。

聽到邵思泫的話，我右腳一軟，那句話的意思是，在許多戀愛動漫和小說裡，自小一起長大的青梅竹馬，往往敵不過從天而降之人，青梅竹馬不管再怎麼努力，都會淪爲助攻的角色，被天降爆殺。所以「天降系」和「青梅竹馬系」一直處於水火不容的狀態。

「小心！」見我差點摔倒，邵思磊急忙扶住我的腰，邵思泫也一掌托住我的背。

我看看邵思磊忍俊不禁的笑臉，再看看邵思泫故作認眞的表情，不禁失笑，「我跟蔡筱蘋見面耶！」

「現在是多元社會。」邵思磊朝我眨眨眼睛。

「天降的，大多是妳想像不到的人。」邵思泫輕輕哼笑。

我站穩腳步不禁苦笑，原來這兩人上高中後黏我這麼緊，是有志一同地在抵抗天降。

「她的家庭問題，其實妳幫不上什麼忙。」邵思磊嘆了口氣。

「是啊，只能關心她而已，但關心改變不了她的問題。」邵思浤附和道。

「你們……難不成知道什麼？」他們的回答讓我感到奇怪。

「有周俞安這個大嘴巴在，我們還有什麼事會不知道？」邵思磊一臉沒好氣。

「他有跟你們提及蔡筱蘋的問題？」我頓時恍然大悟。

「是啊，要我們多多關心她，煩都煩死了。」邵思浤滿臉嫌棄。

「他要你們關心她，那誰來關心邵叔？」我聽了有些不滿。

「不是我自私或冷血，如果有能力改變別人的命運，那自然是可以管，沒能力就只能先管好自己。」邵思浤總是一針見血。

「我贊同思浤的話。」邵思磊勾住邵思浤的肩頭，「眼下我們可以解決的事，就是幫侑侑搞定美勞作業。」

「走吧，我媽知道你們今天會來幫侑侑弄勞作，昨晚煮了一鍋滷肉。」我朝他們招招手，催他們趕快隨我回家。

「眞期待。」邵思浤笑道。

「阿姨的廚藝是全天下最好的！」邵思磊又誇大其辭。

「那你媽呢？」我回頭吐槽。

「並列、並列。」

「哼！狗腿。」

回到家裡，沒想到洺侑把呈樂也召來了，他眼巴巴地望著兩位大哥哥，彷彿看到可以拯救美勞作品的天神降臨，於是邵思磊和邵思泫便陪同兩個小男孩做勞作。

我坐在旁邊看著他們耐心地教洺侑和呈樂剪紙，在對待家人的態度上，他們不分軒輊，皆是讓我感到暖心的存在，我是眞的很喜歡他們，但若要各別評價他們，這點平手吧！

「姊姊也一起去。」洺侑的聲音打斷我的思緒。

「什麼？」我回神看向他們。

「暑假要做三項運動，籃球昨天打了，第二項思泫哥哥提議去爬山，但姊姊做爲家長也要一起。」洺侑興奮地說。

我緩緩瞥向邵思泫，這顯然是打著幫洺侑做暑假作業的名義，實則約我去爬山。再瞥向邵思磊，他微蹙著眉頭，但還是朝我擺擺手，示意我一定要去。

「什麼時候？」我感到有點頭疼。

「明天早上，搭五點半那班公車。」邵思泫眼底的笑意更盛。

「這麼早？」

「難道妳想曬太陽？」

「好吧，侑侑你不能賴床喔。」

「好！」洺侑舉手承諾。

明天要跟邵思泫去爬山，這等於是約會……不不不！這是幫洺侑做暑假作業，才不是約會，我在胡思亂想什麼？

暑假的第十天，我清晨五點就起床了。

我先去洺侑的房間喊他起床刷牙，接著我們換上舒適的運動服，提起昨晚準備好的背包——裝了礦泉水、帽子和毛巾，出發前往公車站。

來到公車站前，只見邵思泫穿著休閒風的白色T恤加寬褲，外面罩著格紋襯衫，左肩掛著斜背包，站在站牌下滑手機。

「思泫哥哥！」洺侑小跑步朝他奔去。

邵思泫聞聲回頭望向我們，臉上綻開柔和的笑意。他跟邵思磊有著一模一樣的臉，但他的氣質裡多了一絲沉著。

「吃早餐了嗎？」他伸手拍拍洺侑的帽頂。

「還沒。」洺侑搖頭笑道。

「等等到廟旁邊吃。」

「好！」

跟洺侑說完話後，邵思泫才抬頭看向我，在與他的目光對上的那一刻，我的腦海突然蹦出「今天是跟他約會」的念頭，忍不住垂下眼簾。

幸好公車很快就來了，緩解了我的尷尬。

今天要爬的是本市著名的一座小山，距離我家車程大約二十分鐘，是許多長者早晨會去運動的景點。

公車抵達目的地時，時間還不到六點。

我們從車站往上爬了一小段路，看到一間古樸的宮廟，這間廟已經有百年的歷史，廟門前有個大廣場，廣場上停著幾台販售早餐的餐車。

我們買了一些早餐，坐在廣場邊的石椅上用餐。

這裡遠離了街上的喧囂，空氣非常清新，可以聽見四周的鳥叫聲。

「妳昨晚幾點睡？居然爬得起來。」邵思泫就是邵思泫，三句不離損我。

「跟平常一樣，快十二點。」我咬了一口三明治。

「我十點就睡了。」

「喔？俞安大哥沒找你打團戰？」

「有啊，我直接拒絕他，說今天要陪侑侑爬山，必須儲備精力。」

「爬山是你提議的，要是侑侑走不動了，你要負責背他下山。」這傢伙喜歡拿別人當藉口，嘴裡說著陪洺侑，實際上……是不是想陪我？

「這有什麼困難，背妳下山也行。」他低聲笑道。

「我體能沒那麼差。」我輕嗤一聲。

「不過因為太早睡，害我早上四點半就醒了。」

「為什麼？」

「不知道，有點興奮吧。」

興奮什麼？

換成以前，我一定會打破砂鍋問到底，現在卻不敢問，怕問出會讓我發窘的答案。

「膽小鬼！」邵思泫嘴角微勾，對著空氣輕喃。

擺明就是笑我，但我確實膽小，總招架不住他的一言一行。

「姊姊為什麼是膽小鬼？」洺侑天真地插話進來。

「快吃，你別問那麼多。」我差點噎到。

「爲什麼不能問？」洺侑不依地問道。

「因爲哥哥……會欺負人。」

「哥哥才不會！」洺侑馬上替邵思浤辯駁。

「是啊。」邵思浤抿唇偷笑，「我那麼喜歡你姊姊，怎麼會欺負她？」

明明就會，這不就是了，擺明想看我招架不了的窘態。

吃完早餐，我們三人一同走向宮廟左側的登山口，此刻已陸陸續續有民眾走進去了。

我們踩著階梯往上爬，這座山的山勢不高，裡面規劃了五條步道，周圍都是林木，置身其中，能明顯感覺到空氣倍感涼爽。

洺侑精力充沛，邊走邊跳，一看到草葉上的昆蟲就哇哇叫，很快地將我和邵思浤甩在後頭。

「風好涼。」邵思浤走到我的身側。

「對呀。」我感覺他的存在感瞬間放大。

「很久沒來了。」

「嗯。」

「小時候常常跟爸媽來運動，上國中之後就懶得跟了。」

「我也是。」

「妳回話都不超過三個字。」他語帶揶揄。

「是啊。」我頓了兩秒才反應過來，「不是啊，你們破壞了平衡，讓我很苦惱。」

「妳不用顧慮太多，只要誠實面對自己的心，剩下的我和思磊會自行協調。」

「不管我做了什麼抉擇，你們不可能一點影響都沒有。」我不想失去他們任何一個。

「我和思磊的感情沒妳想得那麼薄弱。」他淡淡笑道，神色很篤定。

「你這樣說也只是假設而已。」我不知道他哪來的自信，「眞希望可以回到半個月前。」

「半個月前就已經是這樣的結果了。」他笑笑地吐槽，「或者說，從妳滿月來到我們家開始，就注定會走向這個結果。」

邵思泫說得沒錯，這件事似乎一開始就注定了。

「要不要試試？」邵思泫突然問道。

「試什麼？」我停下腳步。

「跟我牽手。」他朝我伸出一隻手。

「又、又不是沒牽過！」我瞪著他的手，從小到大，我跟他們牽手的次數早已數不清。

「膽小鬼！」他再次抿笑。

「牽就牽，誰怕誰！」我用力抓住他的手，拖著他往前走。

「喂，很痛耶！」他唉叫了兩聲。

我稍稍放鬆手上的力道，邵思泫立刻將手掌翻轉過來，溫柔地與我交握，那一刻，彷彿有一絲電流從他的掌心傳來，在我的心尖上輕觸一下。

接下來的時間裡，邵思浤一直很安靜，我忍不住從眼角偷偷瞥向他，他感覺到我的視線，馬上別開臉望向旁邊，同時間，我感覺他手心的熱度瞬間上升，好像出汗了。

領悟到他其實沒表面上看起來那麼冷靜時，我的小心臟也怦怦加速跳了起來。

就在此時，洺侑的聲音劃破曖昧的氣氛：「姊姊，這裡有岔路，要走哪一條？」

我和邵思浤雙雙轉頭看向他，只見洺侑的目光瞬間下移，定在我們交握著的手上。

「我、我在跟他比腕力。」我緊張地捏住邵思浤的手，就像握著指力訓練器。

「比腕力呀。」邵思浤眼神一沉，居然也用力回掐我。

「啊啊……」我疼得將手抽回。

「我也要比。」洺侑興沖沖地朝我們伸出雙手。

邵思浤握住他的手用力捏了一下，洺侑疼得咯咯大笑，笑完便逕自跑進左側的步道裡，也不知道他是不是察覺到什麼。

「再牽一次？」邵思浤一臉若無其事。

「不要，侑侑在前面。」我連忙搖頭拒絕。

「那下次……」他傾身在我的耳邊小聲說，「我們單獨約會吧。」

我羞得說不出話，大步往前走，想追上洺侑。

單獨約會呀，心裡怎麼……好像有點期待，這樣的心情究竟代表著什麼？

洺侑選了五條步道裡最長的一條，它的路線會繞過這座小山的左側，中間會經過一個小小的山谷，因爲路況比較陡，一般的長者很少會走這條路虐待自己的膝蓋，所以我們久久才會遇到一個登山客，不過，風景也是最優美的。

剛剛沒注意到，也不知道從什麼時候開始，整座山的蟬開始高歌，氣溫也升高了一點。

一路上，我們遇到幾個小陡坡，洺侑還滑倒兩次，但小孩子好像不怕跌，大笑著拍拍屁股又繼續往前跑。

邵思浤運動神經好，他總是先跳下陡坡，再伸出一隻手讓我扶著他走下去。因爲這些陡坡，我們中間又牽了好幾次手。我認眞懷疑這是洺侑的心機，他一直是邵思浤的小鐵粉。

我們走著走著，瞧見前方是一個大陡坡。

思浤一樣先跳了下去，我則等他站穩後，伸手扶住他的肩頭，此時，他居然一手環上我的後腰，抱起我，接著將我慢慢放下來。

就在我雙腳著地的那一刻，不知是有意還無意，他的一記輕吻輕輕擦過我右側的瀏海。

在我還沒反應過來之際，耳邊傳來他的輕語：「小時候跟思磊約定了，妳的右邊臉頰是屬於我的。」

這意思是……邵思磊有跟他報備，他前天誤親我的事？

我啞口無言，又一陣熱氣湧上臉頰，這兩個傢伙連洗盤子都要公平競爭，何況是一個吻。

話說回來，我的臉頰會被他們倆瓜分，全是大人們的鍋。

十多年前，部落格還流行的時候，邵媽也跟風創了一個部落格，記錄養育三個小孩的日常。

她拍了很多我們三小無猜的照片，其中也包含一些親親照。

幼兒間的親親抱抱很單純，只是單純地想表達喜愛之情。吵架生氣和好了，親一個，走路跌倒哭了，再親一個，有一些照片甚至是邵媽讓我們擺拍的。

她將照片上傳到部落格的相簿後，引來網友們一整排「好可愛」的留言。

偏偏他們兩兄弟會爭、會比較，哥哥親過的位置弟弟不能再親，弟弟親過的位置哥哥也不能再親，多親一下少親一下都不行。

爲了減少爭執，我的臉就被劃分成兩等分，一人一邊最公平。

當然了，這都是我們學齡前的事，很多時候也記不清，只能靠照片回憶。後來那個部落格也關了，幸好當時有留下備份，存在雲端相簿裡。

邵家兄弟上了高中，在社群平台上創辦粉絲團後，還曾經遇到看過邵媽部落格的網友來留言，問他們是不是當年的雙胞胎兄弟。

「那是小時候的事了。」我伸手朝臉上搧風。

「就算長大也不會改變。」他低低笑道，右臂還橫放在我的後腰上。

我緩緩仰頭凝視他的臉，沒有捉弄的促狹，只有靜謐的溫柔。我感覺胸口深處好像有什麼東西快要壓不住，卻還是不敢去深想。

「眞難走，侑侑幹麼挑這條。」我急忙掙開他，有點無所適從。

「休息一下，接下來就是上坡了。」他打開斜背包拿出一瓶水。

「侑侑，要不要喝水？」我朝著背對我們，蹲在地上的洺侑大喊。

「姊，妳看！」洛侑起身朝我跑來，攤開一隻手，向我展示手裡的蟬殼。

「妳看看就好，別帶回家。」我拿出礦泉水，打開瓶蓋遞給洛侑。

「你姊小時候撿了一盒回家，隔天被你媽媽丟掉。」邵思浤噗哧一笑。

「我知道媽媽討厭昆蟲，尤其是蟑螂。」洛侑一邊喝水一邊說。

一時間，回憶在腦海裡湧現，許多年前的夏天，我和邵思浤、邵思磊會在國小放學後，蹲在公園裡撿蟬殼，尋找四葉幸運草。記得有次邵思浤人品大爆發，找到一株五葉的酢醬草，可惜當時不懂得做成標本，後來就再也沒找到。

休息完，我們開始往上爬，一路通往山頂。

山頂上有一座小土地公廟，當我們抵達時，已熱得全身是汗。

廟裡有洗手台和飲水機，旁邊還有廁所可供遊客使用。

我拿出毛巾，弄溼後遞給洛侑擦汗，邵思浤則靜靜走到廟前，雙手合十，一臉虔誠地注視神桌上的神像，不知道在祈求什麼。

我雖然想知道邵思浤心裡在想什麼，但又覺得這是他的隱私，不該過問。

待他祈求完畢，我們來到廟旁邊的觀景台，找了一組石桌和石椅坐下休息。

「哥哥剛剛在祈求什麼？」洛侑好奇地問。

我沒想到洛侑說出了我心裡的疑問，因爲我也想知道答案，便沒有阻止他。

「祈求世界和平、風調雨順。」邵思浤微笑回道。

「騙人！怎麼可能祈求這個！」我才不相信。

「眞的。」邵思浤一臉認眞地強調，「原本想祈求神明，保佑我家的問題盡快落幕，又覺得我們只是來玩的，平時也沒供奉祂，一來就要跟神明討恩惠，實在有點貪心，若是說等問題解決後一定會來還願，又顯得沒誠意。所以，我最後就祈求世界和平、風調雨順，只要大家都順了，自然就不會有俞安大哥家裡投資失利，牽連到我家的事發生。」

「每天有這麼多人來爬山，每個人來了都要求土地公幫忙，神明一定忙不過來。」洺侑童言童語。

「你呀，雖然每次都把俞安大哥往死裡罵，但其實你對他還是抱有一絲情誼。」我聽了微微一笑，邵思浤就是刀子嘴、豆腐心，周俞安畢竟也是跟我們一起長大的。

「才不是。」邵思浤依然否認到底，「我只是覺得，向神明祈求，是人們在面對困境時的最後一個寄託，如果連這點寄託都失去，心裡的希望就蕩然無存。既然這樣，那還是不要麻煩這位土地公了。」

說到底，邵思浤其實也明白，事在人爲。遇到困境，還是要靠人自身的力量才能解決。

「有道理。我有帶零食來，要不要吃？」我從背包裡拿出一包洋芋片，拆開袋口擺在桌上。

「我要吃。」洺侑伸手拿了一片洋芋片。

邵思浤沒有吃，只是看著我和洺侑吃洋芋片，忽然忍俊不禁。

「哥哥笑什麼？」洺侑好奇地問。

「看你和你姊姊啃洋芋片很有趣，大倉鼠和小倉鼠。」邵思浤笑道。

「侑侑，他嫌我們吃東西很難看。」我沒好氣地說。

「眞的嗎？」洛侑嘟嘴問。

「倉鼠是很可愛的小動物，別聽你姊抹黑我。」邵思浤急忙解釋。

「嘻！我也覺得倉鼠很可愛。」洛侑露齒一笑，超級好騙。

「來拍照吧。」邵思浤拿出手機開啟自拍模式。

我們三人聚在一起合照了幾張，拍完三人照，邵思浤貼到我的身側想要拍雙人照。

此時，一道女聲突然從旁邊傳來：「茗意？邵思浤？」

我愣了一下，轉頭望向聲音來源，發現蔡筱蘋站在不遠處，一臉驚訝地望著我們，好像沒料到會在這裡遇見我們。

「妳怎麼在這裡？跟家人來爬山嗎？」我詫異地問。

「不是，我一個人來的。」蔡筱蘋的臉色黯下，伸手撫了一下及肩的短髮，「昨天把頭髮剪短了，今天心裡還是很難過，就想出來散散心。我不喜歡逛街，比較喜歡找個安靜的地方獨處，就來爬山了。」

「這還眞是巧呀。」邵思浤臉上似笑非笑，好像話中有話。

「對呀，其實我以前還會找我哥一起來，但他上大學後就不回家了，因爲受不了我媽的壓迫。」蔡筱蘋再次解釋，接著朝我們走來，「你們怎麼會來？」

「陪洛侑做暑假作業。」我回答。

「老師要你們暑假去外面運動和活動對吧？」蔡筱蘋自動地在洛侑旁邊的石椅上坐下，對著他笑問。

洺侑抿著唇沒答話，只是輕輕點了一下頭。

「妳短頭髮也很好看。」我仔細打量她的髮型，她昨晚其實有上傳短髮照，同學們也都誇她好看，說她更適合短髮造型。

「剪短的好處是洗頭髮快，但我還是比較喜歡留長髮。」蔡筱蘋又是嘆氣。

「別難過了，頭髮可以再留長的。」

蔡筱蘋緩緩垂下眼簾，露出楚楚可憐的表情，顫著聲音說：「連留長頭髮的自由都沒有，我不知道自己活在這個世界上，到底有什麼意義。」

我無言以對，感覺氣氛變得尷尬，出遊的好心情瞬間被破壞殆盡。

「妳想要什麼意義？」邵思泫突然出聲。

「咦？」蔡筱蘋抬起頭疑惑地看向他。

「妳要的意義是什麼？」

「意義……就是意義呀。」蔡筱蘋呆了一下，好像沒想到有人會這樣問。

「很多人都說活著要有意義，好像講出「意義」這兩個字，便能顯得自己多有想法，但實際上，那些人卻根本搞不清楚自己想要的是什麼。」邵思泫深邃的眼裡透著犀利的光，言語也毫不委婉。

「我……想要自主！想要擁有自己的空間！想要跳出父母給的框架！」蔡筱蘋立刻補上答案，似乎想表達，她很清楚地知道自己想要什麼。

「這眞是……太有想法了！」邵思泫露出陽光般的燦笑，表面上看似是稱讚，實際上那套說詞並未得到他的認同，「不過說眞的，我不知道在我們這個年紀，有什麼能力可以自主，去跳脫父母的掌控。沒有一技之長，也不會賺錢，說再多都是空談。」

被他這麼一吐槽，蔡筱蘋整個人都矇了，遲遲說不出話，剛才的氣勢整個弱下，因爲她確實沒有獨立的本事。

我拿起一片洋芋片小口啃著，這若是換成邵思磊來，他肯定能迎合她的說法，討論出一番人生大道理，討論完，蔡筱蘋還可以得到滿滿的勇氣。

可惜的是，她對上的是理智型的邵思泫，這套說詞只會踩雷。

「我也想要獨立自主，不要當家裡的伸手牌。」邵思泫瞥了蔡筱蘋逐漸泛紅的臉一眼，眼底閃過一絲細微的嘲諷，「但我現在可以做的事，就是努力學習、努力長大。」

「我……也不是……」蔡筱蘋聽出他其實不太認同自己，急著想辯解。

「茗意也還跳不出父母給的框架吧。」邵思泫轉而問我，收起了眼底的嘲諷。

「當然呀，現階段還是要依賴父母，不管做什麼都處處受限。我媽也很討厭我們打電動、看小說和動漫。」我媽臭臉時也會變得超可怕。

「妳會覺得人生沒意義嗎？」

「我爸常說，人生不一定要有意義，有意義自然最好，但沒意義也能好好活著。幹不了大事，就做點自己喜歡的小事。」我爸的人生哲學，邵思泫一定很清楚，下工後能跟邵爸喝點小酒配鹹酥雞，對我爸來說，就足夠了，「你呢？你覺得人生的意義是什麼？」

「我不想過太刺激的生活，只想平安喜樂地過一生。」他伸手撫著下巴。

「聽你們這樣說，我好像又想通了什麼，我……」蔡筱蘋一臉感激地望著邵思泫。

「妳自己想通就好。」邵思泫打斷她的話，隨即拉著我站起來，「差不多該下山了，再待下去天氣會越來越熱。」

「我想回家了。」洺侑一臉無聊地坐在旁邊，儘管聽不懂我們在說什麼，不過他很乖，不吵不鬧。

「我可不可以跟你們一起走？」蔡筱蘋怯怯地問。

「嗯，走吧。」我無奈地點頭。

於是我們四個人一起下山，我和蔡筱蘋走前面，邵思泫陪洺侑走在後面。

「茗意，妳都追什麼小說或動畫？」她好奇問道。

「最近在重看巨人，裡面的兵長超級帥氣。」我淡淡回道。

「改天我有空也來看一下。」

「眞的很好看，妳會愛上的。」

「那個……我剛剛是不是壞了你們出遊的興致？」她小聲問道。

「並不是，而是妳的問題，我們幫不上忙，聽了會覺得很無力。」

「我以後會少抱怨家裡的事，我想我必須變得堅強一點。」

「如果妳能堅強起來，自然是好的。或許妳也可以試著跟妳媽溝通看看，畢竟妳以前應該不曾跟她表達過自己的想法。」我誠心地建議她，突然想到，我媽從小就說我意見很多，這不也是一種溝通的方式。

「的確是，以前她說什麼，我全都照做，不曾違抗過她。」她黯然點頭，似乎贊同我的建議。

「溝通也是需要一點時間緩衝的，還有……」我想到她在社群平台上的呈現，猶豫著要不要說出心裡的感想。

「還有什麼？」她定定注視著我。

「我覺得，別太依賴網路上的誇讚。」

「我沒有啊——」蔡筱蘋突然尖叫一聲，腳下一個踉蹌，整個人向前撲倒在地。

「妳有沒有怎樣？」我連忙蹲下身扶住她的肩頭，回頭一看，地面上有個隆起的樹根。

「沒、沒事。」她緩緩坐在地上，曲起雙膝，兩個膝蓋都有輕微的擦傷。因爲怕被蚊蟲咬，我們三人都是穿著長褲，而她卻是穿著短褲來。

「思汯，你是不是有帶外傷藥？」我直覺地回頭喚他，他可是細心度滿點的邵思汯。

邵思汯沒好氣地扯扯唇角，隨即拉開背包的拉鍊，從裡面拿出兩包酒精棉片和OK繃遞給我。

我撕開包裝取出酒精棉片，幫蔡筱蘋清裡傷口上的沙土，清理完畢再貼上OK繃。

「謝謝。」蔡筱蘋向我道謝，接著扶著我的肩膀想站起來，沒想到才剛起身，右腳又軟了下去。她眉頭緊蹙，「對不起，我的腳扭到了。」

「那怎麼辦？要叫救護車嗎？」我使勁撐住她，不讓她再次跌倒。

「不要，那太丟臉了，我慢慢走就行。」蔡筱蘋慌張地拒絕。

「好吧，那妳扶好，別鬆手。」我撐著她的手臂向前慢慢走。

邵思泫見狀，沒轍地拿下背包交給洺侑，再大步走到蔡筱蘋的面前，蹲下身說道：「上來吧。」

「這……」蔡筱蘋望著他的背，臉上滿是猶豫。

「快點！」

「對不起，謝謝。」她彎身趴在他的背上。

邵思泫用力背起她，朝山下走去。由於走的是主要的登山步道，整條路都被修得平緩，每個高低落差處都設有階梯，不像上山的時候，走的是難走的泥土路。

我和洺侑跟在後面，望著他們兩人的背影，蔡筱蘋不時會探頭在邵思泫的耳邊說話，問他會不會累，要不要放她下來休息一下。又道謝又道歉的，看得我心頭悄悄湧起一股酸意。

「姊姊。」洺侑握住我的手，「我討厭她。」

嗯，我也是。

心裡冷不防冒出這個聲音，殺得我措手不及。我隱隱感覺到，自己好像明白邵思泫和邵思磊在我心裡的差別了……

我甩甩頭，阻止自己再深究下去。

因爲一旦承認了，我們三人的關係將會徹底顛覆。

經過半個多小時的路程，我們終於抵達山下。

邵思泫將蔡筱蘋放了下來，此時他已累得渾身是汗，額頭掛著汗珠。

蔡筱蘋坐在登山口的大樹下，連忙從背包裡掏出一包面紙遞給他。

「侑侑，給我毛巾。」邵思浤看都沒看那包面紙一眼，兀自朝洺侑伸出一隻手。

洺侑見狀，臉上的鬱悶一掃而空，馬上從邵思浤的背包裡拿出毛巾遞給他。

「幫妳叫計程車？」邵思浤一邊擦臉一邊問。

「不用了，我搭公車就好。」蔡筱蘋扶著樹幹，很勉強地站起來，「我忍得住，還可以走。」

邵思浤和我同時伸出手想扶她，沒想到蔡筱蘋身體一傾，迅速抓住邵思浤的手，對我伸出的手視若無睹。

後來，邵思浤扶著她慢慢走向公車站，我們一同搭上公車。回程的路上，他也是一直陪著蔡筱蘋，甚至在公車抵達我家的車站後，他還讓我先帶洺侑下車，自己陪蔡筱蘋坐到下一站，生怕她腳疼無法下車似的。

下了車，我和洺侑回到家後，一起癱坐在沙發上休息。

「姊，本來我覺得跟思浤哥哥爬山很好玩，可是那個大姊姊一來，我就覺得不好玩了。」洺侑不開心地抱怨。

「確實很掃興，她來得也太巧了。」我想起剛剛在山上，邵思浤好像有提到，他昨晚有跟周俞安提及他要出來爬山的事。

我馬上拿出手機，撥了一通電話給周俞安。

「茗意妹妹，有事嗎？」周俞安的聲音從電話裡傳來。

「大哥，蔡筱蘋發生意外了！」我裝出慌張的聲音。

「蛤？在山上嗎？發生什麼意外？」周俞安馬上自爆。

「都是你，害她跌倒受傷。」我又沒提地點，他竟然知道在山上，果眞是他在搞事。

「我看她爲了頭髮的事心情不好，才建議她出去走走，怎麼曉得……她傷得怎樣？」

「膝蓋擦傷，腳扭到。」

「好像不太嚴重，剛剛聽妳的口氣，我還以爲她滾到山坡下。」周俞安鬆了一口氣。

「就算她心情不好，你也別建議她一個人爬山，多危險啊！」

「這不是還有你們在嗎？」周俞安一副很放心的口氣，好像料定蔡筱蘋一定會跟我們相遇。

其實這也不難預料，因爲那座山的五條步道，最後的終點，都是山頂的土地公廟，只要在那裡守著，她遲早都會等到我們，除非我們半途折返下山。

「你是給她建議的人，多少也要負一點責任。」我忍不住提醒，行事還是要考慮到後果。

「好啦好啦，下次我會注意的。」周俞安不想再聽我嘮叨，急急掛了電話。

「姊姊，俞安大哥想幫那位大姊姊追思泫哥哥嗎？」洺侑臉上帶著擔憂。

「大哥是出名的『暖男』，捨不得漂亮的女生受委屈，應該有給她提示。」

「不管是哪一位哥哥，我都不想要讓給她。」

「哥哥們很挑剔的，也不是來者不拒。」說很挑，卻挑了一個極其普通的我，眼光也是一言難盡。

「我只希望哥哥們，可以跟姊姊在一起就好。」洺侑衝著我笑。

「不是啊，我……我就一個人而已。」我哭笑不得。

「不管跟哪個哥哥，都好。」

我實在無語問蒼天，什麼叫「都好」，戀愛可以這麼隨便嗎？

爬山爬累了，我和洺侑吃完午餐就各自回房午睡。

下午睡醒時，我滑了一下社群平台，發現蔡筱蘋上傳了一張照片。照片中，她一雙白皙的腿向前伸展，露出貼了OK繃的膝蓋，內文寫著：今天去爬山散心，謝謝邵思泫提供的OK繃，還有協助我下山，並護送我回家。

底下的留言裡，同學們的八卦魂都啟動了，紛紛問她怎麼會跟邵思泫去爬山。周俞安的留言甚至歪樓，說她的腿生得這麼好看，一定要好好擦藥，別留下疤痕。

平常蔡筱蘋都會很快回覆留言，這次偏偏留白了，放任大家想像。

我看完心裡有點生氣，馬上點開發文介面開始打字，想說明今天去爬山的過程：

我和弟弟爬山爬得好好的，後面的行程都被某人破壞了，我不懂她爲什麼可以把一場精心製造的相遇，說成好像是偶然的巧遇。別人登山都穿個長褲預防蚊蟲，她穿著那麼短的短褲是認眞的嗎？在觀景台那裡，我看到她抓癢抓了好幾次……

打到這裡，我忽地意識到，通篇下來，我都在抨擊蔡筱蘋，字裡行間藏著對她的敵意。

這看在吃瓜同學的眼裡，只會覺得我崩潰加爆走了，將蔡筱蘋視爲威脅。

她一派悠閒，我卻兀自爆氣，這麼失控可不行。

思索了片刻，我按捺下心裡的悶氣，將剛剛打的字全部刪除，畢竟邵思浤也沒有出面澄清什麼，代表他覺得沒必要回應。

回想打籃球那天，蔡筱蘋曾經向我保證，說她對邵家兄弟只有感謝，她只想要當粉絲幫他們加油，結果現在事實證明，她就是奔著邵思浤而來！

前面弄錯人時，她追蹤邵思磊追了兩個月，對他好像充滿愛慕，沒想到得知眞相後，她就立刻將感情轉移到邵思浤身上，這樣的轉變不是很奇怪嗎？

難道她對邵思磊產生好感，就只是因爲公車上的讓位，沒有其他的原因？

又或者是，因爲他們長得一樣，所以不管跟誰好都可以？

若眞是如此，這樣的喜歡，根本不是眞心的喜歡！

這天晚上，邵思浤依然沒有對蔡筱蘋的貼文做出回應。

儘管我說服自己不要太在意，可是邵思浤背著蔡筱蘋下山，溫柔陪伴她回家的身影，總是時不時地浮出腦海，讓我感覺渾身不對勁。

邵思浤送她回家的路上，是不是有發生什麼事？

蔡筱蘋會不會對他告白了？

話說回來，蔡筱蘋意外插入我們三人之間的情況，好像也符合天降的設定，天降都是自帶buff的角色，強到能把青梅的阻力轉爲助攻。

在許多動漫的設定裡，當角色陷進三角戀時，第三者的出現往往是用來解套的，且在這個狀況下，恃寵而嬌加猶豫不定的青梅，很容易被發炮灰卡，落得雙生子中一個遠走天涯，一個被天降搶走的結局。

「啊——不要啊！」在想像力狂奔下，我抱著頭在床上左右打滾。

「姊，妳又在發什麼神經了？」洺侑的聲音從門口傳來。

「侑侑，我心裡好煩呀。」我頂著一頭亂髮坐在床上。

「妳在煩不知道要選哪個哥哥嗎？」洺侑在床邊坐下，小孩子說話就是這麼直。

「那個雖然煩，但最煩的是，原本事情很單純，現在卻變複雜了。我開始後悔那天下午去見蔡筱蘋，還間接讓她認識了俞安大哥。」如果沒見，或許不會給她介入的機會。

「媽媽很厲害，早就料到那位大姊姊有不良企圖。」洺侑語帶崇拜。

「是呀，我們的媽還眞厲害。」我不得不佩服。

「但媽媽現在很擔心被裁員。」

「我覺得呀，依媽媽的個性，她就算被裁員了，一定也能堅強面對，不會就這樣垮掉。」我相信我家老媽沒那麼懦弱。

「我可以少吃一點飯。」洺侑突然想幫家裡省錢。

「那可不行，少喝一杯奶茶吧。」我連忙阻止。

就在此時，門外突然傳來爸爸的聲音：「老婆，妳在這……」爸爸的話講到一半，嘴巴好像被摀住了，接著是一陣推推拉拉的腳步聲加關門聲，兩人好像進到房間裡了。

「啊，被媽媽聽見了。」洺侑一臉慌張。

「誰教你進來都不關門。」我推了推他。

「媽媽會不會生氣？」

「我哪知道。」

此時，我的手機響了起來，來電顯示是邵思磊。

按下接聽後，邵思磊愉悅的聲音傳來：「茗意，我跟侑侑約好了，明天要帶他去海洋館玩。」

「我就是來跟妳講這件事的。」洺侑用力點頭。

「今天才去爬山，明天又要出去？」我覺得兩天都往外跑不好。

「不然沒時間，後天我和思泫要去移地訓練五天。」

「對喔，我都忘了有這件事。」

「所以明天輪到我跟妳約會！」邵思磊的嗓音充滿期待。

「思磊……」我伸手掩面感到羞赧不已。

「哥哥，你不能跟俞安大哥講，不然他又要搞破壞。」洺侑擠過來對著手機提醒。

「我知道，有思泫今天的教訓，我哪敢講？」邵思磊笑道。

「思泫也知道是俞安大哥在搞事？」我試探地問。

「知道。」邵思汯的聲音橫插進來，「我從蔡筱蘋一出現就猜到了。」

「你們有看到她新發的貼文嗎？」我再問。

「一開始沒有，因爲我們沒有加她好友，不過有看到tag的通知，但我沒點進去。直到有同學傳訊息問我，我才點進去看。」邵思汯的語氣帶點不屑。

「你幹麼送她送到家？」邵思磊顯然也覺得沒必要。

「我不這麼做的話，茗意一定會出手幫忙，我怎麼可能讓蔡筱蘋煩她。你都沒看到她扶著蔡筱蘋的模樣，整個人都快要被她壓垮。」邵思汯不悅地解釋。

「原來如此，換成是我，應該也會做出相同的事。」邵思磊這才恍然大悟。

邵思汯說得沒錯，在那個狀況下，我一定會想要幫助受傷的蔡筱蘋，幫人其實是一件麻煩的事，他是爲了給我省麻煩，不得已才出手幫助她。

「不過我只有送她下車走到巷子口，之後她就說要自己走，不讓我送到家門口。」邵思汯又說。

「怕被她媽媽看見？」邵思磊揣測道。

「誰曉得，我也沒興趣知道。」

「她沿路……都跟你聊了什麼？」我吶吶地問。

「不記得了，如果妳不在場，我一定想辦法推掉，才不理她。」邵思汯的口氣帶點厭惡，頓了一下又問，「妳很在意我沒到她的貼文底下，澄清這件事？」

「也不是在意，只是覺得她好像在誤導別人。」我小聲嘟噥。

「既然這樣，我還是發個文好了。」邵思汯笑了笑。

隔了一下，邵思磊的抗議聲響起：「犯規，你不能這樣寫！」

「明天輪到你。」邵思泫冷哼一聲。

我連忙打開社群軟體，邵思泫的限時動態跳了出來，裡面附了一段影片。影片裡，陽光穿過綠葉在我們四周灑下細碎的光影，我背對鏡頭，牽著洺侑的手，悠然走在步道上。

內文寫著：陪大倉鼠和小倉鼠爬山，這像不像男友視角？

看著那則限時動態，我的唇角不自覺地上揚，稍早感覺到的渾身不對勁，都瞬間抒解了。

洺侑探頭瞄了我的臉一眼，隨後掩唇嗤嗤笑了兩聲，轉身蹦蹦跳跳跑了出去。

✦

暑假來到第十一天。

媽媽上班前又跑來敲我的門，「思磊說，他要帶侑侑去海洋館玩。」

「對呀，這樣暑假作業的三個活動就集齊了。」我揉著眼睛回道。

「你們好好地玩，門票不便宜，別讓思磊多花錢。」媽媽塞了兩張大鈔給我。

「才不會讓他花呢，我有存零用錢，媽媽不用給。」

「拿去，沒花完的就存起來。」媽媽直接把錢塞給我。

「謝謝，妳路上小心。」看來媽媽應該是沒有生我和洺侑的氣。

早上九點，邵思磊專程來家裡接我們，我們三人一同搭車前往市區的海洋館。

時值暑假期間，參觀海洋館的遊客非常多，四處都可以看見家長帶著小孩的景象，售票窗口排著長長的隊伍。

邵思磊排隊買到門票後，洺侑已迫不及待地走向驗票口。驗完票，我們沿著走廊進入館內，入目的是一個巨型水族缸，透過整面的玻璃牆，可以看見成群的鯧魚悠遊其中，魚體在燈光的照耀下閃著銀色光芒。

「哇！是魟魚。」洺侑興奮地指著上方，一條魟魚揮動雙翅，彷彿在水中飛翔。

「那裡還有鯊魚。」邵思磊指著左方。

「這魚看起來好好吃。」我把臉貼在玻璃前，盯著游來游去的鯧魚。

我們在這裡逗留了一下，隨即移步到珊瑚區，那裡的展缸是做成三面環繞的造型，裡面以珊瑚礁造景，礁上養著各色海葵，色彩繽紛鮮豔的海水魚穿梭其間，再搭配各種顏色的投照燈，看起來非常夢幻。

光是可愛小丑魚在海葵間洗澡的景象，就讓洺侑看呆了，遲遲不肯離去。

「我記得你和思泫小時候養過鬥魚。」我和邵思磊並肩站在玻璃缸前閒聊。

「嗯！他養的是藍色，我養的是紅色。」邵思磊注視著缸裡的魚，眼神逐漸變得悠遠，似乎陷進遙遠的回憶裡，「他的魚剛養不久就生病了，整條魚變得黑黑的，又瘦又扁，後來就死了。之後他把魚埋在庭院裡，可能因為養的時間不長，他好像也不會覺得難過。」

「你的那條魚好像養了一年多？」我記得是這樣。

「對呀，我每個星期都會幫牠換水，把牠從小魚養到跟手掌一樣長。結果，那年暑假，我們全家剛好要去南部度假三天，我怕沒人餵牠，臨行前灑了一大堆飼料在水裡，沒想到三天後回家，發現飼料把水弄髒，整缸水都發臭，鬥魚就這麼死了。」邵思磊嘆了一口氣。

「當時你應該把魚缸抱來我家，讓我幫你餵。」

「水族館的老闆說，鬥魚的生命力強，非常好養，就算餓個三四天也不會死，沒想到卻被我的多事給害死了……」

「當時你哭了好久，連邵叔想再買一條魚給你，你都不要。」

「當時覺得，是我害死了那條魚，我沒有資格再養一條。」邵思磊伸指在玻璃上描繪，口氣帶著淡淡自責，「直到現在，我還是覺得自己不適合養寵物。」

「你應該是不想再經歷寵物離開後的心痛。」我凝視他黯然的眼睛。

「反正我不像思汯那麼灑脫，可以冷靜地看待一切。」

邵思汯的心確實比他堅韌一些，自己有一套處理情緒的方法，不過那個方法看在我的眼裡，就是睡一覺就沒事，至於過程是怎麼調適，目前還是個謎。

「唉呀，別聊這麼難過的事，我們去前面看看。」邵思磊揚起微笑，拉著我的手走向下一區。

接下來，邵思磊很盡責地當起小老師，看著解說板，跟洺侑講解各種海洋生物的知識。他生動的表情加詼諧的口氣，經常逗得我們發笑。

每參觀完一區，他就會自然地拉著我的手走向下一區，直到快參觀完畢的時候，我才發現今天跟他牽手的次數，比昨天跟邵思汯牽手的次數多出好幾倍，而且我一點都不會感到尷尬。

下午兩點多，我們來到戶外的噴水廣場。

廣場中央的地面會噴出高高低低的水柱，左邊有兩排小水柱在空中交錯，形成一座弧形的拱橋，洺侑見了馬上脫下鞋子跑進去踩水。

「走，我們進去。」邵思磊也玩心大開，拉著我想穿過水拱橋。

「等等，衣服會弄溼。」我用力扯住他的手。

「來了就玩嘛，不玩多可惜。」他伸手壓住一道水柱，水柱瞬間轉向，朝我直直噴來。

我冷不防被噴了滿臉水，接著也豁出去了，學他壓住另一道水柱反擊他。

我們在場中又叫又跳，衣服頓時溼了個大半，中間還穿插洺侑的各種偷襲。

邵思磊牽住我的手走進水拱橋裡，一道道水柱在頭頂上方相互交錯，散落而下的霧狀水氣，映著陽光閃閃發亮。

在水霧瀰漫中，邵思磊的笑顏顯得溫暖而耀眼，感染力十足，周圍的大人小孩都忍不住被他吸住目光。

在與他相處的時光裡，我會覺得食物特別好吃，玩也會特別好玩，心情總是無比放鬆，可以暫時忘卻憂愁。

約莫玩了一個小時，我和洺侑來到廣場邊的休息區，坐在石椅上休息。

「吃冰吃冰。」邵思磊拿著三支冰淇淋走來。

我和洺侑各拿了一支，邵思磊在我的身側坐下，三個人一起吃冰。

「接下來會有五天見不到你們。」我舔了一口冰淇淋，心裡有點依依不捨。

「這次會跟五個道館進行友誼賽，北中南都有，其中還會對上我之前參加全中運的對手，我還挺期待的。」邵思磊望著湛藍色的天空，眼神充滿鬥志。

「瞧你這麼有幹勁，不畏挑戰，將來不闖一下國際賽事，挑戰自己的極限，那就可惜了。」

「欸……妳也這麼覺得，對吧？」邵思磊指著我的臉笑道。

「我始終相信，你可以走得更高、更遠。」從小到大，這個信念不曾變過。

「對於思泫呢？」

「他呀……嗯……」

「在妳的心裡，我終於有一項贏過他！」見我答不出來，邵思磊朝著天空舉起拳頭。

「你會不會擔心，將來只剩你一個人走這條路？」我聽了心裡有些發窘，因爲他之前還吃醋了，覺得我比較關心落敗的人。

「思泫說，他將來想當我的經紀人，幫我接代言、接廣告，把我當成搖錢樹，拚命地搖搖搖。」邵思磊收回拳頭，改成伸長手抓住洺侑的肩頭，不斷地搖晃他。

「哈哈哈。」洺侑被他逗得大笑。

「你甘心被他搖嗎？」聽到那段話，我心裡明白，邵思泫已經跟他談過將來的志向了。

「甘心呀！我願意給他搖。」邵思磊理所當然地說道。

看來關於未來的路，他們已經達成共識了，這陣子我的擔心根本是多餘的。我實在小瞧他們兄弟之間的感情，或許……邵思泫昨天說的話是對的，我只要憑心做出選擇，剩下的他們會自行溝通和解決。

「茗意妳跟我牽手，都不會躲呀？」邵思磊微微歛起笑容。

「咦？」我聽了一愣。

「思泫說，妳都不肯跟他牽手。」

「就……很尷尬呀，大家都那麼熟了。」

「跟我就不會嗎？」

「跟你在一起……就是很開心，特別好玩，沒想那麼多。」我好像越描越黑。

邵思磊靜默了片刻，嘴角才又微微上揚，「我明白了。」

明白什麼？我忽然感到一股莫名的心虛，遲遲不敢回看他的表情。

第五章　變調的生日會

今天的海洋館之旅，最後一站當然是紀念品店。

邵思磊挑了一隻企鵝娃娃送給洺侑，我挑了兩個鑰匙圈想要送給邵家兄弟，一個是小海豹的娃娃吊飾，圓滾滾的身體加微笑臉，另一個是小水獺的娃娃吊飾，牠單手抓著一條小魚。兩個鑰匙圈看起來超萌的，予人療癒的感覺。

我們搭乘公車回家，下車後三人一同走在通往邵家的路上，邵思磊先選了小海豹的吊飾，將它掛在自家大門的鑰匙上。

「姊姊沒有買紀念品。」洺侑這才想到我。

「你有就夠了，我沒有也沒關係。」我瞥向他抱在懷中的企鵝娃娃，那隻可不便宜，回家媽媽見了可能會碎碎念。

「姊姊的生日快到了，到時候就有兩個大禮物等她收。」邵思磊笑得神神祕祕。

「兩個？」我一愣，因爲往年他們給我的禮物都是合送的。

「應思泫的要求，今年是分開送。」邵思磊說完雙頰又微微氣鼓鼓的。

「你不知道他要送什麼禮物？」瞧他不悅的模樣，我總算明白比賽那天回家的路上，他們提到我的生日時，邵思磊爲什麼會鬧彆扭。

「不知道，思浤不肯說，明明以前我們都會一起商量。」邵思磊相當介懷這件事。

「生日嘛，每年都會過，我也不缺東西，眞的不用特別送我禮物。」我心裡知道，這句話講了也是白講。

「不行，那傢伙有陰謀，我不能輸給他。」邵思磊眼底彷彿燃起兩把火。

「思磊，你們不要這樣比。」我又開始感到頭疼。

「我好期待哥哥們送的禮物。」洺侑在旁邊看戲，看得可樂了。

「又不是送給你！」我哭笑不得。

「我想要幫妳拆禮物。」洺侑笑咪咪地說，我每年的生日禮物，都會先拿給他，讓他享受拆禮物的快感。

「這次可以拆兩個。」邵思磊伸手比了個二。

「我要我要。」

我伸手撫額，不禁開始感到擔心，正如邵思磊所言，邵思浤會要求禮物分開送，代表他心裡一定有什麼古怪的盤算。

儘管覺得頭疼，但我內心對邵思浤即將要送的禮物，還是忍不住產生了特別的期待。

我們一邊閒聊回到邵家，只見周俞安的機車停在大門邊，機車上掛了兩頂安全帽。

邵思磊看了臉色微變，馬上大步走向屋內，我和洺侑跟在後面，一進門就看到蔡筱蘋手裡捧著一個馬克杯，站在屋內欣賞牆上的照片。

大亂源周俞安正陪在她身邊，爲她一一解說每張照片裡我們三小無猜的故事。

邵思浤面無表情坐在沙發上，眼底盡是隱忍的怒意。

「你們爲什麼會來？」邵思磊嗓音平靜，但他置於身側的手已緊握成拳。

「小蘋果說，思浤昨天幫了她，她家人要她過來道謝。」周俞安伸手指向茶几，上面擺著一個小禮盒，「她不來道謝的話，她媽媽會生氣的，所以我就帶她來了。」

這理由聽起來好假，而且看這情況，他們一定是不請自來，如果有事先通知邵思浤，他就算推不掉也一定會約在外頭見面。

「茗意，我剛剛聽大哥聊了很多你們小時候的事，每一件都特別有趣。」蔡筱蘋迎面朝我走來，臉上露出無辜又清純的微笑。

「妳的腳好得真快，我爸上次工作扭傷腳，休養了三天才好。」我低頭瞥向她的腿，剛才走得挺正常的，不像受過傷的模樣。

「其實還有一點痛，不能單腳站立。」蔡筱蘋繼續裝傻，她還輕輕踮了一下右腳，眉頭輕蹙，「我媽認識一位很厲害的中醫復健師，昨晚她帶我去給他喬了一下筋骨，隔天就好了七成，下次妳爸如果工作又扭到，我可以介紹這位復健師給妳。」

「聽起來醫術高超呀。」我略帶諷刺地說。

「那位復健師也會治運動傷害，思浤和思磊打跆拳道如果有需要調理筋骨，也可以跟我說。」蔡筱蘋熱心地向邵家兄弟推薦。才隔個一天，她好像就跟他們很熟一樣，直呼他們的名字。

「謝謝妳的好意。」邵思泫直接拒絕，「不過我們教練有認識專業的物理治療師，跟道館配合了很多年。」

「對，那位治療師還領有國際認證的執照，很熟悉我們的身體狀況，我們目前不會更換物理治療師。」邵思磊補充一句。

「反正多認識幾個醫生沒壞處的。」蔡筱蘋似乎聽不懂他們的拒絕。

「思磊，你們去海洋館玩，怎麼也不揪一下？」周俞安走過來伸手搭住邵思磊的肩頭。

眼看邵思磊手臂上的青筋都爆起了，邵思泫倏地起身提出邀請：「俞安大哥，我們等一下要去茗意家吃晚餐，你要不要一起來？」

「我媽最近沒加班，每天都親自下廚。」我有默契地附和他的話。

「不用了，我奶奶也有準備晚餐。」周俞安笑臉一僵連忙拒絕。

每個人都有不擅長應付的人，周俞安誰都不怕，但很奇怪的，他從小就對我媽很感冒，覺得我媽很凶悍不好相處。

「蔡筱蘋，妳媽管得嚴，別太晚回家又挨罵。俞安大哥，你既然載她來，就要負責送她回家。」邵思泫滿面堆笑開始送客。

「侑侑，走吧，回家吃飯。」邵思磊撥開周俞安的手，轉而牽住洺侑的手。

「我們要關門了。」邵思泫準備關門放狗。

「道謝也道過了，我送妳回家吧。」周俞安有些尷尬地看向蔡筱蘋。

蔡筱蘋順從地點點頭，將馬克杯擺在茶几上，隨著周俞安走出去。

鎖好邵家大門後，我和洺侑領著邵家兄弟朝我家的方向走去，兀自將周俞安和蔡筱蘋拋在後頭。

「對不起，我好像替你們招來了狂熱粉絲。」我終於可以體會電視明星面對粉絲入侵生活的感受。

「不怪妳，要怪就怪我，沒事幹麼在車上讓位給她。」邵思泫同樣感到懊悔。

「你們別自責，我跟她同班三年，之前也沒看出她的心機這麼深。」邵思磊伸手拍了拍我們的肩，「蔡筱蘋會得寸進尺，都是因爲俞安大哥在挺她，自作主張地亂牽線。」

「我覺得她有很多行爲都透著一種違和感，比如她說她媽剪了她的長髮，不想要她浪費時間整理頭髮，可是她媽又不會阻止她化妝打扮，化妝也是很花時間的，甚至也不會阻止她上網發文，這部分又挺開明的。這若換成我媽，肯定是從頭管到尾！」在我認識的同學裡，那些很重視成績的家長，管的事絕對不只一項。

「我只要玩手機超過半個小時，我媽就會罵，功課寫了嗎？手機一直玩，眼睛是不要了嗎？」洺侑感同身受地說。

不只如此，洺侑玩手機和電動也會牽連到我，說身爲姊姊都不管弟弟。

「她好像是在賣慘求關注。」邵思泫的感覺一向犀利。

「俞安大哥就吃這套。」邵思磊搖頭嘆氣。

「那位大姊姊以前不受歡迎嗎？」洺侑好奇地問。

「她是學霸型的邊緣人，成績極好，但沒朋友，也可能是她當時不想經營人際關係。」我回想她國中時的模樣，她整個人散發著生人勿近的陰沉氣場，自己似乎也不想接近人。

「除了成績，她現在可能發現自己還擁有另一項硬實力。」邵思磊指的是外貌。

「其實不只是她，很多同學上高中後，也會開始注重打扮，這也是正常的事。」連我也一樣，照鏡子的時間變得比以前長，也會在意人緣。

「不管怎樣，以後還是少跟她有牽扯。」邵思汯停下腳步，扯了扯邵思磊的手，「回去吧，總不能眞的跑去茗意家吃飯。」

「哥哥們來，我媽會很歡迎的。」洺侑勾住邵思汯的手。

「臨時跑去不太禮貌，改天再約吃飯吧。」邵思汯伸手拍拍洺侑的頭。

「可不可以吃點別的？」洺侑似乎不想吃家裡煮的。

「你想吃什麼？」邵思磊好奇了。

「我想吃烤肉！」洺侑神情一亮。

「天氣很熱耶，烤肉會烤到滿身汗。」我馬上打退堂鼓。

「嗯！好主意，天氣熱就是要烤肉。」邵思汯雙手抱胸點點頭。

「沒錯，等我們移地訓練回來，來辦個烤肉會。」邵思磊舉雙手贊成。

「YA－！」洺侑開懷地又叫又跳。

眼看他們要回去了，我連忙從背包裡拿出小水獺的吊飾鑰匙圈，遞給邵思汯，「給你的紀念品。」

「謝了，好可愛，我喜歡。」邵思汯微微一笑，接過鑰匙圈後，也從口袋裡掏出家裡的鑰匙串，將鑰匙圈扣上去。

聽到他說喜歡，我心裡亦覺得歡喜，唇角忍不住上揚。

當我正要拉洺侑回家時，這才注意到邵思磊靜靜地在觀察我的表情，儘管沒有多說什麼，但我卻覺得他好像洞悉了什麼事。

這天晚上八點多，我洗完澡走出浴室，拿著毛巾擦拭溼髮時，看到邵思磊上傳了一則限時動態。

限時動態中附了一小段影片，是隨風搖曳的樹梢，內文則寫著：今天要踢擊幾下呢？

心情不好的時候，邵思泫是睡覺了事，邵思磊則會跑到公園裡狂練跆拳道。

我立刻放下毛巾，出門來到圖書館旁邊的小公園，果真看見一道身影避開公園裡的路燈，躲在角落的陰影裡練習側踢。

我緩步走向他，邵思磊聽到腳步聲後，回頭望了一眼，沒說什麼又繼續踢。

「明天就要出去訓練了，不好好休息一下？」我在花圃前的椅子上坐下，仰頭望著天上的月亮。

「把體力消耗完會比較好睡。」邵思磊微微喘息，改成揮拳。

「今天去海洋館玩，還消耗得不夠？」

「那種程度只消耗掉一半。」

我沉默了幾秒才關心地問：「吃晚餐的時候，聽我爸說，你爸媽吵架了？」

「嗯，我媽回娘家周轉時，被我舅舅酸了幾句，我爸覺得很丟臉，兩人講著講著就吵起來了。」他收了拳，拉起T恤的下襬擦去臉上的汗。

「從小到大，我不曾看過他們吵架。」

「我也是。」

「明明心裡很煩，你今天還陪我們出去玩？」

「就是煩，才要找點快樂的事，讓自己開心一下。」邵思磊在我的身側坐下，低頭盯著地上的落葉，「再說了，我也不是只有煩這件事。」

「還有什麼事？」我下意識接著問。

「還能是什麼事？」他反倒笑了。

被他這麼一問，我才反應過來，他指的是我們的三角戀，一時又被噎住。

「茗意，我……可不可以作個弊？」

「什麼意思？」我的心漏跳了一下。

「這幾天單獨相處下來，妳心裡是不是有答案了？」他緩緩轉頭望著我，嘴角掛著故作輕鬆的笑意，「可不可以在告白之前，偷偷跟我透露一點？」

我一時說不出話，只是怔怔地回望他。

「留下來繼續陪我打拳，或者……回家睡覺。」他話裡的意思很明顯，「打拳」和「睡覺」，指的就是選他或選邵思泫。

他的話讓我頓時感到坐立難安。會提出這種要求，通常是覺得自己會輸，想要提前做好心理準備。

「對我來說，比賽最難熬的時刻，並不是在比賽中，而是在比賽前的那一個星期。當你發現不管再怎麼練都無法前進半步時，心情會特別焦躁，巴不得比賽快來，早點上場早點解脫。」他的聲音非常平靜，彷彿眞的在跟我討論他比賽期間的心情變化。

我知道他眞正的意思，再也無法平靜下來，擱在腿上的雙手不安地絞弄著。

邵思磊突然伸出手，在我的頭頂上輕輕拍了兩下，好像想賦予我勇氣，邊拍邊笑，「遲早都要一決高下的。」

心裡又掙扎了幾秒，我終於小聲回覆：「我……回家……吹頭髮。」

邵思磊只是笑而不語，路燈的光落在他溫柔的眼底，逐漸泛出盈盈閃爍的光芒。

我起身走向公園出口，鼻尖的酸意越來越濃，眼前的景色也逐漸轉爲模糊。

是啊，我們都長大了，再也回不到三小無猜的時候了。

✦

隔天一早，跆拳道道館的學員們開始展開五天四夜的移地訓練。

在這五天裡，教練將帶領學員們，和數間不同道館進行友誼賽。

道館的粉絲專頁，每天都會上傳學員們訓練的照片，打卡學員們的足跡。

邵家兄弟的粉專也是天天發文，記錄他們和不同對手相互切磋的模樣。蔡筱蘋原本是潛水點他們的讚，現在也不潛了，一直在他們的照片下留言，爲他們加油，甚至回溯之前的照片，造成我的手機不斷被她的留言通知洗版。

此外，蔡筱蘋還上傳了一張在電腦前的追劇照，說她被我推了動畫坑，愛上了一部動畫的兵長，同學們都相當訝異她居然會追動畫。

周俞安留言留得很勤，還找朋友幫她點讚，短短幾天，她的社群追蹤數也蹭蹭地往上升，很快便超越了我。

「那部動畫有九十幾集耶，她梳個頭髮就被媽媽剪掉，追動畫不會被砸電腦嗎？」我看著蔡筱蘋的貼文，感到納悶。

等等！

蔡筱蘋之前有在補習吧，補習班沒在放暑假的，怎麼她現在看起來那麼閒，閒到可以坐在電腦前看動畫。她的發文時間也是在白天，難道她沒在補習了？

上次在咖啡店裡，蔡筱蘋有提到她在文成補習班補習。聽說那家補習班的國立大學錄取率是同業最高，管理有點嚴格，出題也比較難，本市很多明星高中的學生都會去那裡補習，就連我們班的班長也是那裡的學生。

我們班的班長也是女學霸，但跟蔡筱蘋完全相反，她會主動參與班務，做事情很認眞，因此人緣不錯。

雖說即使是同一家補習班，班長和蔡筱蘋也不一定認識，不過我還是想碰碰運氣，向班長打探一下。

我馬上拿起手機打電話給班長，問她認不認識蔡筱蘋。

「她是隔壁A班的，我不認識她，但她在補習班裡很有名。」班長的口氣聽起來不是稱讚。

「有名是指？」我好奇地追問。

「她在我們補習班成績越補越退步，她媽常常打電話到補習班罵老師，質問他們是怎麼教的，孩子越教越笨。」

「眞的嗎？她國中是我們班的第一名。」我聽了不敢置信。

「她上的是本市排名第一的高中，那裡匯聚了各個國中的優秀學生，每個都像她一樣聰明。聽說她的成績原本也不差，班排大約十幾名。」

「那樣的成績擺在我們學校肯定是前段的。」

「妳說得沒錯，她之前在補習班的測驗卷都考得比我高分。」班長尷尬地笑了笑，她的成績可是校排前十，「可是後來不知道怎麼了，她的成績越來越差，就退補習班了。她媽還跑來找主任，說教得那麼爛應該要退費。」

「她是什麼時候退的？」

「印象是五月初的時候。」

果然！是她遇見邵思浤後不久。

蔡筱蘋沒有說謊，她媽媽確實會逼迫她念書，孩子考不好就跑到補習班鬧，換成是我，應該也會越讀越退步。她可能被課業壓力逼到幾近崩潰，所以才會剝指甲自殘，就在那時，她遇到了一道光——邵思浤。

那傢伙對蔡筱蘋而言，就是那道天降的光啊！

「林茗意，妳爲什麼要打探她？」班長好奇地問。

「給妳看看她現在的模樣。」我把蔡筱蘋的ＩＧ傳給她看。

「哇！這也差太多了，原來她長得那麼漂亮，她以前看起來死氣沉沉跟行屍一樣。她媽是看開了，還是她父母離婚了，不再逼迫她了嗎？」班長連連驚呼。

「這我就不曉得了。」如果她媽就此不再逼她，我想這也是好事。

跟班長又閒聊了幾句，我們就掛了電話。

我點開三人小群組，沒想到那兩兄弟竟然在裡面吵成一團。

邵思浤：邵思磊，你是哪裡有病？連續四天，半夜都跑到我床上，把我一腳踹下床。

邵思磊：沒病呀，就是想踹你而已。

邵思浤：爲什麼？

邵思磊：不爽，想踹就踹。

邵思浤：我哪裡惹你不爽？

邵思磊：反正看到你就不爽。

我忍不住伸手掩面，他們兩個現在住同一間房，一人躺一張床，拿著手機隔空傳訊息吵架。

邵思磊會跑去踹邵思浤，一定是因爲我在公園裡對他說了那句話，等於是表態我選了邵思浤。

林茗意：明天就要回來了，你們兩個今晚可不可以乖乖的，別吵架？

邵思磊：好，聽妳的。

邵思浤：他踹我四天耶，妳怎麼偏心？

邵思磊：她就是偏袒我，你就盡量嫉妒我吧，哈哈！

邵思浤：無聊透頂！

邵思磊：茗意，我這四天掃平了每個道館同量級的選手，教練說我大突破，將來有機會當上國手。我將會踢得更遠，讓你們看不到我的背影。

看到邵思磊傳的那句話，我感覺胸口一陣隱隱窒痛，因爲他是在向我表達——他現在很好，並沒有因爲被我拒絕而灰心喪志，他會踢得更遠，把我們甩到後面。

這也就是，祝福我和邵思浤在一起的意思。

其實，我也喜歡邵思磊呀，只是邵思浤跟他相比，又多了一點點的悸動感。

明明我們三人從小玩到大，他們在我心裡的分量始終是相同的，我的心是什麼時候開始偏移，對邵思浤萌生出悸動感的呢？

我抱著枕頭在床上滾了又滾，腦海閃過一幕——

今年的寒假，寒流來襲。那天，氣溫不到十度，我返校打掃，在搭公車回家的路上，窗外突然下雨，而我正好沒有帶傘。

本想下車後一路衝回家，沒想到一下車，我便看見一道身影撐著雨傘，站在公車站後的小公園前，身後是盛開的山櫻花。怔忡之間，傘緣緩緩抬高，露出邵思浤清俊的臉，在細雨中對著我微笑。

「等等！不對不對！」我伸手在空中亂揮，抹去邵思浤在腦海中俊秀的笑臉，「他們那個時候已經在競爭了，思浤會跑來公車站接我，肯定是陰謀，他們就是在比賽，看誰能先打動我。」

但……好像眞的被打動了，在那一瞬間，我連呼吸都忘了。

可是我現在知道，那可能是邵思浤的精心設計，便覺得沮喪，感覺被他戲耍了。

若是撇除這件事，還有別的嗎？

對了！邵思磊說我比較關心落敗者。

邵思浤上高中後，增重幾公斤打高一量級的跆拳道比賽，嘴上說想要挑戰自己，實際上是不想跟同校的邵思磊競爭比賽名額。

在那之後，他常常替邵思磊分析對手的進攻方式，陪他一次又一次練習不擅長的近身左踢腳。記得有一次練習完，我瞧他走路怪怪的，拉起他的褲管一看，發現他小腿有塊瘀青，是練習時被邵思磊踢傷的，所以邵思磊才說他領的金牌也有他的功勞。

我們大家都知道，體育這條路不好走，且生涯短暫，即使投注了體能的黃金期，也不一定能揚名國際體壇，除此之外，還要考量到收入的問題。

邵思浤這個人啊，就是思慮很多，他早早選擇支撐邵思磊，將他送上比賽的頒獎台，自己則在台下鼓掌，這默默的付出可不是爲了討好我。

望著他與有榮焉的笑臉，倒是讓我的心狂跳了很多次，那才是我心裡的天平偏移的主因。

明天訓練結束，他們就要回來了，我該不該給出答案，跟邵思浤告白呢？

✦

暑假來到第十六天。

今天下午四點半，門鈴突然響了起來，我開門一看是邵思浤，一顆心瞬間提了起來，有一點點緊張。

「我拿奶凍捲給你們吃。」他舉著一個手提袋，身上還穿著跆拳道服。

「你們剛回來？」我接過手提袋。

「嗯，天氣熱，怕奶凍捲壞掉，回家放個行李就趕快拿過來給妳。」他隨我走進客廳。

「訓練累不累？」

「前四天比較累，今天的行程是逛老街買東西，中午吃完飯就打道回府，在道館拍完結訓照便回來了。」

我走到冰箱前面，邵思泫默默跟了過來，站在旁邊看著我打開冰箱門，將奶凍捲擺進去。

「要喝飲料嗎？」我感覺他的目光一直停在我的側臉上。

「我不渴，侑侑呢？」

「去呈樂家玩了，我天天盯著他寫暑假作業，他現在看到我就像看到我媽一樣。」我關上冰箱門，再打開冷凍庫的門，從裡面拿出一條魚。剛剛媽媽傳訊息給我，要我把魚拿出來退冰。

「思磊說明天中午來烤肉，上次答應侑侑的事。」他又跟著我走進廚房。

「氣象預報說，明天有個輕度颱風要來耶。」中午的時候，我看見新聞一直在報。

「颱風進來是半夜的事了，白天沒事還是可以烤的，不然後天妳生日，大後天要上暑輔，暑輔一上又沒時間了。」他的考量也沒錯。

「別那麼麻煩，乾脆生日和烤肉一起辦。」我拿了一個鍋子裝水，將魚放進去。

「我不想。」他直接拒絕。

我聽了一愣，心裡更加疑惑，他到底準備了什麼禮物要送我？

「思磊也不想合辦。」他又補了一句。

「你們和好了？」我轉身走出廚房。

「其實也不算吵架，他只是想出出氣而已。」他又跟了出來，緊緊黏在我的身邊。

「你坐一下，我出去幫我媽買蔥。」我聽了心尖一緊。出氣？出什麼氣？他是不是知道什麼了？

「我跟妳去。」他又想當跟屁蟲。

「你幹麼一直黏著我？」

「妳幹麼一直躲著我？」

「我哪有躲？」我沒好氣地瞪著他。

「好！沒躲。」他點點頭，眼底盈滿笑意，「那妳先說？還是我先說？」

「說、說什麼？」我心跳好像漏了一拍，轉身握住大門的門把。

「我先說吧。」邵思泫雙手抱胸側身壓在門上，不讓我開門，接著他低頭在我耳邊輕語，「我喜歡妳，想跟妳在一起，妳願意嗎？」

「哪有這樣逼人回答的？」我的心猛烈地跳了起來。

「思磊踹了我四天，我總是要知道原因。」他有點羞赧地垂下眼簾，輕輕呼了一口氣，剛才的告白，顯然也是他鼓足了勇氣後才說出的。

是啊，遲早都要講的。

我後退一步，背靠在玄關櫃上，紅著臉吶吶表示：「我回答了……你不可以鬧我，也不可以耍傲嬌毒舌我，更不能為難我……」

「好，我只聽著，什麼都不說。」他站直身軀，像在等我訓話。

「我……我……」我感覺胸口一陣揪緊，有點呼吸困難，「好。」

客廳裡靜悄悄的，邵思泫好半晌沒回話，我心裡感到奇怪，忍不住抬起頭，只見他微微蹙眉，好像很不滿意我的回答。

「對不起，我忘了，我剛剛是問妳什麼？」他滿臉困惑，朝我走近一步。

「你剛剛問，我、我喜歡妳，想跟妳在一起，妳願意嗎？」我惱羞地複述他的話。

下一秒，邵思泫臉上的困惑一掃而空，瞬間染上明亮的笑意。他伸出雙手握住我的肩，將我擁進他的懷裡，緊緊環抱著。

「我願意，跟妳在一起。」他輕柔的嗓音落下來。

「你剛剛說不鬧我。」我握拳搥了他的背一下。

「我們是雙向告白，妳不能只回一個好。」他一手輕輕托住我的後腦，在我的瀏海上落下一記輕吻，「我也想聽妳親口說喜歡我。」

我羞得揪住他胸前的衣服，把臉深深埋進去，渾身有種輕飄飄又暈忽忽的不真實感，隱約聽見他急促的心跳聲跟我紊亂的心跳應和著。

邵思泫知道我羞得不敢見人，不再說話，只是把下巴抵在我的頭頂上，直到我臉上的熱度漸漸消退，理智回歸，這才聽見午後的蟬叫得特別歡快，好像在歌頌我們的告白成功。

「你的頭好重。」我的身體輕輕掙扎。

「嗯。」他反而抱得更緊，似乎不想讓我離開。

「衣服好臭。」

「會嗎？」他倏地鬆開我，拉起衣服聞了聞，「男朋友的汗不都是香的？」

「最好是啦。」我露出嫌棄的笑臉，眞不敢相信，他已經是我的男朋友了。

「收回妳的表情。」他伸手指著我的臉威脅道，「不然我會很想脫下衣服套在妳頭上。」

「你試試看，馬上跟你分手。」我昂起下巴。

邵思泫聞言呆了一瞬，隨即噗哧笑道：「完了，以後只能被妳欺負了。」

「你才知道。」我得意地笑了笑，忍不住又嘆了口氣，「只是思磊……」

「他明白的，也知道我的來意，否則他就會跟我一起來送奶凍捲。」他溫柔地輕撫我的髮頂。

「我怕他會難過。」他說得沒錯，這幾天我們都沒有見面，若說一下車就直奔我家，邵思磊鐵定是衝第一。

「這也沒辦法，他已經在調適了。」

「眞的嗎？」

「他這四天，把同量級的人全都揍過一輪，晚上我也給他踹了，如果氣還不消，我就繼續給他踹。」

「嗯。」我明瞭地點點頭，只能這樣了，「我要去買蔥了。」

「眞的要買蔥？」

「你以爲我騙你呀？」

「看起來很像要躲我。」他馬上幫我開門。

「我媽晚上要煮紅燒魚，你沒事可以回家了。」我出門換上外出鞋。

「我陪妳去買。」

「你怎麼那麼愛跟？」

「妳要習慣呀，我會跟著妳很久很久。」他伸手想牽我的手。

「這裡的鄰居都認識你……」我下意識把手縮回。

「那改天我們出去約會，去沒人認識我們的地方。」他的眼神微微放光，充滿期待。

「嗯。」我心裡也不禁開始期待。

邵思泫陪著我一路散步到超市，買了葱和薑之後又一路散步回家。明明是從小走到大的路，卻因爲身邊的人的身分不同了，這段路走起來，心頭好像摻著蜜。

「妳的臉要紅到什麼時候？」他斜睨著我的臉。

「是天氣太熱。」我置於身側的手被他悄悄勾住。

「呵。」他抿唇一笑。

「你笑什麼？」我蹙眉瞪他。

「笑妳是不是跟我一樣，沿路心裡都是我。」

「你很煩耶！葱買完了，沒事快回去。」我忍不住推開他，感覺臉頰燙到好像可以煎蛋。

「好啦，我回去了。」他總算願意放過我，不再拿我尋開心，「明天中午要烤肉，我跟思磊商量好了，去我爸的鐵皮屋裡烤。」

「好。」聽到他說要走，我心裡又覺得不捨，戀愛怎麼這麼麻煩？

後來晚上的時候，我們三人在群組裡討論明天要準備什麼食材，就像邵思泫說的一樣，邵思磊和我們討論得很歡樂，對我們的態度，好像也沒什麼改變，令我吊著的心稍稍落下。

翌日，是洺侑期待的烤肉日。

這天因爲颱風接近的緣故，天上的雲團增多了，陣風也變強了，氣溫比昨天涼爽許多。

沿著邵家前面的那條路，向路尾走，中間有一間獨棟的鐵皮屋。這間鐵皮屋原本是雜貨店的倉庫，前幾年老闆把店收了，鐵皮屋也順便對外出租。

因爲承包工程的關係，邵爸有很多施工用的工具，光是鋸台就有好幾組，至於我爸，家裡只有一間小車庫，沒有多餘的空間放工具。

於是，他們一起合租了那間鐵皮屋。

鐵皮屋的正面是電動鐵捲門加一扇小鐵門，裡頭的前半部是空曠的工作場，兩側擺放了一些裝潢用的材料，後半部設有一個小廚房，還隔了三間房間，一間是休息室，裡面有沙發床、冷氣、卡啦ＯＫ，邵爸和我爸休假時會約朋友來這裡喝酒唱歌，另外兩間是他們各自的工具室。

中午十二點，我提了一袋烤肉用品，帶著洺侑來到那間鐵皮屋。

鐵捲門已經升起，屋內擺了一張邵爸自製的烤肉圓桌，圓桌中央設有燒烤爐，裡面的炭火已經點燃了。

圓桌旁邊備有一張小置物桌，食材全都擺在那裡，我把提袋放上去時，看到邵思浤的水獺鑰匙圈也放在桌上。

邵思浤幫我把烤肉串拿出來，邵思磊沒有插手幫忙，只是深深看了我們一會，接著拍拍右側的椅子，對洺侑笑道：「侑侑來這裡坐，我烤肉給你吃。」

「好啊。」洺侑走過去坐在他身邊。

原本我是打算跟洺侑坐在一起，現在被邵思磊這麼一攪，我和邵思浤只好坐在他們的對面，這樣比較方便聊天和烤肉。

這一刻，我心裡明白，邵思磊已主動退出這場三角戀。

事情能圓滿結束，照理來說，我應該要鬆一口氣，但看到邵思磊默默成全的模樣，我的心又隱隱感到一絲抽痛。

接下來的時間，我們四個人開始動手烤肉。

邵思磊一開始面對我和邵思浤時，神色顯然帶著一絲尷尬，目光也不知道要擺哪裡，只好不斷轉頭跟洺侑說話，掩飾自己的不自在。

我擔心刺激到他，也不敢跟邵思浤多說話，只好拿著夾子不停幫肉片翻面。邵思浤則一個人唱獨角戲，問我們想先烤什麼？想塗什麼醬料？透抽要整隻烤還是切片烤？

氣氛實在太僵了，邵思磊好像憋到快得內傷，忽然雙手抱頭大聲哀叫：「啊啊啊——夠了！不就是沒有選擇我而已，至少也選了思浤嘛，總比選其他的男生好，對吧？」他轉頭看向洺侑。

「嗯？」洺侑歪著頭，一時聽不懂他在說什麼。

「姊姊和思浤哥哥交往，總比她選別的男生好，對吧？」

洛侑愣了一下，雙眼緩緩睜大，倏地轉頭望著我和邵思泫。

邵思泫笑而不語，朝他眨了眨眼睛，默認了。

洛侑見狀，竟噘嘴對邵思磊說道：「可是……我最近比較喜歡你。」

「真的嗎？」邵思磊一臉驚奇。

「嗯！思磊哥哥陪我做勞作，還跟我講了很多海洋生物的故事。」

「所以，我有搶到侑侑的心？」

「我最喜歡思磊哥哥。」洛侑露出天真又狗腿的笑。

「侑侑，哥哥也喜歡你。」邵思磊一把抱住洛侑，用臉頰不停蹭著洛侑的頭頂，「我能搶到你的心，這樣也算公平了！」

看著邵思磊強顏歡笑的模樣，我心裡滿是複雜，有一點點想哭。

「別愁著臉，我還是喜歡看妳笑。」邵思磊鬆開洛侑，對我露出燦笑，一手拿起夾子想繼續烤肉，這才發現香腸全都烤焦了，「慘了慘了，香腸全焦了！」

「我的香腸，我的香腸！」洛侑跟著大叫。

「肉呢？」邵思磊急忙將香腸夾到盤子上。

「也焦了，炭火太旺，快滅火。」邵思泫翻開中間的肉片，同樣一片焦黑。

我連忙打開一瓶礦泉水，將水澆到木炭上降低溫度。

就在我們三人手忙腳亂時，一道討人厭的聲音從門外傳來：「你們怎麼都窩在這裡？」

眾人聞聲轉頭望向門外，只見周俞安提著一個筆電包走來。

這個大亂源一來，再好玩的事都會打對折。

不需要我們開口招呼，周俞安逕自將筆電包放在小置物桌上，從牆邊拿了一張椅子插在邵思泫的左側，坐下後探頭研究烤肉爐上的慘狀。

「你們怎麼烤的？怎麼全都烤焦了？」周俞安哈哈大笑。

「大哥怎麼跑來了？」邵思泫的臉色微微沉下。

「你們外出訓練五天，我都不能好好打電玩，無聊死了，好不容易等到你們回來，就來找你們玩啦。」周俞安指了指筆電包，意思是他今天準備一整天都耗在邵家，將五天少打的電動補足，「只是沒想到你們竟然躲在這裡烤肉，也不揪一下，眞沒良心。」

「侑侑想吃烤肉，我們臨時決定烤的，食材也準備得不多，所以沒想要多揪人。」邵思磊直接跟他挑明，這是我們四人的聚會。

「食材準備不多還烤焦？你們技術也太差了，這得讓專業的來，我同學都說我烤的肉特別好吃。」周俞安自顧自地拿起夾子，從盤子裡夾了一片生肉片鋪在烤肉網上。

「大哥，我們不想麻煩你，你要不要回家休息一下，晚點我們再陪你打電動。」邵思泫也不想讓他攪和進來。

「不會等很久，大概三點，準時開戰。」邵思磊連忙壓上時間。

「兩點好了。」邵思泫朝邵思磊使了個眼色。

「就兩點。」邵思磊馬上附和，巴不得趕快送走這位瘟神。

「好吧，給你們烤吧，只是我回家也沒事幹，不如在旁邊待著，陪你們烤。」

周俞安放下夾子，以爲他們是好心讓他在旁邊閒著。

話都講到這分上了，周俞安的腦迴路還是理解不了他們的話中有話。我們三人無奈地對視一眼，只能任他留下，畢竟也無法跟他撕破臉。

接下來事態開始朝糟糕的方向發展，我們四個人負責烤肉，周俞安當我們是服侍他的僕人，一邊滑手機一邊夾肉吃。他看搞笑影片看到入迷，不時發出刺耳的笑聲，也不管我們準備的肉片有限，我們烤熟了，他就直接夾走塞進嘴裡。

有他在場，我們也無法好好聊天，氣氛變得越來越沉悶，逐漸失去食欲。

就在我烤好兩串雞肉串時，周俞安又伸手過來拿，我搶在他得逞之前，迅速抽走那兩串雞肉串。

周俞安見狀一愣，緩緩收回手，有些詫異地斜睨我。

「大哥，你已經吃掉兩串雞肉串了，總是要留一點給別人吧。」我忍不住抗議，他整場只顧著自己吃，絲毫沒有考慮到他人。

「這一串才三塊雞肉，我是有吃很多嗎？」周俞安的臉色瞬間拉下，覺得很掃興。

「雞肉串我只買了四支，預計一個人一串。」烤串我都是各買四串，本來就沒有他的份。我也不是不允許他吃，而是我覺得他不能因爲好吃就獨占。

「一人才一串，思磊和思泫食量也不小，一個人至少可以吃下三串。」

「反正量有限，大家就是要平分。」

「量有限，那是妳買太少的問題，爲什麼要怪我？」他生氣地瞪目瞪我，嗓音瞬間拔高。

「大哥，別生氣。」邵思泫瞧他生氣，急忙伸手覆住我置於桌面的手，阻止我繼續跟他爭執，「我看烤得也差不多了，不如下次我們準備多一點的烤物……」

「茗意妹妹！」周俞安訕訕地打斷他的話，茅頭還是指向我，「妳以為我留下來，會白吃你們的烤肉嗎？」

「大哥，茗意不是那個意思，她只是怕我們沒吃到而已。」邵思磊也出聲緩頰。

「你們想吃就要自己拿，我又沒有阻止你們拿，你們不拿還怪我喔？」周俞安拗起來可是很難搞的，非得辯到眾人向他服輸。

我默默抽回手，心裡對邵家兄弟感到抱歉，我明知道跟周俞安槓上沒好處，卻還是壓不住脾氣。萬一他回家跟他奶奶抱怨個兩句，便可能會讓邵爸為難。

這一點小事或許掀不起大風浪，卻足以讓邵爸和邵媽多一件煩心事。

周家爸媽忙於營造公司的工作，家中是由周奶奶在掌權打理。周俞安從小就是給周奶奶帶大的，周奶奶特別寵愛他。

記得我國二的時候，周俞安剛入坑電競，周家爸媽幫他買了一套電競用的高階電腦，配上四十九吋的曲面電競螢幕，據說整套的價格高達二十多萬。

因為人品和習慣不好，周俞安找不到長期的戰友，只好找上邵家兄弟。邵家兄弟以練習跆拳道為由拒絕他，他就跑回家跟奶奶訴苦。

邵爸去營造公司辦事時，周奶奶從樓上的住家走下來，冷冷對他丟來一句：「你兒子為什麼不陪我孫子玩？打一場遊戲都不行嗎？我家每年給你家帶來多少工作，你兒子為什麼不陪我孫子玩一下？」

屁咧！最好電競打一場，玩一下就夠了，但是在雇傭關係之下，我們卻只能選擇退讓。

就在此時，周俞安的手機傳來訊息通知聲，他滑開螢幕看了一眼，馬上咧嘴笑道：「我點的外送到了！」

「什麼外送？」邵思磊和邵思泫相視一眼，眼神透著警覺。

周俞安起身走到門口，往外面馬路的方向招了招手，接著一輛腳踏車闖進我們的眼底。

車上的人還能是誰，正是蔡筱蘋。

「俞安大哥說你們在烤肉，可是東西準備得不多，他要我買一些來。」蔡筱蘋露出清純笑臉，伸手指著腳踏車的置物籃，裡面放了一大袋的食材。

瞧她簡直陰魂不散，我和邵家兄弟相覷一眼，心裡盡是無奈。這好好的一場烤肉會，就這麼被他們兩人毀了。

周俞安掏出皮夾付了錢之後，大搖大擺地領著蔡筱蘋進來，將整袋食物堆到置物桌上，接著又拿了一張椅子過來，放在他的椅子旁邊。

「小蘋果妳來坐這裡，我們烤給妳吃。」沒想到周俞安把自己的椅子讓給蔡筱蘋，明顯是想幫她牽線。

「謝謝。」蔡筱蘋有點害羞地坐下來，偷偷瞥了邵思泫一眼，「我也來幫忙，大家一起烤才好玩。」

「我吃飽了，想回家。」我不想再待下去，洺侑見我要走，也跟著起身。

「茗意妹妹，我才剛買肉來，妳就要走，這樣很不給我面子。」周俞安擺擺手示意我坐下，態度十分堅決。

「俞安大哥，茗意家裡有事，我們陪你烤就夠了。」邵思浤試著說服他。

「是呀，我們陪你烤肉，烤完再打電動。」邵思磊也急忙附和。

「你們急什麼?怕我會欺負她?」周俞安雙手抱胸擺出不可一世的樣子，將他們焦急的模樣盡收眼底，「我還比較怕你們不陪我打電動咧，每次都用這招威脅我。」

「算了，大家繼續烤。」眼看周俞安明顯在為難我，我也不希望邵家兄弟再跟他爭執，只能選擇坐下。

坐下後，我伸手想拿烤肉夾，周俞安卻一把搶過去，塞在蔡筱蘋的手裡，怪裡怪氣地說：「剛剛都是你們在烤，現在輪到你們休息，換我們來烤。」

接下來，周俞安和蔡筱蘋一邊聊天一邊烤肉，那融洽的氣氛，比跟我這個認識十多年的妹妹相處時還要好。我和邵家兄弟只能乾坐在一旁，完全不想加入他們的話題。

我拿出手機在三人小群組裡抱怨周俞安，眼角餘光突然瞥見蔡筱蘋夾了一塊肉，放在邵思浤的盤子裡。

邵思浤愣了一下轉頭看她，她偏頭對他笑，笑得可甜了。

邵思浤拿起筷子夾起那塊肉，先咬了一半。

蔡筱蘋瞧他吃著自己烤的肉，瞧得眼睛都直了，卻沒想到他吃了半口，居然將另一半遞到我的唇邊。

我一愣，眼珠轉向邵思磊，他抿著笑意朝我眨眨眼，催我趕快吃下，我這才明白，他們是想讓我宣誓女友的主權。

我硬著頭皮吃下那半片肉後，邵思泫拿起可樂喝了一口，喝完又遞到我的唇邊，「要不要來一口去油膩？」

我接過可樂喝了一口，蔡筱蘋看到我和邵思泫共喝一罐可樂，眼神瞬間黯淡下來，似乎明白我和他的關係已不一般。

「你們……在一起了？」周俞安再遲鈍也終於察覺。

「是啊，我出局了。」邵思磊單手托腮大方承認。

「可惜了思泫……」周俞安喃喃嘆了一聲，不知道在婉惜什麼，一邊將剛剛烤好的肉，整盤端到我的面前，「茗意妹妹，這些肉賠給妳，應該比我剛才吃的雞肉串多，妳要全部吃完才可以回家。」

那一疊肉目測有十多片，我傻眼地望著周俞安，原來他剛才不讓我回家，爲的就是這一刻的復仇。

「大哥，你這樣爲難她太過分了！」邵思泫再也沉不住氣。

「誰先爲難誰？」周俞安理直氣壯地反駁，完全不顧我們相識十多年的情誼，「是她嫌我吃太多，我現在賠給她，這有什麼不對？」

「茗意只是覺得要平均分配，這若換成是跟班上的同學烤肉，大家也會這麼要求的。」邵思磊再次跟他講理。

「我啊，從小到大，想吃什麼就吃什麼，從來都不用跟別人分。分配是窮人才做的事，貧窮不只會限制想像，還會讓你們的目光變得短淺，格局拓展不開。」周俞安侃侃闡述他大少爺的觀念，聽得我們拳頭都硬了。

「你講這些，就爲了雞肉串？」我被他氣得渾身顫抖。

「妳不也一樣，就爲了雞肉串？」周俞安嘲諷地反問，又拿起筷子指著我的臉，「妳呀，就跟妳那個吝嗇媽一個樣子，小氣又愛計較，聚餐時多吃個幾隻大蝦就碎碎念，妳爸也是，才領個三張罰單，就要我爸扣我零用錢，管得眞寬。」

有次營造公司的尾牙上，我媽因爲不喝酒，就跟我們坐在一起。大蝦一桌才十隻，周俞安一個人就嗑掉三隻，我媽忍不住出聲要他留一點給別人，周俞安卻回嘴說，餐費是他爸的公司出的，他爲什麼不能多吃。

至於罰單，是周俞安之前違規闖紅燈被拍照，我爸覺得危險才規勸他，說道：「年輕人騎車別那麼殺，你再闖紅燈，我就要叫你爸扣你的機車，扣你的零用錢。」

當時我爸只是嘴上講講，並沒有眞的跑去告狀，沒想到他記恨到現在。

「這是我們的爭執，你爲什麼要扯上我爸媽？」我怒火中燒，霍然起身。

「大哥，我勸你最好把那些話收回去。」邵思泫凜著一張臉，置於桌上的手早已緊握成拳。

「否則，這會是我們最後一次喊你『大哥』了。」邵思磊也沉聲警告，眼底有一絲怒火在跳動。

「俞安大哥，你別生氣，別再說了……」蔡筱蘋小小聲地勸和。

「收什麼收，妳爸媽是有多金貴，不准人家講？我誠心建議你們兩個要避免階級複製，挑女友就要挑小蘋果這種家世優秀的，挑什麼林茗意，以後電費要省，水費也要省，零用錢還那麼少，傻了呀。」周俞安無視他們逐漸高漲的怒火，白目的個性選擇繼續作死。

他話剛說完，邵思磊和邵思泫便倏然起身，一左一右架住周俞安的手臂，將他拖離烤肉桌。

「你們要幹麼？」周俞安一邊掙扎一邊叫道。

「跟茗意道歉，否則就揍你。」邵思泫冷冷警告。

「揍啊！揍啊！你們也是膽小鬼，只會用這招嚇人……」周俞安白目地挑釁。

話未說完，兩兄弟同時旋身以一個旋踢，朝他前胸後背各踹了一腳。

「啊啊啊——很痛耶！你們、你們竟敢踹我？」周俞安疼得全身不停扭動。

「好！要開爸媽批判大會，那大家都來開。你爸是大老闆，我們的爸都是工人，對你來說階級不同，你爸比我們的爸更優秀。」邵思泫再也忍不住，將這幾個月的不滿統統傾瀉而出，「但你爸惡意拖欠了我爸那麼多的工程款，請問這是大老闆的格局嗎？」

「你爸投資賠錢就一直刁難我爸，想用我爸的工程款塡補你家的損失，會不會太過分？」邵思磊也不忍了，說完眼角都發紅了。

「重點是你家也沒賠光，還有幾棟房子在出租，憑什麼拿我爸開刀？」

「自己投資賠錢還要拉人墊底，這是強盜的行爲！你爸爲什麼可以這樣欺負人？」

面對兩兄弟的咄咄質問，周俞安的臉紅得彷彿可以榨出血來。他沒擔當，只會逃避，嘴裡不斷撇清關係，「那是我爸的事，跟我有什麼關係？你們有什麼不滿就去找我爸講呀！」

「如果沒關係，你就別寄生在你爸的房子裡，不要用他給的任何一塊錢，順便把你的臉換掉，因爲你長得那麼像你爸，我們看到你的臉就會想到你爸，見到你一點都不開心。」邵思浤拋給他一記嫌惡的眼神，氣他對自己父親的所作所爲完全無感，只顧享樂。

「其實我們一點都不喜歡跟你打電動。」邵思磊怒極反笑，將心裡的不滿一股腦全部吐出，「技術那麼差，又愛當隊長，每次都胡亂指揮，常常讓隊友去送死。你總說我們要脅你，事實上，我們是被你奶奶要脅著要陪你打電動。」

「你暑假沒事幹四處遊蕩嫌無聊，說白了，你就是沒朋友，因爲每個人都在閃避你，只有我們閃不開，多年來一直被迫當你的朋友，忍你忍得很辛苦。」邵思浤毒舌模式全開。

「我不懂你是眞傻還是自我催眠，怎麼到現在還是看不清事實？」邵思磊一臉同情地望著周俞安。

「你們、你們……怎麼可以這樣說我？」周俞安氣到講話開始結巴，「我、我要回家……」

「回家跟奶奶告狀，你幾歲呀？你比我們大耶！」邵思磊又搖頭嘆氣。

「你想繼續當廢物，就回家告狀吧！」邵思浤朝門外比了一個「請」的手勢。

「好！我一踏出這道門，我們就一刀兩斷，不再是朋友，將來你們別後悔，又跑來求我當你們的朋友。」周俞安咬牙切齒，轉身負氣地走出大門。

周俞安離開後，我們各自呆站著，好半晌都沒說話。

「邵思浤，對不起。」蔡筱蘋低著臉走到邵思浤的面前，「我不知道你們家跟俞安大哥家還有這些磨擦。」

邵思泫別開臉不想理她，我走到蔡筱蘋的面前，嘆氣說：「妳想藉著俞安大哥接近我們，他耳根軟為了幫助妳，就會動用大哥的身分壓制我們。妳這麼做反而把事情搞砸了，替自己招黑。」

「我沒有那種想法！這全是俞安大哥自作主張。」蔡筱蘋不承認自己有利用周俞安的心思。

「最好是沒有。」我聽了也只能笑笑。

「抱歉，害你們心情不好，我也該回去了。」周俞安一走，蔡筱蘋也不好意思再待下去。

「慢著。」邵思磊突然叫住她，伸手指了指小置物桌，「周俞安跟我們一刀兩斷了，他的筆電和沒烤完的食材，麻煩妳還給他。」

蔡筱蘋摸摸鼻子走到置物桌前，將周俞安買的食材裝回袋子裡，連同筆電包一起帶上，出門騎著腳踏車離開。

蔡筱蘋離開後，鐵皮屋裡只剩下我們四個人。

「對不起，都怪我，不該跟他計較一串雞肉串。」我心裡倍感自責，很擔心跟周俞安交惡會給邵爸帶來麻煩。

「不怪妳，是他太自私了，還扯上妳爸媽，自己白目討打。」邵思磊伸手想拍我的頭，頓了一下，又把手收回去。

「那天他帶著蔡筱蘋闖進我家時，我就想揍他了。我早有預感，遲早都會跟他攤牌，不是今天，就是明天。」邵思泫覺得這樣的發展是意料中的事。

「我的感覺跟你一樣，如果他爸沒欠我們家工程款，我就還忍得下，但現在眞的忍不了了。」邵思磊轉而伸手拍住邵思浤的肩，「講開了也好，以後我們就不用再『應酬』了。」

「哥哥們剛才好帥！」洛侑突然拍手叫好，剛才周俞安在批評我時，他嚇得不敢出聲，一直緊緊拉著邵思磊的手。

「洛侑還沒吃飽吧？」邵思磊彎身問洛侑。

「嗯，俞安大哥是大胃王，烤肉都被他搶去吃了。」洛侑一臉委屈地扁嘴。

「我們再去買一些肉來烤？」邵思浤提議。

「你們還有心情烤？」我不禁失笑。

「我現在心情挺好的，況且這是爲洛侑辦的烤肉會，怎麼可以讓他敗興而歸？」邵思磊朝洛侑挑了挑眉毛。

「嗯！」洛侑微笑點頭。

「剩下的我繼續烤，你們再去超市買一些肉回來。」邵思磊對著我和邵思浤提議道。

「好，我們去買。」邵思浤伸手推了推我的後腦。

新的關係、新的相處，我們遲早都要適應的。我不再推辭，隨著邵思浤離開鐵皮屋，朝著邵家走去。

來到邵家前，我背靠著圍牆，邵思浤獨自推門走進庭院，準備牽腳踏車出來載我去超市。

「風勢又變大了，看來颱風眞的要來了。」我仰頭望向天空，雲團移動得非常快，陣風明顯變得比早上強，「明天如果大風大雨，你們就不要幫我慶祝生日了。」

「氣象預報說，颱風明天下午就會離開，晚上應該還是可以慶祝。」邵思泫依舊執意要幫我過生日。

「你到底買了什麼禮物要送我？」我忍不住好奇。

「祕密喔！」他輕聲笑道。

「你們……這次有邀俞安大哥嗎？」

「有，每年都會邀他，不邀會被他念說都不揪一下。」邵思泫牽著腳踏車走出庭院，來到我的面前，「不過我想他這次應該不會來了，這樣剛好可以省下一個蛋糕的錢。」

周俞安很愛砸壽星蛋糕，往年蛋糕都要準備兩個，一個給他砸好玩的，一個是拿來吃的。他砸完蛋糕後，我們還要負責清理現場，所以生日會都在鐵皮屋裡辦。

「我不該那麼愛計較。」我想到周俞安的話，心頭又感到一陣刺痛。

「我們從不覺得妳愛計較，妳別把他的話當眞。」邵思泫溫柔地哄道。

「如果我多忍耐一點就好，你們就不會爲了我去打他。萬一他跑去醫院驗傷，要告你們怎麼辦？」我越想越感到害怕。

「後旋踢的動作乍看之下很嚇人，但我跟思磊都有收力，用的是我們平常演練招式的力道，他不會受傷的。」他以沒什麼大不了的口氣解釋，多年來他們演練招式的時候，確實會在踢中的前一刻有默契地收力。

「可是大哥叫得那麼大聲。」

「妳第一天認識他嗎？他一點小擦傷都會該該叫，不信的話，我踢妳一下感受看看。」他把腳踏車立起來，雙手握拳擺出準備踢擊的架勢。

「我才不要。」

「我和思磊都沒在擔心，妳在擔心什麼？」

「擔心他回家告狀，會給邵叔帶來麻煩。」

「我們這段時間對俞安大哥再好，對他再奉承，他爸也沒把工程款撥下來呀，況且他也說了，他爸做的事跟他無關，所以我們才不想再忍耐。妳就別再多想了。」邵思泫的話也有道理，大人的事和小孩的事一碼歸一碼。

「怎麼能不想？」我還是覺得莫名不安。

「在我面前想著另一個男生，這樣不好吧？」他故意攢緊眉頭，擺出不悅的神情。

「我又不是那個意思。」我不禁失笑，伸手推了他一下。

邵思泫抿著笑意握住我的手，此時一陣風襲來，吹亂了我的髮絲。他靜靜凝視我的臉，又抬起另一隻手撩開我左頰上的髮絲，將其輕輕撥到耳朵後面。親暱的動作讓我一時感到羞赧，忍不住垂下臉來。

就在那一刻，他忽然向前傾身，側頭在我的唇上印下一記輕吻。

櫻花樹的枝葉隨風搖曳，在我們的頭頂上窸窣作響，他溫熱的呼吸瞬間清空我雜亂的思緒，溫軟的觸感在我的唇上揉壓，持續了幾秒才依依不捨地退開。

我頓時感覺滿面脹熱，用眼角餘光朝左右兩側各掃了一眼，很怕被鄰居瞧見剛才發生的事。

「還在想周俞安的事嗎？」他歪著頭問道，臉頰有些泛紅。

「啊？」我怔怔應了一聲。

「看起來腦袋是清空了。」他自然地跨上腳踏車，朝後座使了個眼色，「上來，去超市買肉吧！」

我的腦袋還暈乎乎的，僵著身子坐上腳踏車後座，他隨即拉起我的手，放在他的腰間。

我抬頭望著他越來越紅的耳根，腦袋裡不斷重播著剛才被他偷吻的畫面，再也沒有心思去想周俞安的事。

後來我們買了肉，回到鐵皮屋繼續烤，烤完又到休息室裡唱歌。

直到下午五點，大家唱完歌走出鐵皮屋時，只見天空布滿了橘紅色的雲團，火紅色的霞光自雲團間透出，像燃燒的烈火，將整個天空映照得一片通紅，就連周圍的景致也染上一層淡淡的紅。

「哇！天空好紅，等等好像會出現外星怪物攻打地球。」洺侑指著天空大叫。

「是火燒雲，颱風來臨前常出現的景象。」邵思磊掏出手機對著天空拍照。

「這麼紅，晚上不會轉成強颱吧？」邵思泫蹙眉，有點憂心。

「我看過好幾次火燒雲，第一次覺得它這麼漂亮和壯觀。」絕美到讓我感到驚心動魄，好像會發生什麼不祥的事。

那天傍晚，映在我們眼底的那一片火紅，卻在颱風登陸的下半夜，化爲眞正的烈焰吞噬了鐵皮屋，造成——兩死一傷。

第六章　櫻花再次盛開

七個多月後——

時序剛進入三月，奼紫嫣紅的杜鵑花盛開了，將校園點綴得美不勝收。下課的鐘聲響起，吹進教室裡的風帶著寒意，讓趴在桌上睡覺的我，忍不住收攏雙臂，將臉深深埋進臂彎裡。

「茗意，茗意。」

感覺肩頭被人輕拍幾下，我緩緩抬起睡臉，看向前座的班長——施若珊。

「午休了，吃飯啦。」施若珊拿著小皮夾對我說。她留了一頭利落短髮，高䠷的身材配上冬季褲裝，渾身率性氣質。

我沒有回話，只是伸手掩唇輕輕咳了幾聲。

「妳有沒有吃藥？這感冒快一個月了吧？」她納悶地蹙眉。

「有，本來快好了，這兩天天氣又轉冷，咳嗽才又復發。」我的聲音依然帶點沙啞。

「走！我們去買午餐。」

「我吃不下。」

「不行，妳看起來又瘦了，正餐一定要吃，感冒才會好。」她抓住我的手腕，強行將我從座位上拉起來。

我沒轍地拿出口罩戴上，隨她走出教室前往福利社。

「看妳整個早上都在睡覺，昨晚是不是又失眠了？」施若珊仔細打量我暗沉的臉色。

「我只要閉上眼睛……就會想起去年暑假，每一天、每個時刻……所發生的事。」我逐漸哽咽，強烈的悲傷冷不防又襲上心頭。

「我可以體會妳的傷心，不過妳還是要堅強起來。」她已經用這句話勸過我無數次。

「妳說的我都懂，但我還是無法控制自己，不去回想那些事。」我說完又開始咳嗽。

「沒關係，慢慢來，一切都會變好的。」她連忙伸手拍了拍我的背，隨即轉開話題，「學測成績出來了，妳想申請什麼學校？」

「我考得不好，昨晚用落點分析查了一下，似乎沒辦法考上我想念的學校。」我拭去眼角的淚水，強壓下心裡的悲傷。

「那妳要考指考嗎？」施若珊的成績極好，她準備走繁星推薦，「如果妳想衝指考，我可以幫妳複習。」

「謝謝，妳待我眞好。」我擠出虛弱的笑臉。

我跟施若珊高一入學同班，高二分組後又被分在同一班，原本交情只是一般，直到去年發生那件「意外」後，我的身心出了一些狀況，她身爲班長特別關照我，加上座位被分在一起，我們才變得熟悉起來。

來到福利社，施若珊拿了一個便當，我沒什麼食欲，只拿一個飯糰，結帳後我們又一同走回教室。

「學測完同學們變得特別吵鬧，妳想專心上課和念書可能很難。」施若珊覺得這種環境對參加指考的同學很不利。

「吵一點對我比較好。」太安靜反而會讓我不斷想起去年的事。

「反正妳有不懂的題目都可以來問我。」施若珊頓了一下，又說，「對了！妳和蔡筱蘋還有聯絡嗎？」

「有，其實我很少找她，都是她主動傳訊息關心我，我都是回個貼圖而已。」我對蔡筱蘋的態度很冷淡，但她好像不介意，三不五時就會傳訊息關心我。

「她去年年底參加了高校美少女的選拔，拿下第一名之後，粉絲數就迅速漲破五萬，現在已經變成小網美了，最近還開始接一些小品牌的代言，種類有唇膏、手鍊和飾品。聽補習班跟她同校的同學說，她的成績在班上幾乎墊底，明明是比我還聰明的人，就這樣放棄念書了。」施若珊不是滋味地說。

「讀書也不是唯一的出路，網美也是要用心經營的，修圖、剪接影片需要技術和時間，搞起來也是不簡單。」光是每日發文發照片，我就很佩服蔡筱蘋的持之以恆。

我和施若珊走上三樓樓梯，前面三年十班的教室裡突然傳出尖叫聲，緊接著一個男同學似乎被人從教室裡踹出來，整個人摔倒在走廊上。

男同學掙扎著想爬起來，另一道身影從教室裡大步走出來，一把揪住男同學的衣領，將他用力壓制在地上。

「啊，是邵思磊。」施若珊轉頭望著我。

「你再說一次？」邵思磊憤怒地揚起右拳，對著地上的男同學低吼。

「思磊，別衝動。」我把飯糰往施若珊手裡一塞，馬上跑過去伸手勾住邵思磊高舉的右拳。

邵思磊別開臉拒絕看我，高漲的怒氣令他渾身不斷顫抖。

「發生什麼事了？」我輕聲詢問。

「不關妳的事！」他扭著右臂掙開我的手，起身走進教室。

隔了一會，邵思磊背著書包走出來，一眼都沒有瞧我，直接扭頭快步走向樓梯口，疏離的態度再次刺痛我的心。

「那些話又不是我說的，是社區裡的大人在傳的。」男同學漲紅著臉回嘴道，拍拍衣服起身走進教室。他跟我們住同一個社區，國小和國中也是同校。

「那個同學跟邵思磊說了什麼？」我轉身問其他圍觀的同學。

「他說社區裡有流言在傳，說那場火是他爸因爲公司財務出問題，爲了領保險金而放的。」其中一個女同學回道。

「亂講，邵叔不可能做那種事。」我聽了頓時火冒三丈。

「他還很白目地問邵思磊，說你踩著邵思泫的肩膀活下來，心裡會不會感到愧疚。」女同學又補了一句。

「混帳！怎麼可以對他講這種話？」我感覺鼻尖一酸，想衝進教室裡找那個男生理論。

「茗意，別衝動。」施若珊急忙攔住我，「妳就算打死他，他也不會承認自己有錯，只會說是聽別人講的。」

被她一攔，我這才稍稍冷靜下來。我不想把事情鬧大，不想讓那起事件再次受人關注，不想被人用同情的目光可憐著。

施若珊將我拉回教室裡，有些擔心地說：「聽到那麼可惡的話，邵思磊心裡一定很難過，妳要不要打個電話關心他？」

「我跟他好一陣子沒說話了。」我垂頭盯著桌面。

「為什麼？」

我無語地搖搖頭，不想多加解釋。

「以前見他像個小太陽一樣，現在卻……」她惋惜地嘆了口氣，「妳還是要多注意他，別讓他把自己封閉起來。」

我並不是不關心他，而是邵思磊根本不想見到我，剛才他的態度也表現得很明顯，我的關心似乎只會給他帶來莫大的痛苦。

見我不想說話，施若珊拍了拍我的手，催我趕快把飯糰吃了。我不想讓她擔心，勉強咬了一口，卻感覺胃部一陣翻騰，差點把那口飯吐出來。

很難受，但我覺得這是我應該承受的罪過。

這天放學，我搭乘公車回到社區，下車後一路來到邵家。

我輕輕推開半掩的庭院大門，只見庭院裡滿地荒蕪，原本綠意盎然的盆栽，少了女主人的照料後幾乎都枯萎了，獨剩櫻花樹兀自矗立。歷經冬季，它的葉子落盡，光禿禿的枝椏顯得蕭條。

來到落地門前，我伸手在門上敲了兩下，裡面沒有人應聲。

我拉開落地門，放眼望去，客廳裡只點了一盞燈，地上堆放了許多雜物，衣服也被隨意亂掛在四處，空氣裡還飄著濃濃的酒味。

突然一陣鼾聲傳來，我轉頭望向沙發，邵爸又喝得爛醉倒在沙發上沉睡。他的鬍子鬍鬍著，頭髮凌亂，一條腿垂落於地上，擺在茶几上的空酒瓶東倒西歪。

目光再移到牆上，我驀然瞠大眼睛，發現全部的照片都被撤下了，只剩下掛過相框的白色痕跡。

胸口驟然一陣絞痛，疼得我彎下身。

上次來到邵家，是農曆新年的時候，時隔一個月再見，這個家的景致已不復往昔，失去記憶裡的暖調，我彷彿進到陌生人的家裡。

我反覆深呼吸緩解胸口的痛楚，放下書包從電視櫃裡拿出一個垃圾袋，蹲下身將茶几上的酒瓶丟進袋子裡，收到一半，一陣腳步聲忽然從樓梯的方向傳了出來。

「妳在幹麼？」邵思磊冷淡地問道。

「客廳這麼亂，你多少要打掃一下。」我不敢抬頭看他。

「這是我家的事，不用妳管。」

「邵叔從小就很疼我，他就像我的爸爸……」

「出去！」他加重語氣打斷我的話。

「思磊，你不能再這樣頹喪下去，家裡還有邵叔在，你不是孤單一人。」我起身焦急地對他說道。

「若不是他跟我媽吵架，我媽那晚也不會到鐵皮屋過夜。」邵思磊面無表情地朝我走來。

「吵架也不是邵叔的錯！」

「如果妳是來勸我跟他和好，那就出去。」邵思磊冷著臉指著門外。

「我不是想勸你，而是覺得日子還是要過……」

「出去！我的事不用妳管。」他抓起書包塞進我的懷裡，將我用力推到門外。

「倘若……你媽留在鐵皮屋裡過夜，是邵叔的錯，那麼……」我抱著書包站在庭院裡，用力咬了一下下唇，決定問出我心裡最害怕的一個問題，「你們會留在鐵皮屋裡過夜，是爲了幫我布置生日會場，那思泫的死……是不是就是我的錯？」

邵思磊聞言，眼角逐漸泛紅，他抿緊唇沒有回答我的問題，直接扭頭進到屋裡，用力將落地門關上，並落了鎖。

淚水剎時滾落下來，我轉身走出庭院，望著鐵皮屋的方向，那裡已經是一片平地，什麼都沒有留下。

我不知道自己是怎麼回到家裡，只記得進門時將洺侑嚇了一跳，他伸手想扶我，我卻推開他的手，拖著腳步上樓進到房間，將自己埋在棉被裡……

一閉上雙眼，紅色的火光瞬間從黑暗深處竄起。

那個颱風夜，凌晨四點，爸爸接到里長的電話後，慌張地叫醒媽媽和我，我們三人匆匆趕到邵家的鐵皮屋，周圍都停電了，自鐵皮屋的窗戶可以看到裡面有火光在悶燒，無數的大小火焰從鐵皮屋的接縫處竄出，照亮了整個黑夜。

屋前有兩道人影，不停哭著喊著想靠近鐵皮屋，旁邊的人急忙將他們攔下。爸爸上前攔住邵爸，我和媽媽攙住另一人，一見到他的側臉，我感覺全身的力氣瞬間被抽去，腦袋裡好像被雷轟了一下，失去意識。

再次睜開眼睛時，我癱在媽媽的懷裡，被移到旁邊屋子的屋簷下，消防隊已經到了正在滅火。

「媽媽，思汯……」我揪住媽媽的衣服。

媽媽滿面淚水，無語地搖了搖頭。

我見了只能放聲大哭，不停向上天祈求奇蹟出現。

邵思磊頂著風雨跪在屋外，時而望著天空，時而頓足捶地，無助得令人心疼。

由於火勢是在裡面悶燒，即使颱風挾帶大雨也無法澆熄屋裡的火，只能靠消防隊員破壞鐵門進行灌救。

儘管大火在一個小時後被撲滅了，但邵媽和邵思汯跟我們已天人永隔。

那一夜，邵家兄弟是爲了布置我的生日會場，才會留在鐵皮屋裡，而邵媽剛好跟邵爸爲了工程款的事又吵架，邵媽心情不好隨後來到鐵皮屋，陪兩個兒子在裡面留宿。

事後調查，起火原因疑似是電線插頭老舊走火，屋裡又堆放了很多工程用的材料，以及施工用的膠類和溶劑，那些東西都是易燃和助燃物，以致於火勢一發不可收拾。

那間鐵皮屋本是倉庫，鐵窗蓋得比較高，邵媽護著兩個兒子想從廁所的通氣窗逃生。邵思汯讓邵思磊先逃，他讓邵思磊踩著他的肩從通氣窗爬出去，沒想到他才剛出去，廁所的天花板就垮下來了，困住了剩下的兩人。

因爲發生那樣的意外，周俞安的父親居然在兩天後，說驗收不過的工程全都驗過了，隨即將拖欠多月的工程款全部轉進邵爸的戶頭裡，一塊錢都不少，就好像發生這樣的意外，跟他們家一點關係都沒有。

如此的諷刺！

而我怎麼也想不明白，前兩天才跟我告白的人，怎麼就再也見不到了，就連在喪禮上，我想再見邵思浤最後一面，都被爸媽攔了下來，說思浤絕對不會想讓我看見他此刻的模樣。

「妳只要記得他跟妳告白的模樣就好。」爸爸這麼對我說。

可是，我還是好想見他，好想見他，無時無刻不想。

那場意外過後，邵爸從此一蹶不起，天天喝酒麻醉傷痛，邵思磊放棄念書，放棄最愛的跆拳道，寧願在外面遊蕩到晚上十一二點，也不願待在少了母親和雙生弟弟的家裡。

剛開始，我強忍著悲傷安慰邵思磊，可是他的態度開始漸漸地變得冷漠，明顯不想要見到我，於是我也開始避開他。

我知道，他一定是在怪我，就跟怪邵爸一樣……

「茗意，醒醒……」

媽媽擔憂的聲音劃開我的惡夢，蓋住我的頭的棉被同時被掀開，明亮的光線刺得我不禁皺眉。我緩緩睜開眼睛，視線卻是模糊不清。

「姊姊一直在哭，我不知道該怎麼辦。」洺侑的聲音帶點哽咽。

「茗意，身體不舒服嗎？」媽媽從床頭抽了兩張面紙，幫我擦乾臉頰上的淚水。

「沒有。」我緩緩起身坐在床上。

「發生什麼事？」爸爸隨後在床邊坐下。

「爸、媽，從今以後，我不想再過生日了。」我的生日已成爲邵思浤的忌日。

「茗意，那不是妳的錯，只能說是世事無常。」媽媽輕撫著我的臉。

「要怪就怪老天爺狠心，讓思浤很倒楣地遇上那種厄運。」爸爸連忙接話，臉上盡是心疼。

「可是……如果不是爲了幫我布置生日會場，他們不會留在鐵皮屋裡。」我提高聲音強調，爸媽安慰我的那些話，始終無法說服我。

「就算留在鐵皮屋裡，他們原本也不會有事，真要追究，那是不是要怪房東好幾十年都沒有更新電線，才會釀成意外。」爸爸一口否定我的想法。

「是啊，說不定電線走火是颱風造成的，屬於天災。」媽媽也提出自己的想法，想讓我不再自責，「總之，事情已經發生了，想再多也無法改變結果，妳只能選擇放下。」

「對呀，思浤那麼喜歡妳，他一定會希望妳能堅強地活下去。」爸爸附和媽媽的話。

「可是思磊……」我又忍不住哽咽。

「思磊也一樣，他一定不希望妳這般自責。」爸爸微笑說道。

不！邵思磊不一樣，他現在就是在怪罪我。

望著爸媽擔憂的神情，我也不想再說喪氣話令他們煩惱，只好將底下的話打住。

「我看妳感冒那麼久還不好，反正學測結束了，不如我跟老師請個兩天假，讓妳在家裡好好休息。」媽媽關心地建議。

「我學測考得不好，可能無法上好的大學。」我沮喪不已。

「唉，沒考好就算了，那就就近找一間私立的大學念，開心畢業就行。」爸爸溫柔地笑道，覺得沒什麼大不了。

「妳爸也不是很聰明的人，我讀的也不是一流的大學，能要求妳考得多好？」媽媽無奈地搖搖頭，對於我考差了的結果，似乎也想開了，「身體健康最重要，妳就好好休息幾天，備審資料加減做。」

「好。」我輕輕點頭。

「去洗澡吧，晚上要不要我陪妳睡覺？」媽媽摟了摟我的肩頭。

「不用，我這幾天晚上都有睡著。」我不想再麻煩媽媽陪我。

「姊姊，我也可以陪妳睡。」站在門口的洺侑忽然出聲。

「算了吧，你睡姿那麼差，我可不想半夜還要起來把你從地上撈到床上。」洺侑的關懷讓我感到心暖。

自從親眼目睹了那一場大火，束手無策地看著邵思泫喪生在火海中後，我就產生睡眠障礙，只要一閉上眼睛，腦海裡就會浮現那晚的情景，即使睡著了也會被驚醒，躲在棉被裡哭得渾身顫抖。

媽媽帶我去看了醫生，醫生開了一些治療睡眠障礙的藥，情況嚴重的時候，我必須天天依靠那些藥物才能入睡。

除此之外，我也變得畏火，以前還會下廚幫媽媽煮菜，現在連瓦斯爐都不敢碰，只要看到火，就會想到邵思泫在那個當下，是不是很害怕？是不是很痛？

洗完澡，我回到房間裡，打開手機滑了一下社群，蔡筱蘋上傳了一張文青風的照片，照片中她單手托腮在紙上畫圖，手腕上戴著一條手鍊，內文也tag了手鍊的品牌。跟半年多前相比，她出落得更加漂亮，妝容也更加細緻，之前聽施若珊說，還有知名的網美經紀公司想找她簽約。

邵思泫的死，似乎對她一點影響都沒有。

再往下一滑，滑到了周俞安的照片，照片裡他戴著黃色工程帽在巡視工地。

他大四讀了一個月就休學了，現在在他父親的工地裡做雜工。之前曾經在路上遇到他，他衣服髒兮兮的都是粉塵，我當時以為他大少爺心血來潮想體驗民間疾苦，沒想到七個多月過去了，他還是認分地在工地裡打滾。

我不知道邵思泫的死，是不是有帶給他什麼打擊，才會讓他做出這麼大的改變。

滑完今天的動態，沒滑到我真正想看見的人，我才打開好友名單點進邵思磊的社群，他的最後一張照片，還是擺著去年夏天，跆拳道館移地訓練回來的團體照。他的生活彷彿停頓了，無法再前進。

而我也一樣。

那天夜裡，由於隔天決定請假，我便沒有吃藥。

夜裡我整個腦袋亂哄哄的，不斷回放著邵思磊將我趕出邵家的情景。

我在半夜驚醒，聽見窗外正在下雨。睡也睡不好，清醒又太痛苦，難怪邵爸要沉浸在酒精裡。

隔天星期四早上，媽媽一早幫我向老師請了兩天假，還幫我準備了餐盒，放在冰箱裡，叮嚀我中午一定要熱來吃。

我躺在床上不停翻騰，不時按著胸口咳嗽。長期的睡眠不足加身體不適，讓我覺得自己好像隨時會崩潰，整個人化為碎片。

若是那樣，我是不是可以再見到邵思泫？

強烈的悲傷在胸間肆虐，我猛然掀開棉被探出手，抓住床頭上的藥袋，想將裡面的藥包全部拆開，把藥一次吞進肚子裡。

我緊握著藥袋，愣了幾秒，待理智重新歸位，我又無力地倒回床上，掩面小聲啜泣，「思泫……我堅強不起來，我不知道要怎麼適應沒有你的日子……」

回答我的，只有窗外的雨聲。

✦

我渾渾噩噩地度過兩天，直到星期五晚上十點，才見蔡筱蘋又上傳了一則影片。

影片裡頎長的背影，正沿著便利商店旁邊的騎樓向前走。那道背影對我來說再熟悉不過，正是邵思磊。

「我想陪你走出悲傷。」輕柔的女聲在影片裡小聲說道。

走在前面的邵思磊好像聽見什麼，忽然停下腳步回過頭，拍攝者見狀，馬上快步迎向他。

邵思磊對鏡頭淺淺一笑，然後鏡頭一轉，拍攝者來到邵思磊的身側，兩人並肩同行，影片就結束了。

「怎麼可能？思磊之前對她沒什麼好感……」我不敢置信地將影片重看兩遍，邵思磊回頭看蔡筱蘋的表情不帶一絲厭煩，還露出笑臉停下來等她，顯然說明他們不是偶遇，而是約好的。

他們為什麼會在一起？

我想不透也無法接受，忍不住按下語音通話，想跟蔡筱蘋問個仔細。

電話很快被接起。

「思磊跟妳在一起？」我開門見山直問。

「嗯！他心情不好，我陪他散散心，剛剛才回到家。」蔡筱蘋的語氣有些害羞。

「妳跟他一直有在聯絡？」

「我跟妳、俞安大哥，還有思磊，一直都有傳訊息聯絡呀。」她刻意強調她聯絡的人不只是邵思磊。

「你們晚上常常出去？」

「沒有常常，今天是第一次，不過放學後見面嘛，有四次了。」她停頓一下，裝出無辜的口氣，「妳生氣了？」

「我只是很驚訝。」氣也不是氣她，是氣邵思磊心情不好，卻沒有找我聊。

「你們感情那麼好，他都沒有跟妳說嗎？」她好像很詫異。

我沒有回話，感覺被她打了一巴掌。

「他是有跟我講一些事，妳想聽嗎？」她語氣有些爲難，顯然那些話不是什麼好話。

「妳說吧。」我深深吸了一口氣。

「你們三人一起長大，回憶太多了，回憶有多快樂，痛苦就有多深。」她越說越小聲。

難怪我跟邵思磊說話時，他總是不看我的臉，原來是不想憶起從前。

「我想他只是還沒走出傷痛，妳再多給他一點時間和空間，情況一定會改善的。」儘管她的話聽起來像是在安慰我，我卻一點也感受不到她的善意。

我無語地搖搖頭，除非邵思泫能復生，否則隔閡永遠都會存在。

「對了！明天是我的生日，我會辦個下午茶，思磊說要幫我慶生，不如妳也來參加，你們見面後，可以好好談談。」蔡筱蘋向我提出邀約，語氣裡有掩不住的欣喜，像在炫耀。

怎麼可能？邵思磊居然要參加她的生日會？

「好，妳傳地址給我。」我本想拒絕，但想了一想，除非親眼驗證，不然我不相信邵思磊會對她產生好感。

「妳人來就好，就當作是同學聚餐，不用帶禮物。」她輕聲笑道。

掛了電話，蔡筱蘋隨即傳來她家的地址。爲了明天能好好赴約，我從藥袋裡拿出一包藥，配著溫開水吞下，藉著藥力讓自己沉進睡夢裡。

翌日，下午兩點，我騎著腳踏車來到蔡筱蘋的家。

生日不送禮還挺失禮的，可我又不瞭解蔡筱蘋的喜好，送錯禮物也不好，最後決定到咖啡店買了一盒蛋捲，當今日下午茶的點心。

蔡筱蘋的家位在一棟大樓的八樓，警衛開門讓我進去後，蔡筱蘋下樓來帶我。她頂著一頭柔順的長髮，身上穿著白色小禮服，打扮得清純甜美，看起來好像外拍的模特兒。

「妳感冒了？」她瞧我臉上戴著口罩，「昨晚聽妳講話的聲音沙沙的。」

「嗯，拖了好久，一直都沒好。」我上下打量她，以驚豔的口氣稱讚，「妳在家都打扮得這麼漂亮？」

「平常沒有，今天是壽星才特別打扮。」她抿唇一笑。

「除了思磊，妳還邀了誰？」

「幾個網路上認識的朋友還有俞安大哥，他說他會晚點到。」

「妳家人也在家嗎？」

「我爸到國外出差，我媽去朋友家打麻將，我哥上大學後都住在外面，很少回來。」她一一細數，「我哥今年大四，讀的是國立大學的醫學系，比我還會念書呢。」

「你們一家人好像都很聰明。」

「我爸確實聰明，他是台大畢業的，不過我媽就不是了，是吊車尾的私校畢業。」提到母親，蔡筱蘋的唇角微微一撇。

不知道是不是我的錯覺，我怎麼覺得她的笑帶點不屑。

我們搭乘電梯來到八樓，走進蔡筱萍的家。她家的客廳裡擺著一張長桌，桌上擺滿精緻的小蛋糕、水果和飲品，四個同樣盛裝打扮的女孩圍在桌邊，中間夾著一個邵思磊。

邵思磊本來在跟那些女生說笑，察覺到有客人進門時，他好奇地轉過頭來，一見到來人是我，笑容頓時散去，顯然不知道我會參加。

「這位是我的國中同學，叫林茗意。」蔡筱蘋向大家介紹我。

「妳好。」

「歡迎歡迎。」

四個女孩擺上客套的笑容，開始輪流自我介紹。我這才知道，她們來自不同高中，跟蔡筱蘋是在高校美少女選拔賽上認識的，目前都是小有名氣的網美，粉絲數都高達上萬。

我隨著蔡筱蘋來到長桌的左側，望向對面的邵思磊，他手裡拿著一杯水果茶，垂頭盯著桌上的甜點，不知道在想什麼。

那幾個女孩發覺我和他之間微妙的氣氛，聊天的聲音逐漸變小，眼神透著揣測。

「思磊跟茗意從小一起長大。」蔡筱蘋向她們解釋我們的關係。

「原來是青梅竹馬。」

「青梅竹馬很萌的！」

四個女孩交換了一記曖昧的眼神，看戲似的望著我、邵思磊和蔡筱蘋，好像在腦補青梅大戰天降的劇情——男主對天降產生好感，青梅殺到天降的生日會想干擾兩人，惹得男主不開心。

「可以拍了嗎？」突然一道男聲插進來。

我倏地轉頭望向聲源，客廳的內側是開放式廚房，一名年輕男子背靠在中島上，手裡拿著單眼相機，腳邊擺著一個工具箱，裡面裝了相機的配件。

目光往旁邊一瞥，我看見工具箱旁堆了幾個印有甜點專賣店店名的紙箱。原來這一場生日會，是蔡筱蘋和其他網美聯動，要一起幫那家甜點店業配。

攝影師是其中一位女孩的哥哥，就讀大學四年級，社團是攝影社。

接下來，攝影師開始幫那幾個女孩拍照，我帶來的蛋捲被擱在旁邊，不能上桌。

我和邵思磊暫時退到廚房裡，坐在中島旁的椅子上待著。

「妳來這裡做什麼？」邵思磊面無表情直視那些女生。

「昨晚看到蔡筱蘋上傳的影片，才知道你最近時常和她在一起。」我深深凝視他的側臉。

「妳快回去。」

「你不想見到我嗎？」

「我不想在這裡見到妳。」他沉聲回答。

「我是不是……」我心酸地笑了笑，決定問出昨晚想了很久的問題，「以後最好都不要出現在你面前，你會覺得好過一點？」

蔡筱蘋一邊和朋友拍照，不時往我們這裡看來。

「妳先回去，別在這裡鬧。」他突然壓低聲音，好像很在意蔡筱蘋的目光。

「我沒有鬧，因爲是青梅竹馬，我無法不關心你，但你總是要告訴我，你需不需要我的關心。如果不需要了，如果你覺得別人的關懷更好，我希望你能跟我明說，讓我知道以後該怎麼和你保持距離。」我的語氣相當平靜，心頭彷彿被針刺著。

「妳先回去，以後再說。」他眉頭微蹙，有點不耐煩。

以後再說……這句話的眞正意思是「不用說了」，答案應該就是我想的那樣。

我起身決定離開時，蔡筱蘋的手機突然響了，她接聽後說是周俞安來了，要我們等一下，接著她便出門下樓帶人。

拍攝中斷後，邵思磊起身走向那四個女孩和攝影師，和他們圍著長桌說笑。

「你長得那麼帥氣，要不要一起入鏡？」攝影師向邵思磊提出邀請。

「以後再說，現在不適合。」邵思磊微笑拒絕。

「爲什麼？」

「我家人去世不到一年。」

「喔，低調點也好。」攝影師恍然大悟，以爲他不想讓人看到自己玩樂的模樣。

「你和小蘋果發展得怎麼樣？」其中一個女孩好奇問道。

邵思磊笑而不語。

「別藏著不說。」另一個女孩瞥了我一眼，「還是你跟她……」

「妳們別扯上她。」邵思磊打斷她的話，好像不想跟我沾上關係。

場面有夠尷尬，讓我覺得自己格格不入，就在此時，大門再次開啟，蔡筱蘋領著周俞安進來。

周俞安乍見到我和邵思磊時，眼神有一點閃爍。

「好久不見。」周俞安展露笑容，朝我和邵思磊擺擺手。

有段時間沒見了，我上下打量周俞安，他穿著變得隨便，不再像以前那樣滿身名牌，膚色因爲工作時經常曬太陽而變黑了，臉上還多了許多痘痘，皮膚狀況不好，作息似乎也不正常。

以前的他是白白淨淨高高在上的公子哥，現在彷彿墜入凡間，變得跟我們一樣平凡。

「拍得差不多了，可以坐下來吃東西了。」蔡筱蘋招呼大家坐下。

「你們吃，我有點事……」我正想告辭。

「俞安大哥才來，妳就要走，這樣很不給他面子。」蔡筱蘋眼底浮起一抹笑意。

這句話讓我想起去年烤肉時，周俞安強迫我留下的事，一顆心隱隱窒痛。

邵思磊沉著臉看向桌面，無視蔡筱蘋對我的爲難。

「茗意妹妹如果有事，不如……」周俞安笑臉微僵，率先幫我說話。

「沒關係，晚點再走也行。」我不想破壞氣氛，於是走到長桌旁，拉開一張椅子坐下。

蔡筱蘋身爲壽星，便坐在長桌的右端，其他人分列在長桌的兩側。邵思磊坐在蔡筱蘋斜前方的第一個位子，四個女孩和攝影師坐在中間，我和周俞安則面對面坐在最後面。

邵思磊將蠟燭插在蛋糕上，拿起打火機點燃後，眾人開始拍手唱生日歌。我遙遙望著蛋糕上的燭火，思緒又被帶回颱風來襲的那一夜。

那天也是我的生日，老天爺卻送了我那麼殘酷的生日禮物。

周俞安的視線不斷朝我投來，似乎有話想跟我說，但我一抬眼看他，他又馬上把目光調開。

唱完生日歌，眾人紛紛送上生日禮物，蔡筱蘋欣喜地收下。

她首先拆開邵思磊的禮物，他送的禮物，外觀大小只有巴掌大，拆開後裡面是個小盒子，盒子裡裝著一個綴著水晶的髮飾。

「哇，好漂亮，我好喜歡。」蔡筱蘋望向邵思磊的眼神，有滿滿的愛意。

邵思磊回給她一抹淺笑，自從邵家出事後，他臉上便失去往日的笑容，沒想到再次看見他的笑，卻是對著蔡筱蘋。

看著他們四目相對的畫面，我心裡湧出一股悲涼，明白了再好的感情都抵不過世事變化，我甚至有點嫉妒，畢竟邵思磊在我心裡也占了極大的分量。

此時我忍不住開始咳嗽，眾人的目光瞬間朝我刺來，以爲我在刷存在感，想奪回邵思磊的注意，但我不是，實在是喉嚨不舒服才咳的。

邵思磊依然對我視若無睹，拿起刀子幫忙切蛋糕。

「喝個水潤喉。」周俞安幫我倒了一杯水。

「謝謝。」我拉下口罩，拿起杯子慢慢喝水。

「對了！我還收到一個禮物，是個很特別的禮物，我去拿出來給你們看！」蔡筱蘋起身翩然跑回房間。

那四個女孩交頭接耳，熱烈地討論她會拿出什麼樣的禮物。隔不久，蔡筱蘋帶了禮物出來，回到位子坐下。我低頭又喝了兩口水，對她的禮物一點興趣都沒有。

「哇！兵長耶！這個厲害了！」攝影師驚嘆一聲。

周俞安整個人突然跳了起來，好像被什麼東西嚇到。

我抬頭疑惑地望向他，只見他雙眼睜圓盯著前方桌面，臉色有些慘白。

「怎麼了？」攝影師坐在他旁邊，剛剛也被他的舉動嚇到。

「沒、沒事，我想到有件工作上的事忘了處理。」周俞安坐了下來，神色看起來很不安。

「那件事很急嗎？」我關心地問。

「只是突然想到，並不是很急，沒事沒事。」周俞安有點語無倫次，拿起杯子灌了三大口的果汁。

聽他說不急，我也不想再問下去，於是轉頭看向蔡筱蘋，這才發現她回房拿出來的禮物是一個模型，還是我最愛的那部動漫的主角兵長。

兵長揮舞長劍擺出戰鬥中的姿態，身上的披風隨風揚起，臉上和衣服被濺了一點血，動作雕得非常生動，上色也十分細緻。

「之前被茗意推坑動漫，喜歡上兵長，後來就收到這個禮物了。」蔡筱蘋微笑看著我，指尖輕輕劃過模型的臉頰，好像很想看我露出羨慕的表情。

我只是微微扯笑，自然不可能露給她看，即使內心真的被那個兵長模型驚豔到。不過話說回來，我還是懷疑她真的有看完那九十多集的動畫嗎？

蔡筱蘋又轉頭看看邵思磊，但他也沒什麼特別的反應，只是淡淡瞥了模型一眼，隨即將切好的蛋糕分給大家。

一盤蛋糕傳到我的手上，我拿起叉子猶豫了半晌，始終無法叉下去，覺得那塊生日蛋糕特別刺眼。我看向邵思磊，他倒是吃得很快，兩三口就把盤裡的蛋糕吃下肚，沒有一絲心理障礙。

「妳吃不下嗎？」周俞安一直在觀察我的臉色。

「我感冒沒什麼胃口。」我小聲回答。

「我幫妳吃掉。」周俞安端走我的蛋糕，這絕不是因爲貪吃，因爲他更愛砸蛋糕。

「我要回家了。」蛋糕切了，禮物拆了，我差不多該告辭了。

「我陪妳回去。」周俞安急忙將蛋糕大口塞進嘴裡，艱難地吞嚥。

「不用了，大哥留下來繼續玩。」我起身走向門口。

「我也要回公司處理事情，就一起走。」周俞安急忙追過來。

「茗意，妳就讓俞安大哥送嘛。」蔡筱蘋起身朝我們走來，伸出雙手勾住周俞安的手臂，撒嬌地搖晃兩下，「大哥很久沒見到妳，應該有很多話想跟妳說。」

「也沒有很多話，就是陪她下樓而已。」周俞安打哈哈地笑道。

「那你們慢走，下次有空再聚。」蔡筱蘋鬆開他的手臂，打開門送我們進電梯。

我和周俞安一起搭電梯下樓，沿途他一直沉默著，我覺得奇怪又看向他，發現他咬著右手食指的指甲，臉色鐵青，眼珠微微顫動，好像在壓抑怒氣似的。

電梯抵達一樓，我和周俞安一前一後走出電梯，朝著大樓的正門走去。

「大哥，我騎腳踏車來的，你不用送我了。」我率先打破沉默。

「啊？」周俞安這才回神，扯開嘴角擠出一抹笑，「好久沒看到妳和思磊了，這些日子……妳過得不太好吧？」

「比剛開始好很多了。」我淡淡回答。

「我也很久沒看到邵叔。」

「邵叔就不是很好了。」

「我想也是。」周俞安眼底閃過一絲歉疚，「對、對不起。」

「難得在大哥口中聽到這三個字。」講得如此眞誠。

「我……一直都想講的。」他小小聲表示。

「是嗎？」我停下腳步，這些日子以來，我心裡一直有個疑問想要釐清，「大哥可以誠實回答我嗎？當初工程款被壓著，眞的是因爲邵叔的工程做得不好嗎？」

周俞安面帶難色地掀了掀唇，內心交戰了好半晌，才決定說出眞相：「我爸蓋房子賣房子一直都很順遂，十年間賺了很多錢，從來沒失敗過，沒想到卻聽信朋友的話，投資了虛擬貨幣，突然被騙走很大的一筆錢。我爸還拉了一堆親戚下水，那些親戚天天催著我爸要錢，他覺得自己也是受害者，捨不得把剩下的財產拿出來，想法變得偏執，於是……」

「果眞如此，人都是自私的。」我的鼻頭一酸，眞替邵家感到委屈。

「我替我爸跟你們說對不起。」他低頭再次道歉。

「道再多歉也沒辦法挽回了。」我嘲諷地撇撇唇角，「其實我也知道，大人的事小孩很難插手，當初就算跟你說了，你可能也無法改變什麼，責怪你也是不對的。」

聽到我這麼說，周俞安竟然微微紅了眼眶，有些激動地說：「至少、至少也要能理解你們的感受，可是我那時候完全沒有，真的只顧著自己享樂。」

「大哥眞的改變很大，變得會體諒人了。」我微微一笑。

「我、我、我也不知道……」他無措地撫著額頭，自責到身軀微微顫抖，「那天……爲什麼會那麼幼稚？爲什麼要爲難妳？爲什麼要跟他們爭吵？明明我的年紀比你們都大，明知道那是不對的……卻還是……」

他說的是烤肉那天吧，對周俞安來說，與邵思浤的最後一段記憶，是停留在和他爭吵的時候。

「我不知道思浤還有沒有生你的氣，但我知道他以前一直希望你能變得成熟，不是每天混吃等死。」我轉述邵思浤的想法，只盼他能好自爲之。

周俞安避開我的目光，沒有回話，只是輕輕搖頭。

「我要回家休息了。」我轉身走出大門，來到自行車停放處。

「茗意妹妹，如果妳有什麼需要幫忙的事，可以找我。」他急忙追出來。

「多謝大哥的關心，不過應該沒什麼需要幫忙的事。」我婉拒他的好意，伸手握住腳踏車的手把。

「慢著！我有些話想跟妳說。」周俞安按住腳踏車的手把，轉頭小心翼翼地看看四周，好像在確認什麼，「我建議妳少跟蔡筱蘋來往。」

「爲什麼？」我心裡不解。

「她心機很重，很會利用人。」他壓低聲音表示。

「喔？你不是很挺她嗎？」我有點想笑，他現在才察覺？

「她其實不缺朋友，看她想不想交而已，根本不需要我的協助。」他嚥了一口口水。

他說得也沒錯，蔡筱蘋現在在社群平台上的朋友數，可是遠甩我好幾條街。

「妳也要提醒思磊別跟她走得太近。」他又說道。

「你也看到他們今天的相處了，似乎是來不及了。」我沮喪地嘆氣。

「思磊從小就喜歡妳，這份感情不可能輕易丟棄的！」他的口氣相當篤定。

「但他也不是會逢場作戲的人，若是沒好感，他又何必迎合蔡筱蘋？」我提出質疑。

「這……」周俞安一時答不上話，臉上透著焦急。

「大哥不用擔心我們，你就過好你的生活。」我道了聲再見，跨上腳踏車朝回家方向騎去。

前行了一小段路，我回頭望了一眼，發現周俞安雙手抱著腦袋，抬腿踹了自行車架一腳，好像相當懊惱的模樣。

未來的路還很長，我仍在摸索該用什麼方法，才能讓自己前進，周俞安的考驗也一樣。

回到家裡，媽媽正在廚房裡準備晚餐。

我悄悄上樓走到房間裡，坐在床邊拿出手機。明知點開昔日的照片，我將會被心痛再次擊落，卻還是忍不住顫著手點開登山那天的相簿，一張滑過一張，以指尖輕輕繪著邵思浤的臉。

好想、好想見你。

「姊！」房門突然被推開，洺侑拿著搖桿大剌剌闖進來，「媽媽說，吃飯前可以讓我打一會兒電動，妳陪我玩好不好？」

「你不怕被我傳染感冒？」我連忙把手機反蓋在旁邊，強忍鼻尖的酸楚。

「不怕，只要傳染給我，妳的感冒就會好了。」洺侑窩到我的身側，裝傻地看了看我的臉，「姊去參加生日會，有見到思磊哥哥嗎？」

「有，他好像有喜歡的人了。」

「不可能！」洺侑聽了比我還激動，氣呼呼地扁嘴，「思磊哥哥只喜歡妳，他不可能喜歡別人。」

「他現在很討厭我。」我的淚水不自覺滾下來。

「不可能，不可能，我要打電話問他！」洺侑瞧我落淚，忍不住跟著眼紅，伸手搶走我的手機，一翻到螢幕那面，只見上面顯示著我、洺侑和邵思浤在山上拍的合照。

洺侑對著照片沉默了三秒，瞬間放聲大哭，「我、我好想念思浤哥哥，我好想見他，我好想哥哥……」

聽到他的哭聲，我的眼淚也跟著潰堤，哭得渾身發顫。

此時媽媽穿著圍裙走進來，無奈地看看我，再看看淚眼婆娑的洺侑，嘆了口氣，「叫你找姊姊打電動，不是叫你陪她哭。」

雖然嘴上罵著，但媽媽還是一屁股擠到我們兩人的中間，一左一右將我們摟進懷裡。

「茗意，侑侑。」媽媽將下巴抵在我的頭上。

「嗯？」我低著頭應了聲，不停落下的眼淚浸溼了媽媽的衣服。

「有一種說法，說人死去會化成天上的星星，但媽媽覺得思泫不會化成星星。」媽媽以極其溫柔的嗓音說道。

「爲什麼？」洺侑抬頭哽咽地問。

「他變成星星，晚上看到你們都在睡覺，這不是很寂寞嗎？」

「媽媽覺得哥哥會變成什麼？」

「我覺得他會想變成陽光，陪你們起床、出門上學、回家，他會想要參與你們的生活，而不是遙遠地凝視著。」媽媽這席話像在哄三歲的小孩，她頓了一下又提高聲音，「對不對？老公？」

「咳……」爸爸在門外清了一聲喉嚨，「對，妳說得對，睡臉有什麼好看？要看就要看你們會說會笑的模樣。」

「眞的嗎？」洺侑可沒那麼好騙了。

聽到他這麼問，我竟然有些忍俊不禁，唇角微微勾起。

「只要你願意相信，哥哥就會存在於陽光裡。」媽媽點頭笑道，平常見她計較著家裡的生活開銷，是個挺現實的人，沒想到會說出這麼溫柔的話。

「對對對，信了就有。」爸爸連連附和。

我怎麼覺得爸爸笑得有點心虛呀，不過洺侑聽了倒是點點頭，說他願意相信，而我……不確定自己是否能接受這樣的說法。

✦

日子又往前推移了一天，來到星期日。

隱約聽見鳥叫聲，我緩緩睜開眼睛，推開棉被坐起來，轉頭望向窗戶。

前幾日被陰霾籠罩的天氣，今天居然放晴了！

春日柔和的陽光占滿整個房間，空氣裡多了點暖意，不像前幾日醒來時那般冰冷。窗前的書桌上，一束陽光斜灑在攤開的課本上，看著那束陽光，我想起邵思泫對我告白的午後，我們一起去買蔥時，他的笑語就散落在夏日的陽光裡。

這麼想時，忽然覺得那束陽光裡，說不定還留有他的一絲意念，喜歡著我的意念。

下床梳洗時，我望著鏡子裡的自己，昨晚因爲大哭過，眼睛還紅腫著。不過哭累了也特別好睡，今早起床時的精神狀態比往常好，所以吃完早餐後，我就開始整理大學個人申請的資料。

一直弄到中午，洺侑叫我下樓吃飯，我關閉筆電拿起手機瞄了一下社群平台，看到蔡筱蘋上傳了昨天的生日業配蛋糕照。第一張照片是她側著臉，假裝要咬一小口蛋糕的模樣，我知道，她是想秀出耳朵上那只邵思磊送的髮夾，她的內文還特意塞了一整排的紅愛心。

不否認，我看了又一陣心痛，還是很難相信邵思磊會選擇她。

收起手機，我隨即下樓吃飯。今天的午餐是麻辣臭豆腐鍋，這是爸爸前天去深坑工作時買回來的。

我們一家人圍著餐桌吃鍋，不知道是不是爸媽昨晚的話真的起作用了，我今天的食欲增加不少，連吃了三碗。

吃完飯，媽媽突然對我說：「茗意，我多煮了一小鍋臭豆腐，妳拿去給邵叔和思磊吃。」

「我昨天中午去看小邵，他還是在醉。」爸爸一邊收拾碗筷一邊搖頭。

「他再這樣喝下去，一定會搞壞身體的。」媽媽無奈嘆氣。

「思磊也不知道在幹麼，都沒在關心他爸。」

「他可能也還在調適心情。」

瞥了眼牆上的時鐘，時間是下午一點半，我不想讓爸媽察覺我和邵思磊鬧翻了，便故作沒事地穿上外套，接過媽媽遞來的手提保溫袋，出門朝著邵家走去。

思磊不知道在不在家？

要是在家，他肯定不想見到我，見到我一定會生氣。

如果把鍋放在門口，打電話叫他出來拿，會不會比較好？

如果接電話的是邵爸，就不會那麼尷尬了，但要是邵爸又醉倒了，就不一定能聽到電話聲。

我低頭看著路面往前走，腦袋裡閃過無數揣測，越想心裡越煩亂，不知不覺走到邵家的圍牆邊，突然間，一個在這附近不可能會出現的東西闖進我的眼底——

地上躺著一朵淡粉色的櫻花！

再稍稍抬起視線，我發現更前面還有第二朵、第三朵、第四朵……

心念一動，我猛然抬頭望向圍牆上方，雙眼倏地瞠大，只見滿樹綻放的粉白色花朵，像雲團般開得燦爛，一簇簇在枝椏上交相映疊，隨風輕輕搖曳，花間還有蜜蜂忙碌穿梭著。如夢似幻的景象，強烈地衝擊我的視覺。

這什麼情況？

幻視嗎？還是作夢？

記得星期三的時候，我放學後來找邵思磊，當時這棵樹就像往年一樣光禿禿的。

我傻愣了半晌後，伸手從枝頭上拈下一朵花，觸感相當真實。我再掐了一下左臉頰，真的會痛，不是作夢。

「是真的！是真的！」我不敢置信地叫道，下意識想找人一起見證這幅景色，「小時候那個晚上看到的景象，不是假的，是真的！思磊……思磊有看到嗎？」

邵家的庭院大門半開著，我快步走進庭院，轉身看向內側的櫻花樹。櫻花樹下長年擺著一張小木桌和兩張長木椅，小時候放學後，我和邵家兄弟經常坐在那裡畫圖、寫功課。

此刻，邵思磊正枕著一條手臂趴在桌上睡覺，我放輕腳步來到桌前，見他身上穿著一件長袖T恤，粉嫩的花瓣隨風翩舞，落在他的頭髮和身上，襯得他的睡臉格外寧靜。

既然睡在這裡，代表他應該看到櫻花盛開的景象了。

「怎麼會睡在這裡，也不穿個外套，不管他的話，他會感冒吧？」儘管太陽有露臉，但畢竟才三月，戶外的溫度還是涼冷的。

猶豫了幾秒，我才決定伸指在他肩上輕輕點了兩下。

邵思磊微微收攏手臂，明顯有感覺到冷意。

「思磊，要睡回房裡睡。」我又伸指戳了他兩下。

邵思磊先用右手摩娑了一下左臂，才緩緩睜開眼睛，抬起頭一臉困惑地望向我。

我直視他的臉，心臟驟然一縮，還沒反應過來，渾身的雞皮疙瘩先豎了起來。

「妳怎麼會在這裡？」他抬起一隻手，擋了擋刺眼的陽光。

聽著他略帶睡意的慵懶聲線，我的腦袋轟然一響彷彿被雷擊到，一聲都不敢吭，心裡有個聲音不斷反問自己，這是什麼情況？

他見我杵著不說話，轉頭掃了四周一眼，不看還好，一看到滿地枯葉的景色，他整個人也跟著定住不動。

微風輕輕吹送，片片櫻花在四周飄落，我跟他像兩尊雕像似的僵在原地，陷進各自的思緒裡。

隔了片刻，我舔了一下乾燥的嘴唇，打破庭院裡的沉靜，「思、思磊，我媽……」

一出聲，我才發現自己的聲音是顫抖的，在搞不清楚發生什麼事的情況下，說內心沒有一絲恐懼是不可能的。

聽到我出聲，他收回停在庭院裡的眸光，仰起頭若有所思地注視我。

「我媽煮了小火鍋，叫我拿來給你們吃。」我提起勇氣伸手搭在他的肩頭上，雖然隔著衣服，但掌心下的觸感是溫暖的。

他有些遲疑地瞥著我的手，輕輕應了一聲，才起身站起來。

當他近距離站在我的眼前時，我的心臟突然猛烈跳動，那睽違已久的熟悉感太強烈了，即使是雙胞胎，他們散發的氣息還是有所差別的，別人可能無法分辨，但我就是知道不一樣。

他不是邵思磊，他是邵思浤！

他是眞眞切切的本人，內外一致，絕不是邵思磊被附身的那種情況。

第七章 背對背的命運

確定他是本人，不是鬼之後，我心裡的恐懼感消失了，被滿滿的疑惑取代。

「思磊，快進來，我熱火鍋給你吃。」我提著保溫袋往屋裡走，不敢多問，只敢叫他思磊，生怕一喊出「思浤」兩個字，眼前的他會化爲一縷煙霧散去。

進屋後，我也不敢回頭，直到聽見他進門的腳步聲後，我才又回頭做第二次的確認。

人沒變，還是邵思浤。

邵思浤進門後微微瞠大眼睛，緩緩掃視許久未整理的客廳，表情變得相當古怪，好像沒見過家裡這麼雜亂的景象。他怔怔向前走了幾步，被地上的雜物絆了一下。

「邵叔又醉倒了，你收一下桌上的酒瓶，我去弄小火鍋給你們吃。」我轉頭望著沙發，邵爸躺在上面呼呼大睡。

邵思浤沒有回答，順著我的目光看向沙發上的父親，眉頭輕蹙，好像有什麼事想不通。

我將保溫袋放到餐桌上，發現桌上積了一些灰塵，隨即走到廚房裡想拿抹布，沒想到一進去就被一陣酸氣薰到。廚房裡的水槽積了很多碗筷，垃圾桶裡的垃圾都滿出來了，可能有一個星期沒整理了。

找到抹布後，我迅速打開水龍頭沖溼，再快步走出廚房，看見邵思浤在默默地收拾茶几上的空酒瓶，吊著的一顆心才稍稍落下。

將餐桌擦乾淨後，我擺上電磁爐，打開保溫袋，將鍋子放在電磁爐上加溫，側頭看了邵思浤好幾秒後，我才快步進到廚房裡。

沒想到，洗了三副碗筷出來時，我竟發現邵思浤不見了！

我的呼吸瞬間停止，將碗筷放到餐桌上，心慌地衝向落地門。

猛然拉開落地門，我一頭撞進一堵胸懷裡，鼻尖一陣生疼。

「妳跑得那麼急要幹麼？」邵思浤低頭問道，一隻手環住我的肩頭。

「我、我以爲你、你不見了。」我摀著鼻尖結巴地說。被他環抱的這一刻，時光好像倒流到告白的那一天。

「我只是去丟垃圾。」他的聲音相當鎮定，隨即鬆開我的肩。

「火鍋在熱了，我去叫邵叔起來。」我低著眼走到沙發旁邊，蹲下身，用力搖著邵爸的肩頭，「邵叔，起來吃飯了，快起來。」

邵思浤沒有過來幫忙，反而走到冰箱前面，打開冰箱門，對著裡面的東西皺眉，看完又轉身走向廚房。

見邵爸一直沒醒，我更用力地搖他，他哼哼唧唧了幾聲才被擾醒，起身扶著額頭坐在沙發上。

「茗意，是妳呀，有事嗎？」邵爸揉著太陽穴，看來宿醉讓他相當難受。

「邵叔，我爸買了臭豆腐要給你們吃。」

「妳放著，我等一下再吃。」

「別等了，思磊也在家，我們一起吃嘛。」我握住邵爸的手臂，將他從沙發上拉起來，推著他的背來到餐桌前坐下。

我拉開邵爸身側的椅子坐下，將一副碗筷擺在對面。

邵思泫從廚房裡走出來，臉色古怪到極點，卻也沒說什麼，拉開我對面的椅子坐下來。

我伸手掀開鍋蓋，麻辣臭豆腐的味道瞬間衝了出來，邵思泫看到浮著一層紅油的湯面，右眉微微挑了起來。

「邵叔，我幫你盛。」我主動拿起邵爸的碗，舀了一些臭豆腐和配料。

「謝謝。」邵爸伸手接過碗，拿起筷子開始享用。

「思磊，要不要我幫你盛？」我朝邵思泫伸出一隻手。

「不用。」邵思泫拿起湯勺，撈了一塊臭豆腐和火鍋料到碗裡。

「你爸去深坑工作？」邵爸邊吃邊問。

「對呀，那位屋主是你的客戶，之前是給你裝潢二樓，現在要裝潢三樓……」

雖然吃飽了，但我還是舀了一點火鍋料陪他們吃。

我話還沒說完，邵思泫突然咳了幾聲，好像被辣油嗆到。

「思磊，要不要喝水？」邵爸一臉關心地看著他。

「不用。」邵思泫低著臉，搖了搖筷子拒絕。

「屋主本來想找你裝潢三樓，但你說沒空，要我爸幫忙接下。」我偷偷瞄著邵思泫，他舔著嘴唇呼了呼氣，一副不太能吃辣的樣子。

他果然是邵思浤。

話剛說完，邵思浤再一次咳嗽，這次咳得比剛才更劇烈，整張臉咳得有些泛紅。邵爸停下筷子瞥向他，目光在他臉上停留了好幾秒，又默默收回目光繼續吃。

「邵叔，你可不可以回來，繼續和我爸一起工作？」我忍不住央求著。

邵爸沒有回話，只是一口喝下碗裡的湯，又拿起勺子舀了一大碗。

「阿姨和思浤去世後……」提到思浤時，邵思浤倏地抬起眼簾注視著我，我假裝沒看見，繼續說道，「我也是覺得很痛苦，沒辦法好好念書，考試也考不好，雖然工作可以慢慢來，但邵叔你眞的不能再這樣喝酒了。」

邵爸聽著我的話，臉越垂越低，筷子動得很快，將碗裡的食物大口地扒進嘴裡，似乎已察覺到某些事情不對勁了。

「爸，吃慢點，湯很燙的。」邵思浤忍不住出聲阻止。

邵爸拿著碗筷的手開始顫抖，肩頭也跟著上下抽動，他壓低聲音啜泣起來，眼淚一顆顆落進碗裡。我強忍著眼淚不敢出聲，邵思浤也是靜默著。

約莫哭了五分鐘，邵爸終於放下碗筷，抬起爬滿淚水的臉，沉痛地朝著斜前方說道：「你不是思磊，是思浤。」

聽到他說出關鍵的那句話，我再也忍不住，淚如雨下，雙手顫抖得拿不穩碗筷。

「是，我是思浤。」邵思浤點了點頭承認自己的身分，又困惑地掃視四周，「我不清楚發生了什麼事，我家不是這個樣子的，但你確實是我爸，而妳……」他的目光移到我臉上，「無論是說話還是動作，妳都是我熟悉的茗意。」

「我摸過了，你有體溫，你不是鬼。」我伸手拭去眼底的淚水。

「我也不是怪物。」邵思泫唇角微微一勾。

「院子裡那棵櫻花樹，從種下到現在，將近百年不曾開過花。」我指著客廳窗外的櫻花樹。

「咦？」邵思泫聽了一愣，滿面詫異地望著窗外，「我家的櫻花樹年年都會開花。」

「去年的那場大火，是思磊逃了出來。」邵爸聽了似乎理解出什麼。

邵思泫倏地收回目光，望著邵爸顫聲說：「去年……逃出來的……是我。」

邵爸霍然起身，繞過餐桌走到邵思泫的身邊，邵思泫也拉開椅子站起來。邵爸馬上張開雙臂緊緊擁抱他，邵思泫的眼角也瞬間泛紅，兩人頓時哭成一團。

淚水再次盈滿眼眶，我也很想衝上前抱住邵思泫，但這個時刻應該獨屬他們父子。

「思泫，我、我好想你，好想、你媽，我好捨不得你，我、我一直夢見……那天晚上……我聽見你在屋裡喊我……可是我救不到你……」邵爸哭得聲音都破碎了，一字一句訴說著這段時間的心痛。

「爸，你說的，我都知道，因爲……我也是常常……常常夢見思磊和媽媽。」邵思泫哭得五官都皺成一團，身軀不斷地顫抖，「那天晚上……思磊說他是哥哥，他讓我踩著他的肩，把我頂出去……」

「思磊說，是你直接鑽到他的腿下，堅持要他踩著你的肩膀爬上窗戶。都是我害的，如果不是我跟你媽吵架，你媽也不會想在鐵皮屋裡過夜，你也不會……」

不！全是我的錯。倘若他們沒有在鐵皮屋裡幫我布置生日會，邵媽也不會想要跑去找他們，說到底完全是我的錯。

默默看著他們父子擁抱，我的腦海裡又浮現那個颱風夜，烈焰將鐵皮屋燒得通紅，邵思磊跪倒在地上，無助又無力地凝望大火的身影……

「啊！思磊！」居然忘了他，我忍不住驚呼，「他去哪裡了？」

「思磊……他在嗎？」邵思浤聞言倏地鬆開邵爸，一手揪緊胸口，眼底盡是想見哥哥的渴求。

「我中午……買酒回來的時候，看到他坐在樹下滑手機。」邵爸往櫻花樹的方向指了指。

「啊！」邵思浤傻眼了。

「不會吧！」我倒抽一口氣。

「我回來整理庭院，中午就坐在樹下休息。」難怪他醒來後一直在看庭院，這裡的樣子應該跟他記憶裡的不同。

邵爸聽了馬上慌慌張張跑到客廳，抓起電話撥打邵思磊的手機號碼。

「有接嗎？」我焦急地問。

「語音信箱。」邵爸緩緩掛上電話。

「看樣子，思浤和那棵會開花的櫻花樹，可能跟思磊和原本的樹對調了。」我想該好好討論這是什麼情況了。

「不同的時空，訊號應該也不通吧。」邵思浤一臉黯然跌坐在椅子上，他本來還以爲可以見到死去的哥哥。

「我想到『曼德拉效應』。」邵爸從客廳走回來，在邵思浤的身邊坐下。

「這你也知道？」邵思浤從眼角斜睨他。

曼德拉效應，是二〇一〇年由美國的一位知名部落客提出的論點。那位部落客聲稱在她的記憶裡，南非前總統曼德拉早在上世紀便去世了，她曾經看過關於曼德拉葬禮的新聞報導，以及他的遺孀對外發表的演講。然而這位南非前總統，事實上是在二〇一三年才逝世。

那位部落客提出這件事後，引來成千上萬人的回響，表明他們也有同樣的記憶。後來這種集體記憶和事實出現偏差的狀況，就稱爲曼德拉效應。

在那之後，有一派人提出另一種說法，他們認爲，這世界上可能存在著平行時空。

另一個時空裡的曼德拉死於上個世紀，而這個時空裡的曼德拉死於二〇一三年。至於之所以會有一群人的記憶產生偏差，是因爲時空交錯，那一群人在不知不覺中被移轉了。

邵爸聯想到的「曼德拉效應」，顯然是在指時空交錯。

不同時空的邵思磊和邵思浤，受到不明的力量產生轉移。

「我又不是七八十歲的老頭子，關於科幻和奇幻的電影、動漫和小說，在我這個世代已經多不勝數。我和茗意的爸在學生時期，還會租片租漫畫回來一起看，什麼多重空間、來自過去、來自未來、修仙抓鬼，不是完全沒概念。」邵爸伸手輕輕揉了他的頭一下。

「我爸也喜歡看科幻片，也相信鬼神，他說寧可信其有，不可信其無。」我淡淡笑道。

「就算你是鬼，我也不怕。」邵爸臉色一黯，嘲諷地笑了笑，「因爲人心比鬼還可怕，我活到這年紀只看過人害人，沒看過鬼害人。」

那句話讓我聯想到周俞安，周爸害了多年的合作夥伴邵爸，起源是周爸被朋友詐騙，據說那位朋友也是周爸的拜把兄弟，感情好得就像我爸和邵爸一樣。

「這種超出知識的事，想再多只會頭疼，就當作是時空交錯的現象吧。」邵爸不想再研究，直接落下這個結論。

「其實我小時候也曾經見過一次櫻花盛開……」我把國小時遇到的那件事，詳細地說明一遍，「去年我跟思磊和思泫提過，思磊說那棵櫻花樹將近一百歲了，說不定裡面住著神靈，神靈看到我熱心巡視你們家，才讓我看見那麼漂亮的景色。」

「這麼可愛的話，只有思磊說得出來。」邵思泫嘴角微微勾起。

「那當然，你只會潑我冷水。」我抿唇一笑。

「不過話說回來，妳剛才說我們家以前過年時，曾經遭過一次小偷，這件事在我那裡倒是沒發生過。」邵思泫伸手撫著下巴思索。

「不同時空，自然有一些事是不同的。」邵爸不知道想起什麼，起身從冰箱裡拿出一個盤子，放到微波爐裡微波。

邵思泫繼續說道：「我記得的是，有一年過年，我因爲感冒留在家裡休養，沒跟爸媽出去，那天晚上我半夜睡醒時，覺得肚子特別餓，就下樓泡了一碗泡麵……」

「啊！」我一手摀著嘴巴，一手震驚地指著他的臉，「你是不是有加蛋？」

「泡麵要加蛋才香！」邵思泫應該剛才就聯想到了。

「你是不是一邊吃泡麵，一邊看電視？」

「嗯，看了。」

「阿姨放在罐子裡的兩千元呢？」

「拿了，我吃泡麵時看到我爸稍早有傳訊息給我，說在廟裡點了闔家平安燈，隔天會有一位認識的伯伯來收錢，我就把錢先拿回房間裡放著。」邵思泫說完忍不住又抿笑。

「邵叔，小偷就是他啦。」我也跟著笑起來，好久好久沒這樣笑了。

「不過那晚醒來，我也沒特別注意院子裡的樹，是不是有哪裡不一樣。」

「吉野櫻的花期在三月，過年時還沒開花，你就算看到了，應該也察覺不出變化。」

「思泫，爲了那消失的兩千元，我這裡不但報了警，晚上睡覺時一有風吹草動，我和你媽就會被驚醒。」邵爸臉上也掛著久違的笑容，見食物已加熱完畢，便從微波爐裡拿出盤子，端到邵思泫的面前。

「後來我爸媽回來時，還問我怎麼沒把錢給伯伯，我就拿收據給他們看，我爸看了還推說是不是我媽記錯了，罐子裡擺著的其實是四千元。」邵思泫不解地看向盤子，裡面裝的是炒飯。

「那個臭豆腐太辣了，這是思磊昨晚炒的，沒有加辣。我沒食欲，吃幾口就冰起來了。」邵爸露出愧疚的模樣。

邵思泫一聽到那盤炒飯是邵思磊做的，神色變得相當複雜，馬上拿起湯匙挖了一大匙的炒飯，塞進嘴裡細嚼著，眼角漸漸泛紅。

「我……」他用力嚥下一口炒飯，又挖了一匙塞進嘴裡，「從來沒吃過這麼難吃的炒飯，爸，你說你沒食欲，其實是嫌難吃吧？」

聽到他那樣說，我也好奇地拿起筷子，撥了一些炒飯到碗裡，吃了一口發現果眞難吃，除了沒有鹹淡，肉絲也沒有炒出香氣。

「我就顧著喝酒，什麼味道都嘗不出來。」提到喝酒，邵爸臉上的愧疚感更深。

「在我那邊，你一開始也是像這樣天天醉酒度日，後來我覺得這樣下去不行，就提議暫時搬出去。」邵思泫雖然嫌炒飯難吃，但他還是一口接一口地吃，看著倒像是在吃很好吃的食物。

「你和邵叔搬家了？」我詫異地睜大眼睛。

「只是想換個環境，所以租了間房子，暫時搬出去住，同時也轉學了。」邵思泫又緩緩掃視客廳一圈，眼底蒙上一層淡淡憂傷，「因爲待在這裡，只會讓人沉溺在悲傷裡，唯有去到一個不帶回憶的地方，才不容易觸景傷懷，才能在平靜中慢慢積累出勇氣。」

「果眞是深思熟慮的你，才會做出的事。」如此說來，那個時空的我應該也沒有跟邵思泫在一起。

「你們很久沒有回來這裡？」邵爸聽了相當訝異，沒想到另一個時空是這樣的發展。

「搬家後，我和我爸今天是第一次回來，看到庭院都荒廢了，就花了半天的時間整理。」邵思汯邊說邊把那盤炒飯吃光光，「眞的很難吃，希望明天不會拉肚子。」

「拉肚子，你可能看醫生會有問題。」我直覺想到這點。

「用思磊的健保卡掛號，櫃台小姐應該也分辨不出來。」邵爸倒是不擔心。

「爸，你別再喝酒了。」邵思汯放下湯匙，以不捨的神情望著邵爸。即使是來自不同時空，他依然視他爲親生父親，「那場意外已經發生了，也無法再改變什麼，你只能堅強起來，走出悲傷，成爲思磊的依靠，因爲在我原本的時空裡，你後來戒了酒，開始接工作，成爲了我的依靠。」

邵爸慚愧地伸手掩面，忍不住又開始落淚，壓抑著聲音啜泣。

「媽在火場中護著我們，讓我們逃出來，你不把自己、把我們照顧好，只怕她會更生氣喔。」邵思汯伸手按住父親的肩，爲他打氣。

「我答應你，我會戒酒，我會好好工作，我會把孩子照顧好。」邵爸轉身抱住邵思汯，顫著聲音許下承諾。

「一言爲定。」邵思汯輕輕拍著他的背。

「我跟你，一言爲定。」邵爸稍稍推開他，伸手溫柔地撫著他的臉。

「爸，既然有我活著的時空，說不定也有媽媽活著的時空。」

「不會有那個時空。」邵爸的眼神又黯下，搖頭否定他的假設，「因爲你媽一定會選擇先保護自己的孩子，如果……如果眞有那個時空，那肯定是你們三人都獲救的結局。」

「說不定眞的有。」邵思汯微微抿笑。

「思泫……」邵爸看到他的笑臉，又攢緊眉頭強忍心痛，「你……會怪罪我嗎？」

「我只希望爸爸能好好的。」邵思泫毫不遲疑地說。

邵爸聽了又激動地抱緊兒子，向他承諾會好好過日子。

失去妻兒的傷痛，原本必須花上數年的時間才能慢慢撫平，現在邵思泫不可思議的出現，竟成爲最好的特效藥。

「邵叔，我該回家了，鍋子明天再來收。」我起身向他們道別，想把時間留給他們父子。

倘若樹裡眞有神靈，我希望祂降下的這份奇蹟，能維持久一點，不限定一夜。

出了邵家大門，時間已是下午四點多，太陽早已隱進雲層裡，傍晚的氣溫又降了幾度。

來到圍牆邊，我仰頭望著那棵櫻花樹，想起那一天，邵思泫在這裡偷偷吻過我。當時我還以爲那是我們相戀的序曲，卻沒想到竟是終曲。

「茗意，在等我嗎？」

邵思泫的聲音自身後傳來，我一愣，倏地旋身，只見他斜倚在門邊。

「我送妳回去。」他微微一笑朝我走來。

我和他並肩走在回家的路上，心裡有好多話想說，又覺得不該對他說。

「妳沒有什麼話想對我說嗎？」默默走了一段路，邵思泫主動開口。

「我不知道該說什麼。」我低著臉誠實回答。

再次見到他確實是無比開心的事，可是冷靜下來之後，心裡反而更糾結，因為比起他是來自另一個時空的人，我反倒希望他是這個時空的鬼。

我似乎比較想要見到鬼！

「妳是不是覺得我是他的複製人？」他的嗓音帶點笑意，居然可以看透我的心事。

「難道我在你心裡就不像嗎？」我不信他沒有類似的感覺。

「我跟她算一算，已經半年沒見了。」

「果真是邵思泫，殺伐決斷。」

邵思泫的臉色瞬間沉下，好像很不高興我這樣形容他。

「搬家加轉學，她是不是一句挽留的話都沒說？」我憑自己的想法揣測。

「她有叮嚀我要好好照顧我爸。」這句話間接承認了，另一個時空的我，確實沒挽留他。

「因為她覺得，那場意外是她造成的，倘若不是要幫她布置生日會，你們不會在鐵皮屋裡待到那麼晚。後來你們的爸媽吵架了，你媽也是因為你們在那裡，才會去鐵皮屋找你們。」這些想法我一直不敢對別人說，此刻卻很輕易地對邵思泫傾吐，好像在說別人的事，「她覺得她要負很大的責任，她沒有資格和你在一起。」

「不對，這不是妳的錯。」邵思泫焦急地握住我的手臂，「火災調查鑑定研判是延長線的線路劣化，那天又遇到颱風來襲，空氣極度潮溼，才會造成電線走火，跟妳一點關係都沒有。」

「那是起火的原因，但你們只要不待在裡面就沒事，偏偏你們為了我……」我無法接受他的解釋。

「是啊，不在裡面就沒事了。」邵思泫鬆開我的手臂，改爲伸手壓住自己的胸口，好像不能呼吸似的，「本來是隔天才要去布置，是我心急想早點弄好，才拖著思磊提前過去，結果逃生時，他還讓了我……」

說到這裡，邵思泫彷彿吸不到空氣似的，呼吸變得急促，一臉痛苦地蹲下身。

「思泫！思泫！」我連忙扶住他。

「要怪就怪我，自作主張……」他的臉色越來越蒼白，好像快要暈過去。

眼看已經來到我家巷口，我扶著他，讓他先坐在地上，再急忙忙跑回家，把正在看電視的爸爸拉出來幫忙。

幸好爸爸的力氣大，他將邵思泫的一條手臂架上肩頭，攙扶著他走進屋裡。

邵思泫癱坐在沙發上，閉著眼睛緩緩調整呼吸。

「思磊怎麼了？」爸爸坐在旁邊看著他。

「思磊，要不要喝水？」媽媽拿著馬克杯走來。

「哥哥，你哪裡不舒服？」洺侑挨到邵思泫的身側，一手摸著自己的額頭，一手摸著邵思泫的額頭。

「侑侑，我沒事。」邵思泫緩緩睜開眼睛，唇角勾成一道優美的弧，笑得極其含蓄，一點都不像邵思磊。

我看見爸爸渾身抖了一下，媽媽掉頭僵著身體把馬克杯擺到餐桌上。

洺侑眨著大眼，把手慢慢收回來，猛然起身躲到我的懷裡，小聲囁嚅：「姊姊……他是鬼嗎？」

接下來，我打電話把邵爸找來家裡，三人又費了一番唇舌，把稍早在邵家討論過的事全部再解釋一遍。

就如同邵爸所言，我爸媽對於平行時空一樣有概念，洺侑也很好處理，簡單說邵思汯是從異世界來的，他很快就相信了。

爸媽留他們父子在家裡吃晚餐，吃完晚餐，邵思汯和邵爸要回去時，媽媽朝爸爸使了眼色，爸爸馬上跟出去，說要送他們回去，順便去超商買東西。

這一去，爸爸足足過了一個小時才回來，我心裡相當清楚，他一定跟邵思汯談了我的事。

這天晚上我洗完澡回到房間休息，手機裡突然跳出邵思汯的個人訊息。

邵思汯：妳睡了嗎？

看到那則訊息，我的心猛然揪緊一下，有著說不出的激動。這七個多月來，我傳了很多訊息給他，但那些訊息沒有一則被已讀。

不想閱讀文字，想聽他的聲音，我馬上打電話過去，他也很快就接聽了。

「妳在做什麼？」邵思汯溫柔地問。

「剛洗完澡，在想今天發生的事。」我將手機緊緊貼在耳邊，想起邵思汯的手機早被大火吞了，「你怎麼會有手機？你的LINE還能用？」

「因爲未成年，我和思磊辦門號時塡的是我爸的名字，還綁定兩年的合約，中途解約要付違約金呢！」

「所以邵叔一直有在繳費，保留著門號？」

「是呀，出事時手機雖然燒掉了，不過我爸有補發SIM卡回來，他也沒想要解約，想把我和我媽的電話號碼保留下來做個念想。」邵思泫說話的口氣很自然，一點距離感都沒有。

「你那邊的情況也一樣？」我問的是他那個時空。

「當然，思磊……的號碼也保留著。」提到邵思磊，他的語氣才出現一絲遲疑，就如同我和別人提及邵思泫時一樣，「剛剛洗澡時，我爸專程到街上的電信行，趕在關門前，幫我買了一支備用機，我就把LINE重新安裝上，兩邊綁定的資料和密碼也一樣。」

「兩邊都一樣……眞好。」我喃喃說道。

「去年暑假的跆拳道比賽，我拿到第五名。」他突然提起去年的事。

是的。

「我們陪洺侑去爬山，他選了最難走的那條步道。」

是的。

「妳和思磊去海洋館玩，回來時送了我一個很可愛的水獺鑰匙圈。」

是的。

「移地訓練回來那天，我對妳告白了。」

是的。

「我們一起去超市，買的東西是蔥和薑，不是青菜蘿蔔。」

是的。我感覺鼻尖湧起一股酸楚，明明是不同的兩個時空，居然連這點小事也是一樣的。

「在那棵櫻花樹下，我把初吻……給了妳。」他溫軟的嗓音透著羞赧。那也是我的初吻。

我忍不住嗚咽一聲，眼淚瞬間湧了出來，急忙掛斷電話。

邵思浤很快地又打過來，我心亂如麻，直接掛斷電話。他又連打兩次，都是響個一聲就被我按掉，之後他便不再打過來了。

我點開手機裡的相簿，看著相片裡對我微笑的邵思浤。即使兩個時空所發生的事是一樣的，兩個邵思浤也是一模一樣的，但我還是捨不得那個眞正吻過我，對我告白過的邵思浤。

心痛得難以自抑，我壓低聲音坐在床上哭泣，眼淚一顆顆落在手機螢幕上，又被我一次次地擦去。突然間，邵思浤的訊息跳了出來，我遲疑了幾秒才點開。

邵思浤：茗意，妳知道嗎？這些日子以來，我很想念我媽和思磊，好想好想再見他們一面，可是即使時空交錯了，我還是見不到他們，妳懂這種想見卻見不到的心情嗎？

他的話讓我心口狠狠震了一下，我怎麼會不懂，這七個多月來，我流盡了眼淚，哭了又哭，求了又求，還是喚不回邵思浤……

不！我這不是喚來了嗎？

邵思浤：這世上有太多的遺憾，是來不及對親人和愛人再好一點，這種遺憾相信妳、我、思磊、我爸都能體會。妳知道我在火場裡，除了恐懼之外，還想到什麼嗎？

我怔怔盯著螢幕，幾秒後跳出一行字——

邵思泫：對不起，不能陪妳走下去了，對不起，要害妳爲我哭泣了，對不起……

看到那三句「對不起」，強烈的心痛在我胸口擴散，我倏地從床上跳到地上，外套也沒穿就想衝去邵家。

房門一開，只見邵思泫一手拿著手機，斜倚在走廊的牆上。

「你……你怎麼……」我傻愣地回望他。

「我怕妳又哭上一整夜，忍不住就跑來了，叔叔幫我開的門。」他側頭對我淺淺笑道，走到我的面前，接著又低下臉靠在我的耳邊輕語，「我來，是想跟妳說，不管是哪個時空，我都是一樣的我，想法也一樣，所有時空中的妳，都是我的最愛。」

聽到那段話，我再也忍不住，撲進他的懷裡，牢牢地抱緊他，「思泫，我好想你……失去你，我覺得自己變得行屍走肉，除了心痛以外，什麼都感覺不到……」

邵思泫一邊聽我傾訴這段日子的痛苦，一邊帶著我進到房間裡，關上房門。

我把臉埋在他的胸懷裡，對他說了好多好多的話，他時而輕輕拍著我的背安撫，時而點頭回應我，說他聽見了，他都懂。直到我說累了，他扶著我坐在床邊休息，我才發現他胸口的衣服溼了一片。

「對不起。」我連忙抽了兩張面紙，想幫他擦一擦。

「沒關係，不重要。」他抽走我手裡的面紙，反過來幫我擦臉。

「你穿的是思磊的衣服。」

「見不到他，就想穿他的衣服，感受一下他的存在。」

「思磊一定也很想見到你。」我想起他剛剛傳的訊息，對我和邵爸而言，是見到了最想見的人，可是對他而言，卻是錯過最想見的人。

「嗯。」他輕輕應了聲，或許是不想讓我看見他眼底染上的失落，隨即別開臉看向別處。

一看見他的眸光掃向床頭，我立刻伸手想拿走上頭的藥袋，不想讓他看見。

邵思泫動作比我快，手臂也比我長，早一步搶走藥袋。他起身走到旁邊查看藥包上的藥品名稱後，竟然將整包藥塞進垃圾桶裡，轉身握住我的肩頭，將我整個人壓倒在床上。

「你、你要做什麼？」我仰躺在床上，瞠大眼睛瞪著他。

「幹麼？」他兩手撐在我的身側，低頭注視著我，嘴角斜斜勾起，「當然是陪妳睡覺。」

「蛤？你不怕被我爸揍？」我心想，老爸老媽搞不好現在就躲在門外偷聽。

「妳從滿月來到我家後，我和思磊就陪著妳一路睡到幼稚園畢業，加起來好幾年好幾百天，你爸也沒打過我們半次。」他拉起棉被幫我蓋上，接著和衣躺在我的身側。

「那是小時候的事了，眞希望我們都不要長大。」當時他們連幼稚園的午睡，也要將睡袋搬到我旁邊，一左一右包圍著我。想到這裡，我便又想起邵思磊，「思磊現在不知道在做什麼？」

「這個問題我也很想知道。」邵思泫側身一手拄著頭，注視我的側臉，「聽我爸說，思磊把道服丟到儲藏室裡，沒再練跆拳道了。」

「他的狀態比你還糟，晚上常常在外面遊蕩，直到半夜才回家……」我腦中突然閃過一個念頭，急忙翻身趴在床上，直視邵思浤的眼睛，「難不成……他晚上不回家，把家裡弄得一團亂，是想避開家裡的美好回憶？」

「妳說得沒錯，我殺伐決斷，比他無情一點。」他冷哼一聲，眞是小肚雞腸。

「你別酸了，我收回那句話。」我這才明白暫時搬出去住，也不失爲一個療傷的好方法。

「思磊只要有煩惱，就會變得退縮，沒辦法專注在跆拳道上。」

「以前有你在，總會幫他排除各種問題。」

「我跟他個性一直是互補的，從沒想過會有天人永隔的一天。」他眼底又蒙上一層憂傷。

「最近……思磊變得很討厭我，不是很想見到我。」我沮喪地垂下眼簾。

「不可能。」

「眞的！」

「他不可能討厭妳。」他的語氣非常篤定，說完又陷進沉思中，猶豫了一下才決定幫邵思磊解釋，「思磊應該是覺得，他害妳失去我，所以不知道要怎麼面對妳。即使看到妳一天比一天消瘦，他也覺得不能背叛我，不能把妳從我這裡奪走，因此才強壓下對妳的喜歡。他甚至覺得不該拋下我，獨自擁有快樂和幸福。」

我聽了之後相當震驚，同時想到邵思浤下午在路上快暈倒的反應，顯然也是對邵思磊抱著深深的愧疚，連忙問道：「你是不是也有同樣的想法，所以才不跟那邊的我聯絡？」

邵思浤無奈地扯扯嘴角，似乎早已料到，他一幫邵思磊解釋，我便會聯想到，那也是他的心裡話。

「我覺得……」我焦急地開口。

「妳不用勸我。」他伸指點住我的唇，阻止我說下去，「我跟思磊，都是踩著彼此的肩才活下來的，這個坎很難跨過去，說實在的我也不想跨，因為是事實，至於思磊，我想妳也不用勸他。」

我聽了心裡非常難過，這表示他們都想背負著這份愧疚，度過一生。

「別苦著臉。」他以指節輕輕刮過我的臉頰，「倒是妳，我真的沒怪過妳，思磊肯定也一樣，從現在起，我不准妳再責怪自己，懂嗎？」

我別開臉重新躺回床上，心裡莫名湧起一股氣，氣他不聽我的勸，卻要我聽他的。

「還有一件事，我必須跟妳講。」他的聲調沉了沉，變得異常認真，「要是妳將來遇到不錯的男生……」

「我想睡了，你快回去。」我一句話都不想聽，迅速翻身背對他，「你快回去！回去！」

就在此時，一隻手臂從背後橫到前面，摟住我整個人，我被收進一堵溫暖的胸牆裡。我扭動身軀想掙開他的手，邵思浤另一隻手又穿過我的身下，將我牢牢地緊鎖住。

「茗意。」他把臉埋在我的頸窩處，低低輕語，「我不知道我還能在這裡待多久，說不定下一秒就會被強制遣返，回到我原來的時空，這句話我真的不講不行，妳一定要聽。」

我用力咬著下唇，淚水再度盈滿眼眶。

「將來妳如果遇到不錯的男生，我希望妳能給他機會，不要排斥讓他進入妳的心，否則我就算去到另一個世界，也沒辦法安心。答應我，好嗎？」他語帶雙關，意思是指這也是去世的邵思泫的心願。

我又掙扎了兩下，他竟鐵了心不肯放手，眞的很固執！

我們僵持了片刻後，我終究還是輕輕點了一下頭，邵思泫這才鬆開我，起身抽了兩張面紙幫我擦臉，隨後又補了一句：「其實跟妳說這段話，我是存有私心的，不希望思磊太辛苦。」

「思磊現在喜歡蔡筱蘋。」我負氣地揮開他的手。

「這更不可能！」他滿面錯愕。

「不信你去查蔡筱蘋的社群平台。」

「不可能！一百個時空的邵思泫來，都會跟妳說不可能。」

「我查給你看。」我起身想拿手機。

「明天再查，先睡覺。」他又把我壓回床上，再側身躺下來，直接閉上眼睛。

我凝視他裝睡的臉，腦海閃過那個櫻花樹下的吻，心口隱隱悸動了一下，竟情不自禁地屏息靠向他。

邵思泫動也不動，不知道是沒有察覺，還是在等待我的吻。

距離他的唇不到五公分，我已經憋不住氣了，最後還是低下臉放棄了。

邵思泫閉著眼深深吸了一口氣，剛才似乎也是屏息以待的狀態。

「晚安。」他輕柔地補了一句。

「晚安。」我把額頭抵在他的心窩上，補上那五公分。

邵思浤伸手將我整個人攬進懷裡，我聞著他溫暖的熟悉氣息，濃濃的睡意很快襲來……

✦

這一夜居然無夢，我睡得好沉、好沉，夜裡不曾驚醒。

再次醒來時已經是早上十點半，我的身邊空蕩蕩的，不見邵思浤的身影。

我慌張地看向床頭，想拿手機打給他，這才發現手機底下壓著一張紙條，是媽媽留的。

紙條上寫道：我幫妳跟老師請假了，思磊那裡邵叔也請了，妳在家好好休息，陪陪思浤。

對喔！邵思磊也要請假，總不能叫邵思浤代替他去學校。

況且，邵思浤能模仿的是以前的邵思磊，現在的邵思磊個性變得陰沉，他沒見過肯定無法模仿。幸好學測結束了，同學們都在準備個人申請的資料，班上天天都有人請假，只要上課的時數合乎規定，老師也不會不准。

梳洗完畢，穿好外套，我騎著腳踏車前往邵家，一路上心裡七上八下的，直到遠遠看到櫻花樹還是盛開的，我才鬆了一大口氣。

來到邵家門口，只見外牆下堆了一袋袋的垃圾。我停好腳踏車走進庭院，庭院裡架起了一排排的木桿，上面晾著棉被和一大堆衣服。

沐浴在春日的陽光下，邵爸和邵思浤一邊晾衣服一邊說笑，那幅畫面看似平凡，卻是這世間最美好的景致。

「以前媽都會把你的衣服和我們的衣服分開洗。」聽到動靜，邵思浤回頭看了我一眼。

「眞的嗎？我都沒注意，應該是因爲我工作之後，衣服會比較髒，你媽怕一起洗會弄髒你們的衣服。」邵爸刮掉了臉上的鬍渣，頭髮也剃短了，修得整整齊齊，整個人看起來乾淨又清爽。

「邵叔，你變帥了！」我忍不住揶揄。

「思浤幫我剃頭髮，他居然會剃頭髮。」邵爸指著頭頂笑道，他以前的頭髮都是邵媽親自修剪的。

「這又不難，電動理髮器裝上三分頭的刀頭，從頭『嚕』到尾就成了。」邵思浤說得輕鬆。

「早上我和妳爸說好了，過幾天就回去跟他工作，以後再也不喝酒了。」邵爸的眼神裡多了一些神采，不再是醉酒失焦的狀態。

「也不是不能喝，可以跟我爸小酌一下。」我伸出右手，用拇指和食指比出一小咪咪的手勢。

「眞的不喝了，你們聊，我去整理廚房。」邵爸堅持地擺擺手，隨後走進屋內。

「昨晚睡得好嗎？」邵思浤笑得有點神祕。

「睡得很好，你什麼時候走的？」我來到他的身側，想幫他一起晾衣服。

「早上六點半，你爸跑來拍我的屁股。」他委屈巴巴地說。

「真的假的？」我瞠大眼睛。

「假的。」他噗哧一笑，「是侑侑跑進來，說我昨晚怎麼沒有找他一起睡。」

「喔。」我心想，搞不好是爸媽叫洺侑來趕人。

「所以我今晚要侍寢侑侑。」

「應該的，侑侑……陪我哭了好幾次。」這也是我不願讓洺侑陪睡的原因，我哭，他也會跟著哭。

邵思泫瞧我情緒又低落下來，淡淡地轉開話題：「幸好有出太陽，否則這堆衣服很難晾乾。」

「我幫你晾。」我從籃子裡拿起一件衣物。

「呃？」他見了眉毛一挑。

我展開那件衣物，沒想到竟然是邵思磊的內褲，羞得我把內褲往他身上拋。

邵思泫接過內褲，低低笑了起來。

「這是思磊的道服？」我接著從籃子裡拿出一件白色的衣服。

「他不繼續練跆拳道，實在太可惜了。」

「你是可惜少了一棵搖錢樹吧！」

「這妳也知道？」他一臉驚奇地道。

「思磊有跟我說，你將來想當他的經紀人。」我想起公園那一晚，和邵思磊一起看的月色。

「妳看那個羽球球后接了多少廣告，與其上場拚死拚活地打，倒不如當經紀人坐著抽成。」他勾起嘴角邪笑道，故意擺出貪婪的奸商臉色。

「你這表情擺給別人看可以，但看在我的眼裡，就是個大兄控。」

聽到兄控兩字，他伸手輕輕巴了我的頭一下，「不過思磊並沒有完全放棄，我看到他的書桌上，放著體育大學的個人申請入學簡章。」

「你可以拍個影片留言給他，他見了一定會像邵叔一樣，立刻跑回道場修練。」我想，現在邵思泫的話堪比聖旨。

「好，我晚上再來錄。」他微笑應允。

此時一陣風拂來，吹得被單和衣服一陣翻揚，整棵櫻花樹的枝椏也跟著搖曳，片片花瓣像下小雨一樣灑落下來，那景致美得讓我愣在原地。

風吹落了這麼多的花瓣，若是櫻花都落盡了……

我倏地轉頭看向邵思泫，見他低頭看著自己的手掌。

「怎麼了？」我小心翼翼地問。

「沒什麼，剛剛在客廳洗洗擦擦的，皮膚都洗皺了。」他沒事地笑道。

「客廳打掃好了？」

「對呀，我和我爸兩人一起，很快就打掃好了，冰箱裡過期的超商食品也丟了。我爸的房間他會自己整理，思磊的房間昨晚我也簡單收拾過，暫時就這樣了。」晾好衣服，他一手提著籃子，一手牽著我往屋裡走。

我們進到屋內，客廳果眞被收拾得乾乾淨淨，恢復成之前的模樣，就連牆上的照片也重新掛了起來。

我本來想再幫邵爸收拾廚房，但他說廚房小，三個人擠一起不好打掃，邵思泫便帶著我上樓，進到邵思磊的房間裡。

「早上回來時，我很快瀏覽了一下，蔡筱蘋真不簡單，在兩個時空都當上人氣網美。」他在電腦椅上坐下，打開電腦的螢幕畫面，出現的是蔡筱蘋的社群主頁。

「她拿下高校美少女的冠軍後，人氣就開始攀升。」我拿起書桌上的資料翻閱，確實是關於體育大學的。

「思磊居然和蔡筱蘋有來往。」他點開蔡筱蘋和邵思磊在一起的影片，看完直搖頭，無法相信他們會湊在一起。

「我昨晚就跟你說了，他們最近走得很近，你還不信。」

「我查了思磊和她的訊息，她還約思磊去參加生日會？」

「沒錯，上星期六的事，我也有去，蔡筱蘋其實是藉著慶生，找了四個網美幫甜點店拍業配的照片。」我指著螢幕上五位網美的合照，簡單說了一點當天的事，「弄得還挺專業的，攝影師是其中一位網美的哥哥，他拿單眼相機拍攝，不是隨便用手機拍。」

「感覺有點怪。」邵思泫搖了搖頭，似乎有什麼事想不明白，「家裡出事後，蔡筱蘋經常傳訊息關心思磊，但他前面一直沒回，是最近一個星期才有回應。」

「一個星期才幾天，思磊可眞是忙碌。」我露出不敢置信的表情，那一星期他們放學見面四次，散心那天出去一次，參加生日會又一次，這簡直是天天見面了，「蔡筱蘋也常常傳訊息關心我，我都是回個貼圖說謝謝而已。」

「是嗎？她怎麼都不關心我？」邵思泫一臉納悶，將電腦椅旋轉過來面對我，

「在我的時空，她的訊息我一則都沒收到過。」

「眞的嗎？」我聽了也感到納悶，「可是烤肉那天，她明顯把目標擺在你身上，怎麼事後，她糾纏的人是思磊，而不是你？」

尤其在另一個時空裡，是邵思汯在火場中倖存下來，後來也沒跟林茗意交往，這不是她的絕佳機會嗎？

「這點很反常。」邵思汯撫著下巴沉吟，「爲什麼兩個時空，會有這樣的差別？」

「你覺得不該有這種差別嗎？」畢竟是不同時空。

「我認爲，時空裡延伸出來的走向，是有因果關係的。」

「對了，那天俞安大哥也有參加生日會。」這件事也必須說給他聽。

「大哥在這裡的近況跟我那邊一樣，大四開學沒多久就休學了，現在在他父親的工地裡工作。」他轉身握住滑鼠點開周俞安的主頁，來回快速掃了一下照片。

「那天俞安大哥跟我承認，他爸確實是因爲被詐騙，才想扣你爸的工程款，他對你家發生的事感到十分歉疚。」我難掩語氣裡的埋怨，至今還是無法原諒周爸的行爲，「大哥還叫我要把思磊拉回來，不要讓他跟蔡筱蘋在一起。」

「爲什麼？」

「他說她心機很重，很會利用人。」

「可能是因爲烤肉那天，他爲了她跟我們發生爭吵，大家還來不及和好，我們就出事了。」邵思汯嘆了口氣，畢竟他們兄弟也是周俞安從小看到大的。

「不過，蔡筱蘋在你們之間跳來跳去，我都搞不懂她到底喜歡誰。」我不是滋味地扁嘴，將體育大學的資料擺回原位。

「也許全都喜歡，也許全不喜歡，又或者她喜歡的是別人喜歡的人，想證明自己的魅力。」他這段話說得意味深長。

「這個性也太扭曲了！」

「說不定，就是這麼扭曲。」

「咦？有內幕？」我瞧他一臉不屑的模樣。

「真巧，我剛好有。」他聽了倒是笑了。

「你知道什麼我們這邊不知道的事？」我把他的電腦椅轉過來，彎身直視他的臉。

邵思浤冷不防摟住我的腰，將我整個人往他大腿上帶。我反應不及跌坐在他腿上，瞬間一股熱氣朝頭頂衝，羞得一句話都說不出。

「這件事說來話長，妳坐下來慢慢聽我說，讓我盡一下男友的體貼。」他將下巴擱在我的右肩上。

房間裡沒有第二張椅子，我假裝別無選擇地順從他，其實心裡也清楚，他只是想多給我一些和邵思浤的回憶，讓我少一點遺憾而已。

「我和我爸搬出去後，在我們租屋處的對面，住著一位女大學生。」他雙手輕輕環抱我的腰，娓娓說起在他那個時空所發生的事，「那位姐姐的男朋友是某間國立大學醫學系的學生，他放假時，都會到姐姐家過夜，我跟他有碰過幾次面。直到上個月中，他在電梯遇見我，突然問我是不是雙胞胎，是不是會打跆拳道。」

「他知道你？」我僵著脖子轉頭問他。

「對！」他在我的肩上點點頭，溫熱的氣息輕輕噴在我的臉頰上，「我好奇地問他是誰，他卻反問我，說你知道蔡筱蘋吧。」

「醫學系……難不成他是蔡筱蘋的哥哥？」我想起曾經聽蔡筱蘋提過，她有個念醫學系的哥哥。

「沒錯，因爲這層關係，他間接聽過我們的事，畢竟我和思磊國中時還挺出名。」

「然後呢？」我的好奇心被勾起，也暫時忽略了坐在他腿上的不自在感。

「我就跟他說『你妹很厲害嘛，現在是個人氣網美』。」邵思泫用的是稱讚的口氣，但我只看見他眼底透著嘲諷，「沒想到，他竟回我說——『是啊，很厲害的廢物』。」

我的下巴差點掉下來，這回答出乎意料。

「我當時的表情跟妳一樣。」他看著我的臉抿唇一笑，「我以爲聽錯了，還呆呆地問他，剛剛說的詞是什麼。」

「他怎麼回答？」我伸手勾住他的肩頭，催他快說。

「就是廢物，有些垃圾可以回收，廢物就是比垃圾還不如。」

「這也太毒了。」

「我聽了倒是覺得有趣，出了電梯，來到大樓中庭裡，忍不住跟他聊了一下。」他朝我挑了一下眉毛，表示接下來要爆出一個大八卦，「這才知道，原來他三歲的時候，蔡筱蘋的媽媽介入他爸媽的婚姻，他爸後來跟他媽離婚，娶了蔡筱蘋的媽媽，生下了她。」

「所以蔡筱蘋和他哥是同父異母的兄妹。」我震驚地摀住嘴巴。

「而且是感情極差的那種。」他點頭強調。

「我聽蔡筱蘋說，她哥上大學後就很少回家，原來是討厭繼母和妹妹。」我沒想到還有這層內幕。

「沒錯，蔡大哥提到蔡筱蘋時，語氣都冷冰冰的，臉上帶著厭惡，所以我就跟他提起去年暑假期間，蔡筱蘋利用俞安大哥接近我們的事。」換句話說，如果蔡大哥很喜歡自己的妹妹，邵思泫就不會對他說起那些事。

「他聽了有什麼反應？」

「他說她有病！」

「這……她有什麼病？」我越聽越傻眼。

邵思泫繼續說道：「蔡大哥說，他爺爺奶奶都出身書香世家，兩老都受過高等教育，也非常重視學歷。在他們傳統的觀念裡，擇偶一定要找學歷高的對象，才有較大的機率生出聰明的孩子。蔡大哥的母親是留學歸國的高材生，蔡筱蘋的母親卻不是，因此他們很看不起她，連帶的也不喜歡蔡筱蘋。」

我這下總算明白，爲什麼蔡筱蘋說起她母親的學歷時，臉上會露出不屑的表情。

「蔡筱蘋的媽媽爲了博取爺爺奶奶的認同，便不斷逼迫蔡筱蘋念書。國小國中還能用逼的逼出成績，可是進到市排名第一的高中後，她的成績就一路被聰明的學生壓著打，補習也沒用，跟她哥哥完全不能比。她哥跟她讀同個高中，甚至以資優班第二名的成績畢業，滿級分考上醫學系。」

「別說班上的同學，光是她哥給的壓力就夠大了。」我想對蔡媽媽而言，妹妹拚不過哥哥，就代表她自己也比不上哥哥的母親。

「察覺蔡筱蘋的成績和她哥哥有落差之後，他們的爺爺奶奶便一口咬定蔡筱蘋的智商遺傳到她媽媽，大概也是那個時候開始，蔡筱蘋出現自殘的行為。蔡大哥有發現她的異常，可是他完全當作沒看到。」邵思泫說到後面又搖搖頭，顯然不贊同蔡大哥的行為。

「對她的自殘視而不見，代表他們兄妹一絲親情都沒有。」我忽然覺得蔡筱蘋有點可憐。

「再來，她的爺爺奶奶一直認為她媽媽是利用美貌勾引她爸，所以即使蔡筱蘋跟她媽媽長得很像、很漂亮，她媽媽也很少幫她打扮，只注重成績，以致於蔡筱蘋一直以為自己長得不好看，直到……」他打住底下的話，無奈地聳聳肩。

「直到在公車上遇見你，一語驚醒了她。」我不禁苦笑，這分明是誤打誤撞。

「蔡大哥並不知道她是遇見我後才想改變，不過他清楚地說出，蔡筱蘋是在退掉補習班之後，才開始把自己打扮得漂漂亮亮。她認為，在網路上取得很多人的認同和讚美，比埋頭苦讀更容易得到成就感。」

「確實是，她現在可以靠外貌接業配、接外拍賺錢，比我們任何人都還要厲害。」我頓了一下，覺得哪裡怪怪的，「可是她爺爺奶奶的思想這麼傳統，能接受她成為網美嗎？她媽媽沒有強烈阻止嗎？」

「當然有。」邵思泫勾起嘴角，神祕地笑了笑，好像準備爆出驚天大料，「蔡大哥說，去年暑假的某天早上，蔡筱蘋的媽媽看到蔡筱蘋在弄頭髮，就罵她浪費時間，結果蔡筱蘋二話不說就拿起剪刀，一刀剪了自己的半邊頭髮，嚇得她媽不敢再吭聲。」

「那個頭髮是她自己剪的？」我倒抽一口涼氣，這簡直是神展開，「她還哭得像被她媽毒打過一樣，浪費我那麼多口水去安慰她。」

「之後她媽只要念她，她就會反過來指責她媽，說她成績不好，都是因爲她媽不聰明，把她生得那麼笨！她媽氣哭了好幾次，最後只能放任她。」邵思浤輕輕捏了一下我氣鼓鼓的臉頰。

「她爸爸都不管嗎？」

「這點蔡筱蘋倒是沒說謊，蔡大哥也說他爸只管工作，不管家事，下班回家後很討厭她媽拿家事煩他，也不喜歡小孩子吵他。」

「聽起來她爸不是很愛老婆和小孩。」跟我家相反，我爸很有容忍小孩吵鬧的肚量。

「別提她爸，蔡大哥說到後面也是一臉幸災樂禍，一家子的感情都很淡薄。」

「話說回來，這件事沒有發生在我的時空裡，你若是沒有搬家，也不會遇到蔡大哥。」不同時空，不同的境遇，讓我感到神奇。

「所以我才覺得，事態的走向都帶有因果關係，思磊爲什麼突然回應蔡筱蘋，蔡筱蘋爲什麼不傳訊息給我，這其中是不是隱藏了什麼原因，才造成這樣的差異？」他的思緒一向比我縝密，他不相信邵思磊會移情別戀，也不相信蔡筱蘋會收起心裡的偏執。

「如果思磊在的話，就可以問問他的想法。」我惋惜地說。

「他在那邊，現在不知道在幹麼？」提到邵思磊，他眼神又黯了黯。

「當然是在想你呀！」我伸出雙手捧住他的臉頰，「你只要想著他，你們就是心連心！」

邵思泫笑而不語，深深凝視我的眼睛，空氣裡又升起一股曖昧的氛圍。

「你八卦說完了？」我放開他的臉，迅速從他腿上站起來，臉蛋微微發燙。

「說完了。」他抓住我的手，不讓我離開，「茗意，我們下午去約會！」

「約會？」

「我還欠妳一場約會。」

我遲疑了一下才點點頭，心裡隱隱有種感覺，他好像在搶時間，搶著能做多少事算多少事，搶著在櫻花全部散落之前，將欠我的承諾兌現。

第八章 被隱藏的眞相

午餐時間，邵爸買了炒麵和小菜回來，我們和他一起用餐。

邵爸不斷夾菜給邵思泫吃，邵思泫不時對他露出微笑。

邵爸看到他的笑容，總是遲遲移不開目光，就像在看著珍貴的事物，兩人享受著得來不易的父子時光。

吃完午餐，邵爸將邵思磊的皮夾塞給邵思泫，「我有放錢在裡面，你們好好地玩。」

「謝謝爸。」邵思泫打開皮夾，抽出邵思磊的證件盯著看。

「對了，你的衣服全在衣櫃裡。」邵爸看他穿著邵思磊的衣服，「思磊幾乎每天晚上都會去你的房間待一下。」

「喔。」他聽了有點詫異，轉身朝樓上走。

「你回過你的房間嗎？」我好奇地跟過去。

「沒有，總覺得……嗯……」他抿唇笑了笑。

「覺得不是你的房間？」

「我只是尊重另一個自己。」來到邵思泫的房門前，他握住門把輕輕推開，「既然要和妳約會，那我還是穿自己的衣服去吧。」

我一眼望進去，跟之前雜亂的客廳相比，房間維持得非常乾淨，所有物品的擺設位置都沒變，停留在邵思浤去世前的模樣，時間在這裡彷彿暫停。

「哇！跟我那邊的擺設一樣。」他見了倒是覺得有趣，來到書桌前伸指抹了一下桌面，看了看指尖，「一點灰塵都沒有，比思磊的桌子還乾淨。」

「這應該都是思磊整理的。」我的心軟軟地揪痛，想著邵思磊擦桌子時是不是哭了？是不是心痛得快要死去？

「物品看起來都沒移動過，床也不像有人睡過。」他掃了四周一眼，再拉開電腦椅坐下，按了一下電腦的開關，螢幕沒有啟動。他又低頭看了看桌下，插頭沒有插，代表這台電腦已經很久沒有打開了。

「難道思磊進來都坐著發呆？」我不認爲他會專程來這裡滑手機。

邵思浤打開書桌的抽屜，看了看裡面的東西，什麼都沒動，接著又關上抽屜。他眼角一抬，目光落在筆筒上，輕輕「咦」了一聲。

「這不是我的筆。」他從筆筒裡抽出一支果汁筆，拿到眼前仔細端詳。

「這是思磊愛用的牌子，他來這裡……寫功課？」因爲書桌被擦得太乾淨了。

「妳還記得嗎？」他輕輕轉動那支筆，似乎想起了什麼事，「國小的時候，班上流行過一陣子的交換日記。」

「當然記得，有的是一人寫一本，跟好朋友互換，有的是好幾個人共同寫一本，輪流傳來傳去。」

「我們三個也有寫過，是一人一本交換的那種。」

「你再想想，我是寫一本嗎？」我單手叉腰質問道。

「想起來了，妳是寫兩本，因爲妳要跟我們兩個交換。」他忍俊不禁，剛才分明是裝傻。

「寫兩本也就算了，我還要把字數弄得一樣，你們多一字少一字都會吵架，怪我不公平。」我扁嘴替自己抱不平。

「我們錯了，不該嫌妳不公平，是我們愛吃醋。」他笑得眼角彎彎，伸手捏了捏我的臉頰，「其實我跟思磊也有交換日記，是共同寫一本。」

「眞的嗎？你們沒跟我說過。」我面露詫異。

「那是我們的小祕密，我們寫好日記就會擺在對方的……」他起身走到床邊，伸手將枕頭拿起來，底下果眞藏著一本日記。

「眞的有！」我上前拿起日記本，輕輕翻開第一頁，只見上面簡短地寫了一段話──

　　思浤，我寧願死的是我，活下來的是你。

　　如果獻出生命，可以讓你復生，我會立刻飛去彼岸換回你。

邵思浤伸手接過日記本，怔怔讀著上面的文字，眼角瞬間泛紅，整個人虛脫地跌坐在床邊，顫著手翻開下一頁。

　　思浤，有人說，雙子是同一個靈魂分化而成。

　　倘若上天必須收回一個靈魂，我寧願被收回的人是我，而不是你。

邵思浤的睫毛輕輕顫動，再翻過一頁，沒想到下一頁有幾個字是糊的，明顯是沾過邵思磊的眼淚。

思浤，招魂儀式上，法師說你的魂魄遲遲不到，你是不是跟媽媽走散了？還是你後悔讓我先逃出去，不想見到我？

「我只後悔沒能讓你先逃，所以這裡的邵思浤必不後悔。」他喃喃回覆日記裡的疑問，眼淚悄悄滾落，疊在邵思磊的淚痕上。

根據頁面上的日期，目前看起來是天天寫，七個多月也有上百篇，下午的約會應該是去不成了。

「既然是交換日記，思浤你就好好回覆思磊。」我強忍住心痛，悄悄退出房間，將時間留給他好好消化日記的內容。

下樓來到客廳，邵爸見我臉色古怪，連忙問道：「茗意，怎麼了？不是要出去？」

「不出去了，思磊寫了日記給思浤，他正在讀。」我在沙發上坐下，望著窗外的櫻花樹。

「原來思磊待在他房間裡是在寫日記，他們小時候還會傳小紙條，神祕得很，完全不給父母看。」邵爸泡了一壺熱茶過來，幫我倒了一杯。

「邵叔，是不是櫻花落盡了，他就會回去？」我捧著茶杯在掌心裡轉動。

「嗯，不過櫻花的花期至少有半個月，他應該沒那麼快走。」邵爸的口氣不是很肯定。

「是啊，應該。」我喃喃附和，感覺心頭虛虛的，連自己都不太相信。

「能看到思磊的日記，思浤心裡就不會那麼失落了。」邵爸的臉色漸漸黯下。

「如果也能見到阿姨就好。」我想邵爸一定也很想要見到妻子。

「這不是人可以決定的事，我不敢奢求能見到她，能見到思浤就知足了。」邵爸伸手拍了拍我的頭，「妳也要想開一點。」

是呀，能再見上一面，我眞的該知足了，不管這個奇蹟能持續多久。

我陪著邵爸在客廳裡喝茶聊天，坐了一個多小時，手機螢幕突然跳出邵思浤的訊息，要我速速上樓。

放下茶杯，我上樓進到房間裡，只見邵思浤埋首坐在書桌前，桌上放著攤開的日記本。

「你看完了？」我在床邊坐下。

「茗意。」他緩緩側頭望著我，臉色和唇色蒼白如紙，「我知道思磊爲什麼要跟蔡筱蘋待在一起了。」

「爲什麼？」我被他的臉色嚇到。

「思磊把最近發生的事，詳細地寫在日記裡。」

我接過他遞來的日記本，翻看了一下，內文大多是邵思磊簡短的隨筆。他藉著文字抒發思念弟弟的心情，字裡行間盡是傷痛，後面有十多頁滿滿都是字，開頭同樣寫著「思浤」兩個字，就像在跟他對話。

邵思泫等不及我細看，直接和我說日記裡的內容：「思磊跟我說，他上上個星期五獨自到街上閒晃時，遇到蔡筱蘋和朋友在買衣服。當時她背著一個小方包，包上掛著一個小水獺的吊飾。」

「是那個水獺娃娃……」我的腦海閃過海洋館的紀念鑰匙圈。

「沒錯！跟妳送我的鑰匙圈吊飾一樣，於是思磊就偷偷跟蹤她。」

「爲什麼？」

「因爲烤肉那天，收完東西回家後，我找不到我的鑰匙。」他的臉色轉爲凝重。

「我記得你放在置物桌上。」我的心一震。

「思磊當時說，他記得俞安大哥把筆電包放到桌上，將鑰匙壓在下面。我們懷疑蔡筱蘋幫他收拾東西時，誤以爲鑰匙是他的，就順道帶走了。」

「你有問他們兩人嗎？」

「當然有。」他很肯定地點頭，「我先傳訊息問大哥，但他還在氣頭上不讀不回，後來我就到社群平台上問蔡筱蘋，她說她有看到鑰匙，但她沒有拿，還說垃圾桶就在旁邊，會不會掉進去了。」

「那張置物桌不大，烤肉的東西不少，確實有可能掉進去。」我也記得垃圾桶就在旁邊，那時周俞安還叫蔡筱蘋帶了一袋食材來，占了不少空間。

「我和思磊也覺得有可能，想說晚上去布置時再找找看。」

「結果呢？」

「我們一去就先布置，才剛布置好我媽就來了，我們就到休息室裡陪她說話。

那天我爸媽吵架吵得凶，我媽一邊哭一邊抱怨我爸，還負氣地說要離婚。」他神色黯然地說起那夜發生的事，嗓音逐漸染上一點沙啞，「我媽說她不想回家，我們不放心留她自己在那裡，於是把兩張沙發床鋪平，陪她在鐵皮屋裡過夜。」

「所以你們也沒空檢查垃圾桶？」出事後邵思磊與我漸行漸遠，我第一次聽到事發當晚的詳細經過。

「對！之後我們就被濃煙嗆醒了，整個一團亂，後來，我也沒心思再去想這件事。」那段時間眞的很難熬，我想，他即使清醒也很想將自己打量。

「你和思磊的鑰匙，都附有鐵皮屋小門的鑰匙。」我無法不在意，這件事細思極恐。

「因爲火災調查鑑定沒有外力介入，我就沒再多作聯想。」對他的時空而言，一切都很合理。

「這是你在那個時空的視角。」我低頭看著手裡的日記本，不同的人倖存下來，說不定觀察到的事也不同，「那在這個時空裡，思磊還看到了什麼？」

「思磊半夜有起來上廁所！」他直直注視我的臉。

「他是不是有看到什麼奇怪的事？」我倏地瞠大眼睛，滿心震驚。

「他發現生日會場變得不一樣。我們在鐵皮屋的右牆懸掛HAPPY BIRTHDAY的英文字母氣球，四周黏上了星星形狀的氣球，綁上亮亮的彩帶，還吹了很多很多的金屬氣球，金色的、銀色的、藍色的、紫色的，滿滿的鋪在地上。」邵思泫憶起他們兄弟一起布置生日會的情景，眼底綻開了一點柔光，嗓音也含著期待，但說到後面卻越說越輕，眼神漸漸黯下，「聖誕燈也拿出來了，一閃一閃的，因爲那裡沒有插座，才會用到延長線……」

「原來我的生日會場長這樣，光是想像就覺得浪漫，見到了說不定會感動到哭出來。」我放下日記，起身抱住邵思浤的頭，輕輕撫著他的後腦。

關於那場火災的細節，我都是聽爸爸轉述的，爸爸也只知道個大概而已，不曾問過邵爸和邵思磊。

要幫那麼多氣球打氣，肯定得耗去不少時間，難怪他們必須提早去弄，不想拖到隔天。

邵思浤也伸手環抱我的腰，收好情緒才繼續說道：「思磊在半夜兩點醒來，走出休息室，發現那一長串的英文字母氣球，右邊竟整個垮下來。他走過去一看，牆上黏的星星氣球也有幾個消氣了。他迷迷糊糊地想著……思浤怎麼沒有把右邊的吊繩綁緊，在網路上買的氣球品質眞不好，又因為尿急，他心想明天起床再弄，上完廁所就回去繼續睡……當時我睡死了，完全不知道他半夜有醒來。」

「由此說來，思磊看到蔡筱蘋掛在包包上的娃娃吊飾時，才又想起你鑰匙不見這件事。」我順著向下推論，這七個多月來，因為火災調查鑑定無外力因素，邵思磊應該跟邵思浤一樣不曾聯想到那麼多，「所以接下來，他必須先確認那個娃娃是不是你的。」

「沒錯，思磊寫道，那一刻他腦海裡突然湧出很多可怕的揣測。」他一口氣說出邵思磊寫在日記裡的想法，「他說，如果娃娃是思浤的，那就表示蔡筱蘋說謊，鑰匙是被她拿走，她有進入鐵皮屋的嫌疑，那麼生日會場裡綁氣球的繩子，說不定是被她解開的，星星氣球會消氣，說不定是被她刺破。她絕對有嫉妒的理由，因為茗意和思泫交往了！」

「思磊能辨別那個吊飾娃娃是不是你的嗎？」我聽了他說的話之後，有點喘不上氣，實在太震驚了。

「他可以！因爲我們一起參加移地訓練時，我在遊覽車上把玩鑰匙圈，小水獺手中的小魚掉了下來，我回旅社後跟教練借了針線包把魚縫回去。」邵思泫鬆開我的腰，仰頭直視著我，「那天思磊趁著蔡筱蘋去試衣間，把包包交給朋友保管時，他假裝掉東西，偷偷查看了那個娃娃。」

「眞的是縫上去的？」

「是縫的，用的是妳喜歡的黃色線，全世界獨一無二。」他微微勾起嘴角。

我見了眼圈一酸，再也忍不住低下頭，在他的額頭上落下一記輕吻，想起小時候，我喜歡搶他們的黃色彩色筆，捨不得用自己的筆的回憶。

邵思泫有些羞赧地握住我的手，推著我回到床邊坐下，繼續說：「思磊當下心很亂，想著如果貿然跳出去質問她，她只要一句那個娃娃是撿來的，他就拿她沒轍。他需要更多更有力的證據，所以他才選擇接近蔡筱蘋，回覆她的訊息，放學後和她見面，甚至去參加她的生日會，想借此進到她的家裡。」

「原來這全是他的計畫。」我不敢置信地說。

「生日會上，思磊看到妳出現的時候，生怕不能掌控現場，也怕妳打草驚蛇，才想把妳逼回家。」他停了一下放柔了嗓音，「後來，他其實很想甩開蔡筱蘋，帶妳離開。他擔心俞安大哥會爲難妳，又看到蔡筱蘋向妳炫耀自己的生日禮物，他知道，這是妳心裡最深的痛。」

聽到他說生日是我心裡的痛，眼淚忍不住又滾下來。

「對不起，」邵思汯起身在我面前單膝跪地，「毀了妳的十七歲生日，我們原本是想給妳一個大驚喜，而不是讓妳感到傷心。」

「我才要跟你們說對不起。」我哭得不能自抑。

「我不喜歡聽。」

「我也不喜歡。」

「既然都不喜歡，那我們從此不說那三個字，好嗎？」他伸手拭去我臉上的溼潤。

「好……」

「對思磊也不說。」

我默默點頭，示意他別跪著。

「我就說嘛，」他起身坐到我的身側，「思磊對妳的喜歡不比我少，他怎麼可能拋下妳，跟別人在一起。」

「是我錯怪了他。」我想想又覺得委屈，「可是他也有錯，他不該瞞著我這麼大的事，也不找人商量。」

「茗意，我……」他猶豫了一會兒，最後還是開口說道，「我想把妳交給思磊。」

「你……你真的很過分！」我生氣地握拳搥打他的肩頭。

邵思汯抓住我的手，把我緊緊擁進懷裡，柔聲安撫：「我怕此刻不說，下一秒就沒有機會說了。」

我靠著他吸了吸鼻子，心裡也明白，他隨時都有可能消失。

「言歸正傳。」他把話題拉回來，「思磊跟蔡筱蘋相處了幾次後，某天，他假裝情緒低落，跟她說起火災後的心情，蔡筱蘋安慰了他幾句，接著又把話題轉開，臉色有一瞬間的空白。」

「空白？」我不解地抬起頭。

「我也不太能理解那是什麼表情，但思磊就是覺得怪，他還偷偷檢查她的手機，調了定位系統出來看，可是失火的那天晚上，她待在家裡沒出門，接著，他又偷看她的訊息，發現她刪了和俞安大哥的LINE對話。參加生日會那天，他本想潛進她的房間調查，可惜找不到機會……」他說著說著忍不住撫額輕笑，被邵思磊的傻勁打敗。

「他這是犯罪行爲！」我也是哭笑不得。

「妳也瞭解他的個性，他想不了那麼深，一心只想找出關鍵性的證據。」

「我明白，他這股衝勁擺在比賽上沒問題，但用錯地方就……」我搖搖頭表示不予置評，「關鍵性的證據……如果能有監視器的錄影，或者蔡筱蘋進到鐵皮屋裡拍下影片，就能直接定罪了，否則其他的間接證據，都有可能被推翻。」

「可惜鐵皮屋是我爸工作的地方，裡面沒裝監視器，社區裡各個路口的監視設備，存檔只有兩三個月的期限，現在都七個多月過去，檔案早就被覆蓋了。更別說我家和鐵皮屋的位置還在路尾，那裡可能連裝都沒有裝。」邵思泫也是一臉苦惱，即使整理了兩個時空的線索，我們還是沒辦法得知眞相，找出證據。

「我看過國外的影集，有的會去調附近鄰居的監視器，還有汽車的行車記錄器。」

「同樣的狀況呀。」他指的是監視器的檔案，儲存時間都不長。

「不然我們去實地看看，說不定能發現什麼。」我起身拉著他的手。

「好吧，光是在這邊猜想也沒用。」

邵思浤起身牽起我的手走出房間，來到樓梯口前的主臥室，房間門被推開了一道小縫，我們從門縫望進去，看到邵爸低頭坐在床邊，手裡拿著邵媽的照片靜靜看著。

「爸，我們出去走走。」邵思浤把我帶開，提高聲音說道。

「好，路上小心。」邵爸微帶哽咽的聲音從房內傳來。

下樓後，我和邵思浤開門來到庭院裡，此時又一陣風吹來，院裡晾著的被單隨風翻飛起來，我聽見櫻花樹搖曳的聲音，目光迅速移到邵思浤的背上。

邵思浤正要跨出庭院大門，他的身影忽然透出雜訊，整個身形扭曲了一下。

我們出門來到鐵皮屋的位置，那裡早已被清理乾淨，只剩一片空地，什麼都沒有留下。

由於這裡是路尾，住戶本就不多，鐵皮屋旁邊沒有相鄰的屋子，對面倒是有一排房子，兩者中間隔著一條馬路，寬度只容兩輛轎車通過。

我們先觀察四周，這裡果真沒有裝設監視器，再檢查那排房子的外牆，也沒發現任何的監視設備，加上現在是白天，門前目前也沒有停放任何的轎車。

「我們的社區還算安寧，沒什麼事，誰會想要加裝監視器。」我不禁有些喪氣。

「是啊，對面的六戶人家，都是上年紀的長輩，他們的子女有的住國外，有的結婚後住在外地，裝了監視器也要會維護，他們怎麼做得來？」邵思泫深知長輩們會使用手機就夠厲害了，多弄一個監視器就是多一個麻煩。

「連你來了也無計可施。」我轉身面向鐵皮屋的位置，地面還留有火燒的痕跡。

「啊？」他聽了一愣。

「思磊在日記裡跟你說了那麼多事，無非就是覺得，你比他聰明，一定能找到什麼有利的證據。」

「他把我想得太厲害了。」

「之前你常常幫他分析對手慣用的戰術，他大概覺得沒有你，他的跆拳道也走不下去了。」

「他總有一天會強到不需要我。」他抬頭望向天空，神色帶著自信。

「他如果聽到你這麼誇他，肯定會樂得睡不著覺。」說眞的，有時候我還挺嗑他們倆的兄弟情。

「茗意，妳可以幫我……繼續陪著他嗎？」

「你都提出來了，我能不幫嗎？」我心酸地想，此刻他的話就像聖旨一樣，沒有人可以拒絕。

「謝謝。」他笑笑地用手肘戳我。

「思泫……」

「嗯？」

「我一直很想問你一個問題，又覺得我的生日已成禁忌，知道了只會徒增傷心，多一個執念罷了，所以一直沒有問。」我兩手輕輕絞著外套的下襬，此刻心裡還是相當猶豫要不要問出口。

「妳想問，我送了妳什麼禮物？」他其實都懂，也明白我心裡的掙扎。

「嗯。」

「是兵長的GK雕像。」

「GK……雕像？」我頓時傻了。

「簡單講，就是公仔、模型。」邵思泫拿出手機上網搜尋，找到一個網站，點開頁面遞給我看，「這是一間模型工作室，叫『殘月工作室』，他們設計了一款兵長的模型，被我無意間看到，覺得做得很漂亮。我想，妳追那部動漫追了那麼多年，就想買來給妳當生日禮物，至於不想讓思磊知道和參與，就是想獨占妳收到禮物時的表情。」

手機螢幕裡的照片，刺得我眼睛無法直視，同時腦袋裡轟然一響，閃過好多蔡筱蘋生日會場的畫面，全身的汗毛也跟著豎立起來，邵思泫的聲音變得忽遠忽近，眼前也逐漸發暗。

「茗意！」他急忙扶住我下墜的身子，「妳怎麼了？身體不舒服嗎？」

「那個雕像……就在蔡筱蘋的家裡，我在生日會上見過。」我微微喘息，渾身不斷顫抖，雙手緊緊揪住他的外套。

邵思泫愣了幾秒才反應過來，艱難地嚥了一口口水說道：「那個雕像……我包裝好之後，跟一堆氣球一起擺在生日會場的地上，因爲是塑膠材質，我一直以爲它被大火燒掉了。」

我深呼吸緩解身體的不適感，稍稍冷靜下來找回力氣後，才詳細地說出蔡筱蘋在生日會上展示那個雕像的經過。

「一開始她沒有擺出來，是拆禮物拆到一半，她突然跑回房間拿出來的。」這件事在場有很多人都可以作證。

「這表示她拆箱後一直擺在房裡，這足以證明，她在我們睡著之後，火災發生之前，把它從鐵皮屋裡偷出來。」邵思泫聽完臉上滿是怒氣，握緊拳頭，彷彿想一拳搥死蔡筱蘋。

「你要怎麼證明這是你買的那個？」我想這種雕像應該也是生產很多個，在各處販售。

「妳有生日會的照片嗎？」

「我一張都沒有拍，印象中俞安大哥也沒拍，現場的四個網美應該有拍，我找找她們的社群帳號。」

想找出那四個女生的帳號不難，因爲蔡筱蘋都有標註在照片下。我拿出手機打開社群軟體，找到當天的照片，一個個點進去，但那四個女生的照片裡，只有放跟甜點店聯動的照片，連雕像的一角都沒有拍到。

邵思泫想了一下，問道：「有標記攝影師嗎？對某些男生來說，拍雕像比拍蛋糕更迷人。」

蔡筱蘋沒有標記攝影師，但我滑開底下的留言並瀏覽後，竟找到一位男生的留言，蔡筱蘋回覆對方，說謝謝他把她們拍得那麼美。

點進那個男生的帳號後，我當場掩唇尖叫了一聲，他最新的一則貼文放的就是雕像的照片。

邵思泫馬上接過我的手機，點進那則貼文裡，裡面放了十幾張照片，他一張一張滑過去，照片裡有雕像的全身照、正面照、側面照、臉部特寫、衣服特寫、武器特寫、腳下地台的特寫……拍得我都覺得攝影師的愛意好像要滿出來。

記得那天蔡筱蘋秀出雕像時，四個網美完全沒反應，倒是攝影師的眼神一亮還「哇」了一聲，還有周俞安……跳起來？

不不不，再怎麼樣，我也不希望火災的事跟他有關。

「有了！」邵思泫露齒一笑，將手機遞給我，示意我看照片。

那張照片拍的不是雕像本人，而是一個做工精緻的軍團徽章，裡面鑲嵌了一塊金屬牌，牌子裡刻著一行字：12／68。

「這種工作室的雕像是採預購制，有數量限制，預購時間截止就會結單，再也不能下訂。預購完要等上半年到一年的時間，雕像才會完工出貨。」

「所以你在一年前就預購了？」我瞠大眼睛吃了一驚。

「是啊，前年的十月下訂的。再來，這個雕像有附一個金屬銘牌，預購時的一般版有數量限制，總共只有一百九十八個，我訂的這個是特別版，戰損風格，衣服上多灑了一點血，全世界只有六十八個，而我收到的這個，是編號第12號。」

「原來這個雕像是給我的。」我感慨地看著照片。

「我在妳生日的前一個星期收到貨，當下有開箱檢查，也拍了一些照片存在電腦的資料夾裡，裡面也包含金屬銘牌。那個資料夾我設了密碼鎖住，不想讓思磊看到，等一下回家我就解開它。」邵思泫說完又看了我一眼，接著拿起手機開始打字，「我把密碼和文件位置先傳給妳。」

是啊，要是回家時走到一半，邵思泫就不見了怎麼辦？

「那天，思磊坐的位子離蔡筱蘋最近，卻不知他心心念念的關鍵證物，就擺在面前。」我也是，差點讓證物在眼皮底下溜走。

「他對蔡筱蘋的生日禮物沒興趣，日記裡也沒寫到離像的事。」他笑道。

「倒是蔡筱蘋，她怎麼敢在我們面前，冒險地秀出那個雕像？」換成是我，幹了那樣的壞事後，絕對不敢把東西露出來。

「俞安大哥帶蔡筱蘋來我家道謝的那天，他指著牆上的照片跟蔡筱蘋講了一堆我們的事。」他又露出厭惡的表情，好像很不想回憶起那天的事，「當時大哥有跟她說，我們年年都會幫妳過生日，大哥還很白目地問我，這次要送什麼禮物給妳，我說那是祕密，也叫他別去問思磊，因爲思磊什麼都不知道。」

「所以蔡筱蘋很清楚，只有你一個人知道要送給我的生日禮物是什麼。」我恍然大悟。

「我想，她本來也沒想拿出那個雕像，可是見到妳來了，就臨時起意想跟妳炫耀，她不只把思磊搶過去了，就連我也在她的掌控中。」

「眞的嗎？」

「我猜的，壞蛋的心態我不懂。」他聳了聳肩。

「這麼說來……」我忽然聯想到一件事，連忙勾住他的手臂，「在你的時空裡，她不曾跟你聯絡，難道是因爲你活下來了，也知道禮物的內容，她怕跟你聯絡會節外生枝，勾起你對鑰匙的回憶，甚至察覺出什麼？」

「有可能。」他點點頭覺得有道理。

「因爲你活著，她可能會把雕像丟了。」我有種大事不妙的感覺，這樣邵思泫回去後，要怎麼揭發蔡筱蘋的惡行呢？

「可能性很大。」他瞧我露出擔憂的表情，伸手蓋住我的頭頂，抓著我的頭左右搖晃，「別擺出這種表情，至少妳這裡眞相大白了，我回去再想辦法解決。」

就在此時，一名郵差騎著機車從路口轉進來，他把機車停在第四戶的大門前，按了一下喇叭，大喊一聲「掛號」後，又伸手拍了拍那戶人家的大門，敲門聲非常響亮。

隔了一下，一位奶奶推門而出，拿出印章領了掛號信，接著郵差就騎車離開了。

「我們回去吧，叫我爸去警局報案。」邵思泫拉著我的手往回走。

我直盯著那戶人家的大門，心裡有個古怪的想法閃過，不禁把手抽回。

「怎麼了？」他順著我的目光看向那戶人家。

我轉身走到那戶人家的大門前，往大門右側的牆上看了過去，那裡掛著一個長方形的黑色門鈴，門鈴上有一個圓型按鈕，上面刻著押按的圖示，而那個按鈕的上面，則是一個圓圓的黑色鏡頭，看起來就像一個監視器。

「思泫，這是一個智慧門鈴！有監視鏡頭。」我扯扯他的手臂。

「啊！」邵思泫馬上會意過來，「這個鏡頭對著的方向，可以直直照到鐵皮屋大門。」

「我爸做裝修時，曾經幫客人安裝過，你查一下它的功能。」

「好。」他馬上拿出手機，搜尋那個門鈴的牌子，「這個門鈴是高階版，價格不便宜，只要門前有人經過，就能即時監視錄影，夜間還有紅外線能偵測人體移動……」

「你認識這位奶奶吧？」我焦急地打斷他的話。

「當然，我爸媽跟她很熟，畢竟鐵皮屋就在她家對面，她家裡也是我爸裝修的。」邵思浤一邊說一邊按下門鈴，但按了好幾下，門鈴都沒有響。

「難道……壞了？」我心一沉，想起郵差剛才是用手拍門。

不管門鈴是否壞了，不管影片是否還在，邵思浤仍不放棄，動手拍了拍大門。

隔了一會兒，大門再度打開，那位奶奶探出頭望著我們。

「陳奶奶，我想問妳一件事。」邵思浤禮貌表示。

「思磊啊，有什麼事？」陳奶奶推門而出，和藹地笑問。

「這個門鈴是不是可以錄影？」他指著門鈴。

「可以錄呀，它還可以用手機看到門外的人。這是我孫子幫我裝的，我孫子怕我在樓上休息，郵差來了，我腿腳不好下樓走得慢，可以用手機叫郵差等一下，我孫子對我特別好……」陳奶奶提到孫子，話匣子大開，臉上盡是對孫子的關愛。

「除了手機，它是不是還有一個室內機？」

「有有有，客廳裡還有一個小螢幕，可以看到外面的人。」

「陳奶奶，可不可以讓我看看那個小螢幕？」

「可以是可以，只是這個門鈴壞很久了，我孫子人在國外工作，要年底才能回國，我怕他擔心，就沒跟他說壞掉了。」陳奶奶熱情地邀我們進門，嘴裡不斷誇著孫子的好。

「門鈴是什麼時候壞的？」我擔憂地看著邵思浤。

「就……去年那個颱風走後壞的。」陳奶奶瞥了邵思浤一眼，好像在顧慮他的感受。

「哪個颱風？」

「去年七月那個。」

邵思浤和我相視一眼，去年七月只有一個颱風登陸，就是失火那一夜的。

「這個要插電，但門鈴壞掉，我就把插頭拔掉了。」陳奶奶指著客廳裡，安裝在門邊的一個小螢幕。

「沒關係，我來弄。」邵思浤將電源接上，室內機的螢幕隨即亮起，顯示啟動中。

「奶奶，妳孫子在國外做什麼工作？」我連忙跟奶奶聊天，讓邵思浤可以專心操作。

「我孫子呀，他在國外做電腦的晶片喔，他讀書很厲害，從小都是第一名……」陳奶奶滔滔不絕地跟我聊孫子經。

啟動完成，畫面上果真看不到門外的情況。室內機的操作很簡單，邵思浤一點進影片儲存區，馬上看到記憶卡的選項，再點進記憶卡裡，一條條的影片檔立即呈現在眼前。

那一刻我們不約而同地屏住呼吸，邵思泫查看影片檔的錄影日期，我聽見他緩緩地喘了一口氣，接著回頭衝我露出燦笑，「門鈴壞得剛好，錄影就錄到那一天。」

「奶奶，妳孫子絕對是全世界最棒的人！」我握住陳奶奶的手興奮地上下跳躍。

「呵呵呵……」陳奶奶雖然搞不清楚狀況，但見我們那麼開心，她也陪我們開懷大笑。

門鈴是感應到門外有動靜才會啟動錄影，每出現一則影片就代表那時門外有異狀，點開來就能馬上看見當時發生了什麼事，邵思泫很快找到那一夜，邵思磊起床之前所錄下的影片檔，按下播放鍵——

「啊！」我叫了一聲。

「我就知道……」邵思泫嘆息。

「思磊啊，這是你家的鐵皮屋，那個人……」

我多麼的希望，拿著鑰匙開門進去的那個人，是蔡筱蘋。

✦

晚上七點半，邵家的門鈴響了。

我打開庭院的大門，周俞安正站在門外。他兩手插在外套的口袋裡，有點畏寒的模樣，身上還散發著酒氣。

「思磊呢？他六點多打電話給我，說有要事找我商量。」他神色帶點萎靡。

「大哥先進來。」我後退一步讓他進來。

周俞安隨我進到屋內，在沙發上坐下後，低眉緩緩掃了四周一眼，目光一觸及牆上邵爸的全家福照片，便急忙把眸光縮回來，好像不敢直視。

我朝電視櫃掃了一眼，那裡偷偷架了一支手機在錄影，再走到飯廳的飲水機前，爸爸從廚房門邊探出一隻眼睛，警戒地朝我使了個眼色，我知道他手裡握著一根球棒。

「大哥喝了酒？」我倒了一杯溫開水回到客廳。

「下工後跟同事喝了一杯。」他直直盯著桌上的茶杯，兩手依然插在外袋口袋裡。

「喝酒別開車。」我在另一邊的沙發坐下，這酒氣絕對不只一杯。

「不會啦，我喝得不多。」

「你上次來這裡，是參加思泫的喪禮，後來就沒來過了？」

「嗯，我工作一直很忙。」他有些坐不住了，「思磊呢？在樓上嗎？」

「他的事晚點再說，我有問題想先問你。」

「什麼事？」他縮了縮肩頭，覺得很冷的模樣。

客廳裡是眞的冷，因爲我們剛剛故意開著冷氣，直到我出去開門時，才把它關掉，這是邵思泫的主意。

「大哥，你上次叫我們少跟蔡筱蘋往來，說她心機重喜歡利用人。」我探頭看著他低垂的臉，輕聲問道，「你是不是被她利用，做了什麼傻事？落了什麼把柄在她手裡？」

「沒有。」周俞安倏地側頭看我一眼，眼底閃過一絲驚慌，隨即故作鎮定，「我指的是，她利用我接近你們，惹得你們不高興，還破壞了你們的感情，我覺得很對不起你們。」

「眞的沒有？」我看著他臉頰上發炎的痘子，想起國中會考前，我也曾經因爲壓力大而臉上狂冒痘痘，「你臉上的痘痘，是壓力太大造成的內分泌失調，加上夜裡睡不好……」

「妳到底想講什麼？」他不耐煩地打斷我的話，「如果思磊不在，我就要回家了！」

「去年大火那一夜，你半夜進過鐵皮屋……」那我就不拐彎了。

周俞安聞言倏地驚跳起來，臉上的血色瞬間褪盡，呈現一片慘白。

「我這裡有影片可以證明你進去過，還偷了一個東西出來，那個東西現在就在蔡筱蘋的家裡，生日會那天我們都見過。」稍早爸爸不想讓我出面，但我還是堅持要親口向周俞安問個清楚。

「蔡筱蘋……她把影片傳給妳了？」他雙手抱頭崩潰地大吼大叫，「她到底想要我怎麼做？我眞的快被她搞死！」

聽到那句話，我的心跳彷彿漏了一拍。這表示蔡筱蘋握有他進入鐵皮屋的影片，不過鐵皮屋附近又沒有監視器，那她手裡的又是什麼影片？

他們當時一個在家裡，一個在鐵皮屋裡，會錄到影片……難不成是現場視訊直播？或者是周俞安一邊錄一邊傳給她看？不會吧！

「大哥，你被她威脅了嗎？」希望我的猜想沒錯。

周俞安沒回答，似乎在猶豫該不該向我坦承。

「你還要幫她隱瞞嗎？」我放柔了嗓音，「這些日子你肯定過得不好，但她可是過得很好很好，吃喝玩樂樣樣有，在網路上被很多人讚美著，她甚至不覺得自己有錯，錯的只有你一個人。」

周俞安的肩頭震動一下，似乎被我說中他心裡長久的委屈，總算開口坦白：「她把我當工具人使喚，呼之則來，揮之即去，她要什麼，我就得給她什麼。」

那麼大的把柄握在手裡，能不狠狠敲詐一頓？

我總算明白，蔡筱蘋爲什麼會有那麼多的新衣服，可以向粉絲展示。

「我認識你那麼久，知道你不是會做壞事的人，思泫的鑰匙是她拿走的，對不對？」我相信他沒那個膽量。

「對，都是她，都是她。」

「她怎麼慫恿你？」

「那天我和你們吵了一架，還被思磊和思泫踢了一腳，心裡很不服氣，加上吵架的原因是妳，所以蔡筱蘋就跟我說，叫我給妳一點教訓。」他依然抱著頭，身軀不停前後晃動，聲音飽含痛苦。

「她要你破壞我的生日會場？」

「我不確定他們布置好了沒，只是進去看看而已，沒想到他們竟然弄好了，我開了視訊給她看……」他放開抱頭的雙手，改成用力拉扯頭髮，好像陷入極度痛苦中，「他們布置得那麼漂亮，我其實也沒想破壞，可是她說我沒膽，難怪會被他們當成笨蛋……」

「我們會當你是笨蛋，都是在你任性妄爲的時候，撇除那些不愉快的相處，我們從小一直都敬你是大哥！」邵思泫低頭來到客廳中央，站在客廳燈的正下方。

周俞安聽見他的聲音，緩緩放開手，仰頭困惑地望向他，「思、思磊……」

「你看清楚我是誰。」邵思泫抬起頭，面無表情。

「你……你……」

「七個多月不見，大哥認不出我是誰？」

「啊……啊啊啊啊！」周俞安嚇得發出慘叫，整個人跳到沙發上，雙手抱頭趴伏著，縮成一團瑟瑟發抖。

見到他那個模樣，我總算相信「做壞事的人，心裡一定有鬼」這句話，否則邵爸、我，以及我的家人，見到邵思泫也不至於嚇成這樣。

「爲了展示自己有氣魄，你拆了氣球串的吊繩？」邵思泫冷冷問道。

周俞安沒有答話，只顧著發抖。

「回話！」

「拆、拆了……」

「還做了什麼？」

「她叫我弄破氣球，我就拿菸……戳洞……」他顫著聲音回答。

我倒抽了一口氣，他竟然在裡面點菸！那些星星氣球是鋁箔氣球，戳洞不會整個爆掉，而是會消氣。

「你戳了幾個氣球？」邵思泫一手按著額角。

「一……二……三個……」周俞安小聲回答。

「然後呢？」

「然後……休息室突然傳出聲響，我嚇了一跳，就躲到烤肉桌下。」

「剛才點的菸呢？」

「嚇、嚇掉了……」

「掉在哪裡？」

「不知道……」

「不知道！你爲什麼沒有回去找？」邵思浤一個箭步走來，憤怒地揪住周俞安的衣服，把他從沙發上拖起來，一手扣著他的脖子，將他壓制在沙發椅背上。

周俞安的脖子被他冰冷的手指掐著，雙眼仍閉得死緊，生怕睜開眼睛會看到青面獠牙的厲鬼似的，語無倫次地辯解：「因爲看到思磊出來，我怕被發現就不敢再弄了，蔡筱蘋就叫我把禮物拿出去……」

邵思浤沉痛地說道：「那裡是工作場，我爸常在那裡幫客人切木板做櫥櫃，地上到處都有木屑，別說木屑，牆角還擺著甲苯和強力膠，那都是助燃性的物品，你都沒想過後果嗎？」

「我不是故意的，我不是故意的。」周俞安別開臉，高舉雙手不停搖晃，擺出投降的姿勢，「我很努力的在工作，我改掉很多壞習慣，我還捐錢給社福機構，我不是壞人，我想當好人……」

邵思浤聽了一愣，而後淒楚地笑了起來，「我媽的命，還有我和我哥的命……你竟然以爲認眞工作、捐錢，就可以變成好人，就可以抵消？太好笑了，太好笑了……」

眼看邵思浤臉上帶著悲恨，將另一隻手也扣上周俞安的脖子，我正想上前阻止，爸爸已先行一步抱住邵思浤，將他強行往旁邊拖開。

「思浤，夠了。」爸爸溫柔地拍拍他的背。

「叔叔，我心好痛……」邵思浤頓時淚如雨下。

「夠了，可以了。」爸爸轉而抱緊他。

周俞安聽到我爸的聲音，悄悄睜開一隻眼睛，當他看到邵思浤還在時，臉上的恐懼轉爲深深的歉疚，低頭跪到地上哀求道：「求求你，原諒我、原諒我……」

「辦不到。」邵思浤離開爸爸的懷抱，搖頭拒絕，「你犯了這麼大的錯，沒有資格求我原諒你，你應該是要問，你該負起什麼責任？」

「你想要我怎麼做？」

「去自首，我爸在警局門口等你。」

稍早邵爸主張直接報警抓人，他怕見到周俞安會一拳打死他，但邵思浤想先弄清楚事情的始末，所以才約周俞安來家裡。

「好……我去。」周俞安緩緩抬頭，臉上盡是淚水。

「我陪你去。」爸爸伸手握住周俞安的手臂，將他從地上拉起來，帶著他緩步走向大門。

來到大門前，周俞安又回頭怯怯地望著邵思浤，哽咽地問：「你眞的是思浤？」

「他就是。」我替他證明，「你心裡也明白。」

周俞安沒再多問，明瞭地點點頭，轉身隨著爸爸走出去。

「剩下的就留給警察去調查了。」我上前握住邵思汯冰涼的手。

邵思汯單手掩面在沙發上坐下，沉默了片刻，待心緒平靜下來，他才擦去臉上的淚痕，對我露出淺笑，「謝謝妳，幫我找到關鍵的影片。」

「如果你沒有回來，就會有許多線索，被埋藏在這個時空裡。」我覺得他的歸來才是最重要的關鍵。

「我爸他們可能不會那麼早回來。」

「你想幹麼？」

「陪我去散散心。」

「好。」

邵思汯收回藏在電視櫃上的手機，將剛才錄的影片轉傳給我，再牽起我的手走出大門，來到庭院裡。

我轉頭看了看櫻花樹，這兩天每次一有風拂過，都會將櫻花吹落一地，落花速度比一般的櫻花樹還快，現在枝頭的花團也變得比初見時稀疏許多。

照這個速度，花期可能只能再維持個幾天……

來到大街上，邵思汯帶著我去超商逛了一圈，買了兩杯熱飲。

我們又一路散步到社區公園裡，找了一張椅子坐下。

旁邊的籃球場十點才熄燈，現在還有人在裡面打球，明亮的燈光映照過來，讓公園裡顯得不那麼幽暗。

「可惜了，下午本來要去約會。」他淡淡說道。

「才不可惜，現在也可以當作是約會。」我喝了一口熱奶茶。

「就這裡？」

「我是和人約會，又不是和公園約會。」

「有道理。」此時一陣冷風襲來，他拉起我的右手放進他的外套口袋。

「你學測考得怎樣？」我抬頭望著天空，一輪明月已升至半空。

「還可以，妳呢？」

「我考砸了，成績不是很理想。」這人我很瞭解，他的還可以就是還不錯。

兩個不同時空，一個被邵思磊搞得亂糟糟的，邵爸天天在醉；一個被邵思泫強制轉換環境，邵爸已回歸正常，可見他有一顆堅韌的心。

「妳想考指考嗎？」他關心地問。

「可能……」

「我陪妳考。」

我不解地睨著他，這要怎麼陪？

「我陪妳一起上戰場。」他的意思是他也要報名指考。

「你只是考好玩的而已。」我不禁失笑。

「想陪妳，不行嗎？」

「行行行！只不過……」

「什麼？」

「那個時空的我，會不會吃我的醋？」我不得不介意。

「妳會嗎？」他反問我。

「情有可原。」

「那她也一樣。」

「你回去後，會去找她嗎？」我忍不住問。

邵思泫側頭睨著我，抿唇沒有回答。

「你一定要去找她，不要再把她晾在旁邊。」我焦急地央求。

「我會去找她的。」他在口袋裡握了握我的手，「我只是怕妳聽了會難過。」

「我不難過，至少有個時空，邵思泫和林茗意是在一起的。」我揚起微笑，表示不在意。

邵思泫靜靜看著我的側臉，眼裡帶著複雜和不捨。

此時籃球場傳來「啪」一聲，所有的燈光頓時熄滅，黑暗瞬間蓋下，將我們倆包圍。

「茗意，如果我回……」他低柔輕喚。

「你閉嘴，我們在約會呢，不要破壞氣氛。」我閉上眼睛，把頭靠在他的肩頭上，「你已經叮嚀過我很多事了，我會努力去做，可以嗎？」

風吹過樹梢，發出沙沙聲響，邵思泫輕輕笑了一聲，接著緩緩朝我側過身來，隨後一道溫熱的氣息拂上我的鼻尖，同時，一抹溫軟觸感貼上了我的唇。

我不願睜開眼睛，任他在我的唇上輾轉揉壓，彷彿回到那個夏天，他就是記憶裡的那個少年。

「茗意，我喜歡妳。」他稍稍退開。

「我也一樣，好喜歡你。」我抬起左手摸索著，勾住他的肩。他的吻再次壓過來，比剛才重了一點，我閉著眼睛輕輕咬著他的唇，回應他的索求，將這心酸又甜蜜的滋味深深烙進心底……

不知過了多久，當我再次睜開眼睛時，覺得自己好像從幻夢中醒來。

「我爸和妳爸回來了，我送妳回家。」邵思浤拿出手機看著訊息。

「你今晚還要侍寢侑侑嗎？」我開玩笑地問。

「我先回家洗澡，如果他還沒睡，我就過去陪他睡。」他輕聲笑道，起身牽著我的手朝家的方向走去。

一陣夜風吹來，我的掌心一瞬間突然抓空了，心跳差點停止。邵思浤轉身看看我，再看看我們停在空氣中不知何時錯開的手，兩隻手都還保持著交握的手勢，中間卻隔了幾公分的距離。

「還是我送你回家吧！」我上前重新握住他的手，拉著他朝邵家走去。

一路上我和他都沒有說話，只是共同看著天上的滿月，徐徐前行。

途中邵思浤不放心地看了我兩眼，似乎還有話要交代，但都被我以微笑封緘。

爲了讓他心無罣礙地回去，我嚥下所有挽留的字句，不說再見，只盼著這條路走不到盡頭。

抵達邵家的圍牆邊，我抬頭望著那棵櫻花樹，枝頭的花團彷彿被雲霧繚繞，若隱若現，但我知道那不是雲霧。

邵思浤也依依不捨地看著那棵樹，此時，院子裡傳來邵爸的聲音：「思磊！」

聽到那個名字，邵思泫瞬間放開了我的手，轉身背對我，頭也不回地衝進庭院裡。

我下意識伸手想抓住他，卻撲了個空。

別走！

心裡有個聲音在吶喊，我接著焦急地衝進庭院，只見滿樹的櫻花散發出銀白色的淡光，樹前有兩道半透明的身影正緊緊相擁，他們在彼此的耳邊輕語，額頭輕碰一下，就像每次上場比賽前的相互激勵。

我雙腿一軟跪倒在地上，胸口深處如刀削般的疼，痛得發不出一個聲音，眼淚也流不出來。明明回來的路上，已經幫自己做了很多心理建設，怎麼還是那麼難受？

才幾秒的時間，滿樹的櫻花像下雨般紛紛散落下來，兩道身影一個轉爲實體，一個隨著花瓣雨消失在對方的懷抱間。

剛才那個吻過我，說喜歡我的少年，再次化成我的一縷回憶，從此人生難再相逢。

最終章　當櫻花散落之後

邵思泫剛離開的那幾天，我再次變得恍恍忽忽，度日如年。

但度日如年的感覺沒有維持太久，因為邵思磊回到我的身邊了，我們敞開心門聊起這七個多月來的感受，就如同邵思泫說的一樣，他一股腦地推開我，單純就是想自虐自棄，覺得自己不該再擁有快樂。

邵思泫短暫的出現，為我們所有人帶來巨大變化。

他在日記本裡一頁頁寫下回應，邵思磊每天都抱著睡覺，視為珍寶。有了日記本這個心靈寄託，他很快變回了我熟悉的陽光開朗少年，療傷的速度比我還快。

對我而言，經過那兩天的相處，邵思泫在我陰雨霏霏的心底留下一絲陽光，每當我感到情緒低落時，腦海中就會響起他溫柔的話語，一字一句化開我的抑鬱，每當我思念他的時候，只要想著在另一個時空裡，還有另一個他好好活著，唇角也會忍不住上揚，笑著笑著，淚水就止住了。

被他丟棄的藥袋，我不想再找醫生補回來。我心裡最大的遺憾，是源於意外來得突然，未能跟他好好道別，可是現在不一樣了，他回來消除了這個遺憾。

悲傷終於觸底，或許反彈的力度不大，但我覺得自己真的在慢慢地變好。

三月底，放學的鐘聲響起，我慢慢收拾書包準備回家。

「茗意，那件事有新的進展嗎？」施若珊轉身問道，她一直很關心邵家的事。

「目前還在調查，進度沒那麼快，距離判決出來還要等上一段時間。」我將課本塞進書包裡。爸爸說判決都要等上四五個月，有的甚至更久。

那天周俞安自首之後，供出是受到蔡筱蘋的教唆，警方很快帶著搜索票上門，在蔡筱蘋家裡搜出雕像和小水獺娃娃，地檢署隨即聲請羈押，將周俞安暫時關進看守所，蔡筱蘋還未成年，則收容在少年觀護所裡。

或許是最近無大事，加上案件涉及一位高中生網美，新聞記者很快就大寫特寫，畢竟跟普通人相比，美少女的犯罪可以吸引更多的點閱。

邵爸看過蔡筱蘋拿捏住周俞安的影片，確實是周俞安入侵鐵皮屋後，開視訊直播生日會場及破壞氣球的過程，影片結束前也可以清楚看到，周俞安聽見休息室的聲響時，手一抖把香菸抖掉了。

因為手握著影片和贓物，蔡筱蘋不斷跟周俞安要禮物，說他不給，兵長就會懲治他！搞到周俞安只要看到那部動漫的圖片，就會感到膽顫心驚。

蔡筱蘋為了湮滅證據，早已將她跟周俞安的訊息刪除，但周俞安為了自保，都有備份下來，後來那些訊息的截圖，也不知怎地流到網路上，遭到許多網友的批評。

網友將蔡筱蘋的過去挖了出來，放在網路上大肆討論，什麼搶同學的男朋友、愛養工具人、網路霸凌別的網美……還有一則貼文寫道，她之前因為讀書壓力大偷過東西，被她媽媽花錢壓下來。

在各方抨擊之下，她的社群平台很快就關閉了。

「蔡筱蘋一開始是說，她只是隨便閒聊而已，要不要去破壞生日會場，是周俞安的想法，跟她沒有關係，雕像也是他寄放的，是他一直不拿回去，至於勒索，那些都是他心甘情願給的。」我轉述從邵爸那裡聽來的進度。

「她推得一乾二淨，真不要臉。」施若珊忿忿地說。

「因爲這樣，周俞安也咬死她了，他家人幫他調出就醫診斷，證明他被逼得身心出狀況。」

「他害了兩條人命，分明是良心不安，身心才出狀況！」

「良心不安確實影響他很多。」我想起他乍見到邵思泫時，嚇得瑟瑟發抖的模樣，「蔡筱蘋也很奇怪，她怎麼敢把贓物留在房間裡，還拿來威脅人？這換成是我一定馬上丟掉。」

「她應該也怕周俞安把事情爆出去，留著是保險，可以控制他，至於勒索嘛，貪心會讓人智商下降，那種事一旦食髓知味，就很難回頭了。」施若珊雙手抱胸像個偵探一樣推理。

「有道理。」這麼說來，在另一個時空裡，蔡筱蘋也極有可能會保留雕像，只是不敢在人前顯露。

「妳的竹馬來了。」她朝著教室窗外挑眉。

我轉頭看向窗外，邵思磊站在走廊上朝我招手，臉上帶著輕柔笑意。

「快去快去！」施若珊催促我收快一點，「我是青梅派的，最愛嗑青梅竹馬的CP，天降的滾一邊去。」

「謝謝妳，今天教我數學。」我背起書包向她道謝。

「小事一件，加油！Fighting！拜拜！」她握拳爲我打氣。

我轉身走出教室，邵思磊立刻迎上來，眼底閃著雀躍的光采，像個小狗狗一樣。

我們並肩一起下樓，朝校門走去，我看著空蕩蕩的右手邊，那是邵思泫以前常待的位置。

「洗衣機壞了，我昨晚把衣服拿到街上的自助洗衣店洗。」邵思磊現在一肩擔起全部的家事，自從他在另一個時空裡，看到邵思泫將那裡的家打理得不錯，將邵爸照顧得很好，他就深受打擊，發誓要向弟弟學習，成爲能擔當起責任、獨當一面的人。

「不找人修理嗎？」畢竟那台洗衣機是邵媽用過的。

「那台洗衣機用十年了，我爸說買新的，因爲我媽一直很想要一台滾筒洗衣機。」

「我媽也很想要一台，可惜我家的洗衣機一直不壞。」我輕聲笑了笑，邵爸的人生也開始前進了，畢竟他還有一個兒子可以相依，「不如……你來敲敲？」

「妳別笑話我。」

「我是在誇你，因爲有你，才能保留住那個關鍵的影片。」

「我、我也不曉得，怎麼手勁那麼大，把陳奶奶家的門鈴給按壞了。」邵思磊窘著臉，不好意思地伸手搔著後腦。

那晚，邵思磊逃出火場後，爲了呼叫更多的鄰居，解救被困在火場中的家人，他焦急地跑到對面，一家家地拍門呼救。當他跑到陳奶奶家門前時，已心慌意亂，幾乎是用盡全力在「搥」門鈴。

智慧門鈴錄下的最後一段影片裡，幾道雜訊閃過，畫面隨之呈現一片漆黑，與此同時，關鍵的影片便被保留了下來。

「思泫說，你這手勁不去練跆拳道劈木板，實在太可惜了。」我忍不住大笑。

「妳別笑，我這不是回去練了，體大的申請也送了。」邵思磊轉身面向我，一邊倒退著走路一邊推演，「話說回來，說不定門鈴壞掉是兩個時空都會發生的事件，就算我沒有去搥它，它也會因爲某個因素壞掉。比如那天有停電，停電後再次復電，可能會造成室內機的電路板燒壞。」

「這也是有可能。」我點點頭，他說得不無道理，「只是他們的爸媽都請了知名的律師。」

「我們才不怕，他們一定會得到應有的懲罰。」

「希望如此。」我瞧他倒退著走路差點撞到人，連忙把他拉回我的身側，「思泫把手機帶過去了，影片檔也存了一份，不知道回到那裡能不能看？」

「放心！我試過了。」他嘻嘻一笑，「手機去到那裡可以用，影片也可以看，只是訊號不通。」

「可是那個時空的警察，不可能採用另一個時空帶過去的影片當證據吧？」我提出質疑。

「故技重施就行了。」他篤定地說。

「什麼意思？」

「妳忘了？」他停下腳步說道，「我看過思浤在客廳裡錄下的影片，妳跟周俞安說，妳有影片可以證明他進過鐵皮屋，還偷了一個東西出來，他作賊心虛，害了兩條人命，加上被蔡筱蘋逼到幾近崩潰，誤以為蔡筱蘋出賣他，心防很快就被攻破了。」

「確實是那樣。」當時我都沒料到，一句話竟能吊出蔡筱蘋握有影片的內幕。

「再說，思浤也可以扮鬼模仿我去嚇他。」他想像力又大開。

「所以那個時空的思浤和林茗意，只要聯手故技重施就行？」我恍然領悟，想像他們模仿邵思浤和我逼問周俞安的情況，應該是可行的。

「我相信，周俞安和蔡筱蘋被抓，是兩個時空共同的結果。」邵思磊如此堅信。

「嗯！我也相信，思浤可以辦到。」我微微一笑，剛才提到手機影片，又讓我想起一件事，連忙問他，「對了，你怎麼會想把手機留在那裡？」

「因為我錄了好多好多的影片給思浤！」他很認真地說，好像做這件事費了他很大的勁。

「他看到了一定會很開心。」我掩唇笑岔了氣，邵思浤和我在這邊瘋狂找證據，他在那邊瘋狂地錄影給他。

「我還幫他跟林茗意解釋，說他沉溺好心情，一定會回去找她的。」

「他也一樣，幫你向我解釋了，我才知道你不是真的討厭我。」

「對不起，讓妳難過了。」他連忙轉身握住我的手，一副委屈巴巴的模樣，「我是討厭我自己，並不是討厭妳，對不起。」

「思泫說，我們別說那三個字了。」我伸手拍拍他的瀏海。

「嗯，不說。」他的眼神又亮了起來，隨即拖著我快步走向公車站，「趕快回家，我有東西要給妳看。」

「什麼東西？」

「妳來了就知道。」

我們搭上公車一起回到邵家，我站在客廳裡，邵思磊要我閉上眼睛。

隔了一下，當我睜開眼睛時，入目的是兵長帥氣的臉，視線緩緩下移，這竟是一個等身的長抱枕，上面繪著兵長的全身圖！

「思泫補送給妳的生日禮物，這是要訂做的，快遞今天才送來。」邵思磊將抱枕推到我的懷裡，「他說，妳可以抱著兵長睡覺，晚上就不會失眠了。」

「抱著才會睡不著。」我滿心感動地緊緊抱住抱枕。

「這枕套是雙層的，下面還有一層。」邵思磊又拉開外層的枕套。

「噢……這太恥了！」我不禁伸手掩面，因爲下層是兵長脫衣坦胸露腹肌的圖。

「這樣就害羞了，我以後要練出比兵長更精實的身體，讓妳看了噴鼻血。」他不是滋味地拍拍兵長的頭。

「你決心走職業運動員這條路？」雖然我已知道他送出體育大學的個人申請，但我們從沒認眞討論過這件事。

「嗯，跟思泫一起。」他雙手握拳，側身擺出踢擊的架勢，「他在日記裡寫道，他也想回去練跆拳道，想跟我一起前行，走在同一條道路上。」

「因為那邊沒有你，他少了搖錢樹，只好搖自己。」我噗哧笑道。

「反正我們約定好了，要一起站上世界的頒獎台。」他朝著天花板高舉拳頭。

「你們才是真愛。」我翻了個白眼。

「不不不，妳才是我們的最愛。」邵思磊收拳朝我走來，低頭在我的耳邊輕語，「我們也約定好了，會一輩子，愛妳。」

「等一下，我還沒、還沒……」還沒準備好。乍聽到那個「愛」字，我心慌地朝旁邊閃開，整張臉開始發燙。

「我會等妳的。」他偏頭對我燦笑。

✦

日昇月落，白雲悠走，夏日的蟬聲再次響徹天空。

指考結束後，我考上了自己喜歡的大學科系，邵思磊也如願錄取了體育大學。我們就讀的學校皆位在北部，即使平日不常見面，但是放假的時候，他有空就會騎車來見我，或接我回家。

升大二的那一年，邵思磊入選世界大學運動會的培訓計畫，經過將近一年的訓練後，在升大三的那年暑假出國比賽，並一路過關斬將闖進金牌戰。

那天，邵爸和我們一家人都請假聚在客廳裡看網路電視直播，氣氛緊張到眾人大氣都不敢出一聲。

比賽為三戰兩勝，前兩場邵思磊和對手各勝一場。

休息時間，鏡頭轉向邵思磊，只見他握緊拳頭抵在額心，閉了閉眼，那一刻，我彷彿看見他的對面站著邵思浤。

再次睜開眼睛時，邵思磊的眼神顯得更加堅毅，隱隱透著銳光。上場後，他在最後一秒奪下金牌，歡呼聲在客廳裡瞬間炸開，差點把天花板掀了。

閉幕典禮結束，選手們歸國，總統還特別接見代表團的選手，只要點進新聞裡，就可以看到邵思磊拿著金牌和總統的合照。

翌日中午，我提早結束打工，下班後來到邵家。

一踏進庭院裡，便看見邵思磊拿著水管在幫櫻花樹澆水。經過嚴格的訓練，他的體格被雕琢得更加挺拔，厚實的胸膛加上手臂上精實的肌肉，渾身充滿陽剛味。

他正在澆水的那棵小櫻花樹，高度還不及他的肩頭高。

那一夜櫻花散落之後，櫻花樹竟隨之逐漸衰弱枯死。邵爸問了園藝專家，得到的回答是櫻花樹也有生命期，活了將近百年，應該是壽命到了。

那棵櫻花樹枯死移去後，邵思磊又買來新的小樹苗，在原地種下。

「妳下班了。」他轉頭發現我，隨即走到牆邊關上水龍頭。

「嗯。」我微笑點頭。這次他出國參加比賽，我們有十多天沒有見面，我似乎有點想念他。

「這樹怎麼長得這麼慢？到底有沒有在認眞長高？」他抓起運動服的前襟，擦了擦臉頰上被濺到的水珠，隨著衣服下襬被撩高，腰間露出的六塊肌看起來還挺養眼。

「它是樹，又不是花，以年計算的，一年只長高幾公分而已。」我來到櫻花樹前，在木椅上坐下。

「拜託！快快長大。」他伸手輕撫櫻花樹的樹梢。

「它就算長大了，櫻花再次盛開，我們可能也見不到思浤。」我一直有這樣的感覺，奇蹟如果那麼容易獲得，那就不是奇蹟了。

「試試看，說不定可以見上一秒。」他還是一樣樂天，說有夢最美，「我做了芒果剉冰，妳等等，我去拿出來給妳。」

我伸指在木桌上描繪著，那天邵思浤就是趴在這裡睡覺。

隔了一下，邵思磊端了兩盤芒果剉冰出來，在我的身側坐下。他遞給我一盤，同樣是山型的剉冰上鋪滿芒果塊，頂端還加了兩顆芒果冰淇淋。

「今天是我爸生日，晚點我要去買菜，還要買蛋糕，晚上叫妳爸媽和侑侑一起來吃飯。」他的聲線也比以前低沉，聽起來十分悅耳。

「好！」我拿起湯匙挖了一匙芒果冰吃進嘴裡。

「妳有沒有想吃什麼菜？」

「你爸生日耶，你怎麼問我？」

「我想煮一道給妳吃。」他朝我眨眨眼睛。

「你隨便煮都好吃，不用特別為我煮。」

「眞的？」

「我有嫌過嗎？」我側頭瞥了他一眼，現在的他獨立又成熟，有時候看起來還挺像邵思浤，但我很清楚那不是模仿，而是生活上的磨練，讓他逐漸擁有邵思浤的優點。

「茗意。」邵思磊側身靠著木桌，單手托腮注視著我，「出國比賽的日子裡，我每天都好想妳。」

「跟你同校常常一起接受採訪的跆拳道女神怎麼辦？」我咬著湯匙睨向他，又來了，動不動就說想我，有時候還會說喜歡我，這些年我聽習慣了，他也說慣了。

「那是別人亂配對的，我自始至終心裡只有妳。」他蹙起眉頭糾正道。

「無風不起浪。」我輕哼一聲，再吃一口芒果。

「妳是不是吃醋了？」

「才沒有。」

「馬上否認就等於承認喔！」他瞇著眼笑道，像往常一樣跟我打鬧。

「那就當作我承認了。」我下意識回道。

「妳不要逗我，我現在心臟跳得超快。」

「我摸摸看。」我伸掌貼在他的胸膛上，「根本沒有，速度一般。」

「妳說一句喜歡試試？」他還在跟我開玩笑。

我轉身面對他，緩緩向前傾身，直直注視他的眼睛。邵思磊本來還露齒在笑，瞧我臉色有些認真，嘴角上揚的弧度漸漸逸去。

我緩緩垂下眼簾，側頭在他的唇上輕輕點吻一下，「喜歡，喜歡喔。」話才說完，我感覺掌心下，他的心臟真的在猛烈震動。

「我們……在一起了？」他愣怔了好幾秒，有點不能呼吸。

「在一起了。」我肯定地點頭，又覺得有件事不得不說，「不過我心裡不會只裝著你一人。」

「跟我一樣。」他伸手覆住我貼於他胸膛上的手，「這樣剛剛好，我們三人會永遠在一起。」

「這樣講好像怪怪的。」

「怎麼會？」他張開雙臂將我擁入懷間，「這是妳小時候許過的願望。」

我窘著臉想了一下，好像眞有這回事。

在小學的某年生日，我對著蛋糕許下「希望我們三人永遠在一起」的願望。

「永遠在一起。」他低低輕語。

「好，永遠、永遠。」我閉上眼睛回抱他。

腦海裡漸漸浮現，那個櫻花還盛開的夜晚，我央求邵思泫回去之後，一定要去找林茗意，不要再把她晾在旁邊。

我相信他回去後，一定有馬上跑去找她，他們應該早就在一起了！

我的腳步已落後太多，是時候該前進了，我要奔向邵思磊，與他並肩同行。

我相信在這兩個時空裡，我和邵思泫都會得到幸福。

當櫻花散落之後，我們都會白頭偕老，只是天各一方。

番外篇　白首之約

世大運落幕後，八月中旬的天氣依舊炎熱，但蟬聲已悄悄停歇。

一如往常，我們一家人坐在餐桌前吃晚餐，電視裡正播著晚間新聞。

「姊！我在網路上看到好多思磊哥哥的新聞和專訪，上面都寫他是國民跆拳道男神耶！」洺侑興奮地說道，他現在已經要升國三了，正值變聲期，說話的嗓音帶著沙啞。

「他這陣子挺忙的。」我低著臉夾菜，心想國民男神已經死會了。

「思磊奪下世大運的金牌後，未來有什麼比賽計畫嗎？」爸爸一邊吃飯一邊問。

「他下半年還有不少賽事要打，想挑戰世錦賽，如果有機會，也想挑戰之後的亞運。」我的腦海閃過邵思磊的房間，牆上貼的行事曆上滿滿都是訓練計畫。

「能打到亞運就不簡單了，他會想要參加奧運嗎？」媽媽好奇地問。

「奧運太難了，那不是想參加就能參加的賽事。」我蹙眉搖了搖頭。

「為什麼？」

「因為他必須先參加一些特定的國際賽事，打進前幾名取得奧運積分，待奧運總積分排名公布後，男、女各量級排名前五名才具有參賽資格。」我詳細解釋奧運的參賽規則。

「也就是他要在公開賽打出名堂才能取得資格。」爸爸接口說道。

「沒錯。」

「我還以爲只要報名，通過國家篩選就可以參賽。」媽媽這才恍然大悟。

「所以如果要取得奧運積分，思磊哥哥必須再參加很多很多的國際賽事，那他不就會變得很忙？」洺侑的臉色有些落寞，自從邵思磊上大學住在外地後，他一個月見到他的次數寥寥可數。

「這也沒辦法，因爲運動員的體能黃金期有限，他不能停下來。」我倒是沒有怨言，全心支持邵思磊。

我相信另一個時空的林茗意，同樣也會像這樣支撐著邵思浤。

「我只是怕……」洺侑小聲囁嚅，瞥了我一眼。

「別擔心。」我沒好氣地笑笑，決定正式跟家人公布，「如你的願，我跟思磊在一起了。」

「眞的！」洺侑的神色亮了起來，「是什麼時候在一起的？」

「世大運結束，他回國的第二天。」我輕聲回答。

「我就說嘛，這星期我早上出門時，常常看到思磊等在門外，要接你姊去打工。他臉上那個笑呀，嘴角都要咧到耳朵了，看起來就是戀愛中。」爸爸聽了一點都不驚訝。

「妳之前下班後都馬上回家，現在拖到八九點才回來，這明顯在戀愛呀。」媽媽輕哼一聲，她在意的是我的回家時間。

果然，爸媽早就察覺到了，但洛侑太忙了，他現在得上暑期輔導課，還得補習，每天很早出門、很晚回家，自然錯過了這些細節。

「太好了，我……」洛侑突然低頭小聲說道，「完成跟思泫哥哥的約定了。」

「什麼約定？」我心頭震了一下。

「哪……哪個思泫？」爸爸和媽媽對視一眼，眼神有一點複雜。

「異世界來的。」洛侑又頓了一下，瞧我們三人臉色還算正常，才又繼續說下去，「他陪姊姊睡覺的那天早上，我去找他時，他叮嚀我將來要保護姊姊，別讓姊姊被人欺負。」

我不知道有這回事，聽到洛侑的話，眼眶瞬間酸了起來。

爸爸和媽媽又對視一眼，眼裡皆帶著感動和不捨。

「思泫哥哥說他存有私心，不希望姊姊被別的男生追走。我說我也是，我會努力當姊姊和思磊哥哥的戀愛小天使。」洛侑拍著胸膛笑道。

確實，上大學後我每次回家，洛侑就會纏著我問東問西，關心我在大學的交友狀況，好像很怕我會喜歡上別的男生。不過他的擔心是多餘的，目前還沒有人能取代邵家兄弟在我心裡的地位。

「侑侑，你這個丘比特當得很稱職，箭沒射歪。」爸爸微笑誇讚。

「是呀，挺好的。」媽媽感慨地輕喃。

我轉頭望著媽媽的臉，只見她釋然地吁了一口氣。這幾年不管是身體或心理，我都讓她操足了心，現在聽見我和邵思磊交往了，她心裡的大石似乎也放下了。

餐桌上的氣氛變得有點傷感，爸爸見狀馬上擔起改變氣氛的責任，轉開話題：

「侑侑呢？有沒有女生暗戀你？」

「我前幾天被告白了。」洺侑很直接地說。

「誰？」媽媽一記眼刀射向他。

「坐在我前座的男生。」

男……男生？

我和爸爸瞬間瞠大眼睛，滿臉不敢置信地看向洺侑。

「那個男生長得胖胖的，班上都沒人想跟他玩，我發現他很喜歡看漫畫，就跟他聊遊戲和漫畫。」洺侑一臉無辜地說明事發經過。

媽媽聽完臉都黑了，掀了掀唇卻發不出一個音。

「現在是多元社會。」我急忙打圓場。

「我知道我知道，只是……只是……」媽媽擺了擺手大聲強調，臉色由黑轉成漲紅。

「要是侑侑將來想跟男生在一起，你們會阻止嗎？」我再問。

「若是那樣，那那那也沒辦法。」爸爸窘著臉苦笑道。

「只是、只是……你還是國中生，不管談的是哪種戀愛，我想……還是先以課業為重吧。」媽媽說完這段話，肩頭瞬間垮下，整個人呈現萎靡的狀態。

「我拒絕他了，只當他是朋友。」洺侑這天然黑此時才補上結局。

爸爸和媽媽又對視一眼，雖然鬆了一口氣，但眼神裡盡是複雜。

「如果要喜歡男生，我也只會喜歡樂樂。」洺侑又自顧自地說道。

臭小鬼，你別再說了！

我斜睨著洺侑白淨的臉蛋，爸媽才剛對我放下心，現在林家有兒初長成，將來他們可能又要爲兒子多操一份心了。

「對了，那天早上，思浤哥哥還偷拍姊姊的睡臉。」洺侑又接著爆料。

聽見他的話，我的身體像石化般瞬間僵住，難怪那天我起床後去邵家找他，他見到我時笑得有點古怪，原來是偷拍了我的醜照。

那晚他後來是抱著我睡的，我有沒有流口水在他身上？

可惜邵思浤已經回去了，現在想問也問不到。

吃完飯，我洗完澡回到房間裡吹頭髮，一邊吹一邊看著書桌上的相框，裡面是我和邵家兄弟的合照。

思浤，我和思磊交往一個星期了，隔了兩年多才答應他，應該有如你的意思，沒讓他追得很辛苦吧？

不知道你在天堂裡，會不會吃醋？

一定會的，因爲你也是一個大醋桶。

放下吹風機，我躺到床上拿起兵長的抱枕，緊緊抱在懷裡。

此時，手機突然響了起來。

「怎麼了？」我放下抱枕，拿起手機按下接聽。

「茗意茗意，妳要不要來我家一下？」邵思磊愉悅的嗓音傳來。

「很晚了，明天還要上班。」我看了一眼時鐘，已經晚上十點了。

「半個小時就好。」

聽他神祕兮兮的口氣，這傢伙不知道又在耍什麼花招。

「來嘛，來嘛，嗯……來嘛……」再轉成拖長音的撒嬌口氣。

「馬上過去。」我渾身抖了一下，無法招架他的撒嬌。

什麼跆拳道國民男神，瞧他在賽場上勇猛無比，但是在我的面前，簡直是一隻愛討摸摸的狗狗。

下樓跟爸媽報備了一聲，我騎著腳踏車前往邵家。

來到邵家圍牆邊，我停車後望著空空如也的圍牆上方，要等那棵小櫻花樹長大，不知道要等上幾十年？

轉身走進庭院裡，入目的是一盞盞的蠟燭，高高低低擺在庭院的地上和花架上，將整個庭院渲染出浪漫的氛圍。

邵思磊坐在櫻花樹旁的木椅上，舉著手裡的小酒杯，微笑說道：「陳奶奶送了一瓶自釀的梅酒給我爸，我喝了一口覺得好喝，就想邀妳一起來喝。」

「喝個酒而已，弄成這樣好像太誇張了。」我噗哧一笑，緩步走向他。

「布置這些又花不到十分鐘。」他定定注視著我，眼裡綻出一絲柔光。

我在他的身側坐下，發現木桌上也點了兩盞蠟燭，燭火隨著輕風搖晃。

「喝看看。」邵思磊幫我倒了一小杯酒，再加進兩顆冰塊。

「好香呀。」我接過酒杯先聞了一下，梅子的甜香繚繞在鼻尖，再抿了一小口，「好順口，不會太甜，也沒有酒的辛味。」

「我就知道妳會喜歡。」他突然拿出另一個杯子，倒了酒擺在對面，正對著小櫻花樹。

這情景看起來就像三個人在對飲。

「我今天從侑侑口中聽到一件事……」我娓娓說起今天晚餐發生的事，以及與家人間的對話。

邵思磊靜靜聽完，臉上掛著淺笑，似乎一點都不覺得驚訝。

「你知道思泫跟侑侑說了那些話？」我好奇地問。

「不知道。」他輕輕搖頭。

「但你怎麼好像不意外？」

「因爲我去那個時空時，也跟侑侑說了類似的話，我和思泫果眞是心有靈犀！」說到最後一句，他昂起下巴一副驕傲的模樣。

「沒想到兩個時空都發生了一樣的事，不過是不同人做的。」我心裡隱隱一動，忍不住伸手覆住邵思磊置於桌面的手背。

邵思磊反過來握住我的手，執起我的手，遞到唇邊輕輕一吻，「因爲我們都喜歡妳。」

那一刻，我的心跳忽然加速，不禁有點害羞。

邵思磊接著伸出右臂輕輕攬住我的腰，我感覺他精實的手臂瞬間收緊，將我整個人帶進他的懷裡，又一記輕吻點上我的左額。

右邊的臉頰是屬於邵思泫的，他至今從未跨越。

「思磊……」當他把吻移到我的左頰上，我羞得手足無措，連忙伸手抵住他的胸膛。

「之前和思浤有過約定，說約定，其實是約束，就是在妳決定選擇誰之前，我們都必須跟妳保持青梅竹馬的距離。」他低著眼眉注視我的眼睛，輕聲發表他的宣言，「現在妳要開始習慣這樣的距離，因為我已經是妳的男友了。」

難怪他們當時會相互搞破壞，制衡彼此，要跟我保持對等的距離。

原以為我跟邵思磊從小一起長大，交往後會像老夫老妻一樣，不會有什麼激情和火花，沒想到事實卻不是如此。

當青梅竹馬的距離縮短成男女朋友之後，我才知道原來他的手掌那麼大，牽手時可以包住我整個拳頭，力量也比我大上很多倍，一隻手就可以把我抱起來。他寬厚的胸膛加精實的肌肉，除了養眼更帶給我巨大的安全感。還有，他喜歡搞點小浪漫……我這才發覺自己只瞭解他一半。

「知道啦，我會慢慢適應。」這不能怪我，畢竟我們才剛交往。

「侑侑倒是幫我說出心裡話，以後訓練會很忙，可能不能好好陪妳。」他的神色透著無奈。

「你放心去衝刺，你回頭就能在這裡見到我。」我話剛說完，邵思磊已情不自禁吻住我的唇，溫柔地攻略我。

那是一記充滿梅子香氣的吻，帶著微甜微酸微醺的氣息，日後將會深植在我的心底，專屬於邵思磊。

✦

隔年的三月，我們像往年一樣，在邵家庭院舉辦賞花宴。賞花宴的日期是三月九日，也就是邵思泫因時空交錯被傳送過來的那日。我們兩家人約好了，這天晚上會在邵家聚餐。

下午一點多，我來到邵家，獨自坐在木椅上，這是邵思泫當年出現的位置。旁邊的小櫻花樹雖然個頭還小，但和之前那一棵不一樣，它是會開花的，此刻它的枝頭上剛綻開一小團花，看起來相當可愛。

說起來也奇怪，邵思磊種下這棵櫻花樹之後，還特別研究了一下櫻花樹的照顧法，這才發現吉野櫻的花期是三月中下旬，但之前和邵思泫隨著時空交錯轉移過來的那棵櫻花樹，在三月初卻是盛開的狀態，爲什麼會那樣？是那個時空的吉野櫻比較早開花嗎？這實在是個謎。

而現在院裡的這棵櫻花樹，開花的時間竟然也比公園裡的吉野櫻早，也很奇特。

思泫，櫻花開了，你現在好嗎？我還是很想你。

這幾年，我習慣在心裡跟邵思泫說話，只是講再多也得不到他的回應，完全是自言自語。

自失火的那晚到時空交錯的七個多月間，家人和朋友安慰我，說他在天堂裡會擔心我，希望我能振作起來跨越悲傷，但那些話全是他們想像來的，與他無關。

然而在邵思泫從另一個時空過來後，他讓我聽見他在「死去」後的想法——他對我的喜歡、關心、擔憂、不捨，以及期盼我還能有個幸福的未來。

那些話是他親口說的，不是透過別人的想像。

那天過後，我依然會在心裡跟去世的他對話，報告每天發生了什麼事，卻也會同時想著另一個時空的他，依然跟我並行著，此時，我的內心就會生出一股力量，支撐著我走向明天。

這也是邵思磊能堅定走向跆拳之路的原因，因爲他相信另一個時空的邵思泫，會跟他並行在同一條道路上。

聽到落地門被拉開的聲響後，邵思磊的聲音隨後傳來：「跟去年比，只長高了一點點。」

「櫻花樹一年大概只會長高個幾公分，你別天天盼著，給它太大的壓力。」我揚起唇角回望他，見他穿著圍裙，問道，「你在做什麼？」

「晚上要聚餐，做紅酒燉牛肉。」他一邊說一邊脫下圍裙，在我的身側坐下。

「思泫……會不會生氣呀？我們的聚餐是爲了另一個時空的思泫。」我心裡一直存有這個疑問，每次懷念完這裡的邵思泫後，又會想起另一個邵思泫。

「不會的，我也去過我死去的時空，跟我爸說過話，也跟妳和妳家人說過話。我看到你們爲了我那麼悲傷，我就特別希望我的出現能稀釋你們的傷痛。」邵思磊雙手撐在木椅上，仰頭望著天空爽朗笑道，「不管是哪個時空，我都是一樣的我，想法也一樣，只希望深愛的妳能過得好，無論妳想著誰都行。」

我注視邵思磊的側臉，聽見後面那段話，彷彿看見邵思泫的影子，「思泫也說過一樣的話。」

「眞的？」他歪頭看向我。

「嗯，相似的話，由不同人說出，感覺眞不可思議。」我垂下眼簾點點頭。

「是呀，這代表兩個時空中，有許多事是注定會一起發生的。」他落下這個結論，靜了片刻又想起什麼，「思泫跟我也一樣吧……」

「什麼一樣？」

「月底要去韓國移地訓練十天，還有入選亞運的培訓計畫。」

沒錯，邵思磊在世大運取得金牌後，已符合亞運培訓計畫的資格。

「肯定一樣。」我篤定地笑道，我想，頂尖的運動選手都會想要挑戰更高級別的賽事。

「我也有預感，思泫會在賽場上，跟我一同努力。」他露出自信的燦笑。

「我會為你們加油的！」我雙手握拳。

「有妳的加油，我們肯定能贏回金牌。」他溫柔輕撫我的臉，接著起身拿起圍裙，「我去看一下燉鍋。」

我目送邵思磊走向落地門，再回頭時，發現小櫻花樹上出現一個很奇怪的東西——一朵紫紅色的花！

我起身走到櫻花樹前，仔細看著與我同高的樹梢，粉色的小花團裡夾著一朵紫紅色的花。

但……吉野櫻的花是淡粉色，剛剛看到的也是淡粉色，怎麼……

「思磊！思磊！你快來看櫻花樹。」我忍不住放聲大叫。

「怎麼了？」邵思磊才剛進門，聽到我的呼喚又急忙跑出來。

「你看，上面有一朵不同顏色的花。」我指著樹梢上的花。

邵思磊聞言一個箭步衝過來，一把抓住那棵樹的樹幹，或許是太心急了，手上的力道使得有些大，震得整棵櫻花樹搖晃了一下，幾朵花散落下來，包含那朵紫紅色的花。

「啊啊啊！」我急忙彎身伸手接住那朵花。

那朵花靜靜落進我不斷顫抖的掌心裡，邵思磊隨即鬆開樹幹，將雙手併攏，小心翼翼地捧住我的手。

我和邵思磊低頭注視掌心裡的花，發現它的花形跟吉野櫻完全不同，花朵比較大，花瓣的數量也比較多。

「這是重瓣的八重櫻。」邵思磊倒抽了一口氣。

「這是……不同品種吧？」我感覺心頭一陣凝窒。

「當然！」

「那……怎麼會……」

「不愧是思浤，種的竟是八重櫻！」

「什麼意思？」

「思浤在另一個時空種下了八重櫻，這樣我們便能依靠花朵的不同，察覺到時空是否交錯。我是在種下吉野櫻時，才想到應該種點不一樣的品種，可惜當時已經太遲了，而思浤他比我細心，肯定能在第一時間想到。」邵思磊篤定地說道。

我忽然想起，在我小學六年級時綻放的櫻花。那個時候時空也交錯了，所以我才能看到另一個世界裡的櫻花樹。

「確實，你能想到的問題，思泫一定也能想到。」我緩緩喘了口氣，感覺好像在作夢，沒想到奇蹟還能再現。

「等這棵櫻花樹長成大樹，吸收更多日月精華，說不定我們眞能和思泫再見上一面。」他想像力開始爆發，已經腦補樹裡生出神靈了。

「等到那個時候，我們可能頭髮都白了。」他的話也讓我對未來產生期待。

「是啊，思泫在妳的心裡，會永遠保持最帥的模樣，當妳看到他白髮的模樣一定會覺得崩壞。」瞧我滿心期待，他又黯然扯了扯唇角，好像有點不是滋味。

我抬眼凝視他，發現他臉上看似在笑，眼底卻閃過一絲醋意。

這傢伙……覺得不公平，是嗎？

「怎麼會呢？」我不禁失笑，搖了搖頭，「你們長得一樣，看著你慢慢變老，長出白髮，就等於看到思泫也變老，見到他不會覺得崩壞的。」

「想要看我慢慢變老，那妳也得……陪我到老。」他吶吶開口。

「陪就陪。」我輕哼一聲。

「這個陪，是要結婚的。」他急忙又補上一句，耳根逐漸泛紅。

我微微抿笑，踮起腳尖在他唇上印下一吻，以示承諾。

後記　期盼時空能交錯的思念

大家好！

首先記錄一下，二〇二四年八月四日，麟洋配在奧運奪金牌！

當時我正在寫番外篇的後半部，寫到思磊準備要進入亞運的培訓隊。

這陣子我查了很多跆拳道的資料，看了很多很多的比賽影片，雖然寫進小說裡的不多。

寫番外篇的時候，剛好又遇上奧運，寫起來也特別有熱血的感覺！

我私心想像著，筆下的角色在書中的世界裡，也會站上奧運舞台，思磊和思泫都會奪得金牌。

時間過得很快，距離出版上一本書，又一年過去了。

不知道有沒有小讀者猜到，上個故事是女雙胞胎，下個故事就是男雙胞胎呢？

我目前寫的故事大多是成雙成對，所以下一本不會出現龍鳳胎的情況唷。

同樣的，聊聊這個故事的靈感來源，希望大家不會被我的經歷嚇到。

我的母親在我六歲的時候因病去世了，當我上了小學，看見同學的母親來參加學校活動時，都會特別地想念母親，覺得自己特別孤單。

我的父親也很捨不得母親，甚至對他沒能救回母親而長年陷進深深的自責裡。有時候，我會在夜裡聽見他偷偷哭泣，所以我們做孩子的，會盡量避免在他的面前提起母親。

關於這一段失去摯愛親人後的心路歷程，我都寫在《遺落在流星下的謊言》裡。

但是，那本書裡只有我第一層面的心境，其實還有更隱晦的第二層面——當你很想見一個人時，你會無時無刻不祈求，想再見對方一面，無論是以什麼形式。

當時我偶爾會寫日記，在日記裡不斷跟母親對話，後來更做出一件很瘋狂的事。

在十九歲那年，我一個人在三更半夜，坐在書桌前拿出紙筆，在紙上寫下「男」、「女」、「本位」、「是」、「否」，以及一些字句……沒錯！你們一定猜到了，我用召喚筆仙的方式，召喚了自己的母親，是不是很嚇人？

至於結果呢……我怕嚇到不敢看鬼故事的人，所以會保留到後面才講，害怕的小讀者看完後記要趕快蓋上書本。

當時之所以召喚筆仙，是因爲我想跟母親再說說話，即使她來自另一個世界也沒關係。

有時候，我會想像在另一個時空裡，她的病有被醫好。如果時空可以交錯，我想再見她一面，一面就好。

後來，我的這段想像，成了《當櫻花散落之時》的靈感來源。

我常常覺得寫小說，也像是在和自己的心靈對談，讓書裡的角色實現自己的願望，感覺遺憾也少了點。

再來，寫這個故事時，簡直重現寫《香草之吻》時的自虐，寫到後面幾章的時候，桌上都大包小包的。我女兒雪見還吐槽我，說人家雙胞胎都三角戀虐得很快樂，怎麼妳的都那麼可憐？（笑）

但故事在我心裡就是這般呈現，至少結局是HE。

先跟喜歡偷看後記的小讀者們說一聲，這個故事是HE，請放心看。

最後，時間也很剛好，前天剛參加完POPO原創在台中的簽書會。

在此我要特別感謝在暑假的兩場簽書會中，專程前來簽書的小讀者們，以及在網路上閱讀的大家，謝謝你們多年來一直支持我，給了我這麼美好的回饋。

謝謝POPO原創給我機會，也謝謝我的編輯靜芬，那天在寫作方向上給了我一些建議，還有謝謝簽書會現場的工作人員們，以及體貼地讓我拖到最後才說話的主持人，謝謝你們，大家辛苦了！

最後，謝謝我的家人對我的包容，我會繼續加油！

希望這個故事，大家也會喜歡，也歡迎大家跟我分享讀後感。

防雷分隔線

聊聊召喚筆仙後半部的事，我想應該沒有作者把後記寫成鬼故事吧！（笑）

要召喚筆仙，必須兩個人一起合作才行，但當時我只有一個人，因此即使召喚了很久，筆還是一直不動。

就在我以爲一個人的力量可能不夠時，突然感覺手背有點熱熱的。我當時想，這可能是因爲我的手舉了太久，也或許是因爲我一直處於緊張的狀態中。

沒想到，接著我就感覺好像有一股微小的力量，牽引我的手，把筆推出了本位。

當下我的腦袋一片空白，轉頭看向書桌的兩側，一想到媽媽可能站在那裡，我渾身竟開始冒冷汗。明明剛剛還很勇敢地想著，就算請來另一個世界的媽媽也沒關係，可臨到這一刻，恐懼感如浪潮般湧來，讓我差點把筆丟開。

可是筆絕不能離手，據說會出事！

我強作鎭定，心想都請出來了，不如就問問祂是不是我想見的人。問了，祂回答是。

我的眼淚瞬間滾下來，哭著跟祂說我很想念祂，祂也回覆我，說祂也很想我。只是不知道是不是力量不夠，祂走的速度非常緩慢，光這兩個問題就走了好幾分鐘。

接著我還是有點懷疑，會不會是有誰冒名祂，於是我問祂，我前幾天作了一個很特別的夢，如果祂眞是我媽媽，那就請祂把那個夢畫出來。

然後祂開始畫小小的方塊，約莫小指指甲的大小，同樣畫得非常緩慢，畫完一個又畫第二個、第三個、第四個……越畫越多個，還疊在一起，作畫的時間拉得很長。

我心想這什麼東西？根本不是我夢到的場景。儘管看不懂祂在畫什麼，但我還是沒有阻止祂畫。

最後祂一筆把那些小方塊框在一起，形成一個小山的形狀，在小山的頂端畫出尖尖長長像竹籤般的倒刺。

當下我汗流浹背，衣服完全溼了，因爲我前幾天正是夢見一座小山丘。

那座小山丘上長了一片竹林，一條以石塊鋪成的小路從竹林裡延伸出來。隨後有個人從竹林裡走出來，跟我說我的母親現在就住在那裡。

那一刻不知道爲什麼，我恐懼到了極點，頭髮也溼了，急忙想把祂請回去，沒想到祂開始在紙面不停打轉，行走的速度還加快了，就是不肯回本位。

眼看情況好像要失控了，我感到更加害怕。於是我跟祂說，如果妳眞是我媽媽，請不要爲難我或傷害我。我說完這段話後，祂才慢慢走回本位。

那晚我是半夜十二點進行，結束後看了一下時間，整個過程花了兩個小時。

後來，我身上也沒有發生什麼怪事，但也不敢再嘗試了，因爲對話完之後，我發現現實生活中的困擾還是存在，必須自己解決，自己跨過這個坎。

所以不管怎樣，神祕之事還是不要輕易碰觸。

琉影

國家圖書館出版品預行編目資料

當櫻花散落之時 / 琉影著. -- 初版. -- 臺北市：POPO原創出版，城邦原創股份有限公司出版：英屬蓋曼群島商家庭傳媒股份有限公司城邦分公司發行, 2024.08
面； 公分. --
ISBN 978-626-7455-35-7（平裝）

863.57 113012003

當櫻花散落之時

作　　者／琉影
責任編輯／鄭啟樺　行銷業務／林政杰　版　　權／李婷雯

內容運營組長／李曉芳
副總經理／陳靜芬
總　經　理／黃淑貞
發　行　人／何飛鵬
法律顧問／元禾法律事務所　王子文律師
出　　版／POPO原創出版
城邦原創股份有限公司
台北市南港區昆陽街 16 號 4 樓
電話：(02) 2509-5506　傳眞：(02) 2500-1933
email：service@popo.tw
發　　行／英屬蓋曼群島商家庭傳媒股份有限公司城邦分公司
聯絡地址：台北市南港區昆陽街 16 號 8 樓
書虫客服服務專線：(02) 25007718・(02) 25007719
24小時傳眞服務：(02) 25001990・(02) 25001991
服務時間：週一至週五09:30-12:00・13:30-17:00
郵撥帳號：19863813　戶名：書虫股份有限公司
讀者服務信箱 email：service@readingclub.com.tw
城邦讀書花園網址：www.cite.com.tw
香港發行所／城邦（香港）出版集團有限公司
地址：香港九龍土瓜灣土瓜灣道86號順聯工業大廈6樓A室
email：hkcite@biznetvigator.com
電話：(852) 25086231　傳眞：(852) 25789337
馬新發行所／城邦（馬新）出版集團 Cité(M)Sdn. Bhd.
41, Jalan Radin Anum, Bandar Baru Sri Petaling,
57000 Kuala Lumpur, Malaysia.
電話：(603) 90563833　傳眞：(603) 90576622
email：services@cite.my

封面設計／Gincy
電腦排版／游淑萍
印　　刷／漾格科技股份有限公司
經　銷　商／聯合發行股份有限公司
電話：(02)2917-8022　傳眞：(02)2911-0053

■ 2024 年8月初版　Printed in Taiwan

定價 / 360元

ISBN 978-626-7455-35-7